AF185487

Volker Jochim

Kommissar Mareks trügerische Idylle

Kommissar Marek wandert aus

Kommissar Mareks erster Fall

Kriminalroman

© 2008/2016 Volker Jochim
Umschlag, Illustration: trediton,
Volker Jochim (Foto)

Verlag: tredition GmbH, Hamburg

Überarbeitete Neuauflage

Die Erstauflage erschien 2008 im
Asaro Verlag

ISBN

Paperback	978-3-7345-1857-7
Hardcover	978-3-7345-1858-4
e-Book	978-3-7345-1859-1

Printed in Germany

Erster Teil

1

Er saß auf der Kaimauer des kleinen Fischerhafens, begrüßte die ein- und ausfahrenden Fischer, plauderte mit den Alten, die ihre Angelruten im Hafenbecken ausgelegt hatten, genoss die ersten Strahlen der aufgehenden Sonne und ließ Beine und Seele baumeln. Er war ein glücklicher Mann.

***

Ein penetrantes Geräusch, nicht einmal sehr laut, aber dafür durchdringend, schreckte ihn aus dieser Idylle. Sein Herz krampfte sich zusammen. Er suchte sich zu orientieren, das ekelhafte Geräusch zu lokalisieren. Dabei stieß er sehr schmerzhaft mit seinem linken Arm an die Kante seines Nachttisches.

„Mist, verdammter!", fluchte er. „Wo ist dieser scheiß Wecker?"

Er fand die Geräuschquelle auf dem Boden neben seinem Bett und schlug so heftig darauf ein, dass das Glas des Zifferblattes absprang und unter das Bett rollte. Augenblicklich war es wieder ruhig. Ein zufriedenes Grinsen zeigte sich auf seinem Gesicht und er ließ sich wieder in die Kissen fallen.

Aber so sehr er sich auch bemühte, er konnte nicht zurück in sein Idyll, in die Sonne, auf seine Kaimauer, an seinen Hafen.

„Was soll's", dachte er sich, „es hilft ja doch nichts."

Er streckte sich ausgiebig und schob die Beine über die Bettkante. Langsam richtete er seinen Oberkörper auf. So saß er eine Weile, bis er mit einem Ruck aufstand. Ein stechender Schmerz zog von seinem Nacken die Wirbelsäule hinunter und verteilte sich schön gleichmäßig über den gesamten Rücken.

Das waren die Momente, in denen er sein Alter hasste. Er war jetzt dreiundfünfzig und fühlte sich eigentlich noch ganz fit. Dachte er zumindest.

Er machte ein paar halbherzige gymnastische Übungen, bis es im Kreuz leicht krachte und der Schmerz nachließ.

„Na, geht doch", dachte er, „aber innerlich bin ich wenigstens noch jung geblieben."

Langsam tappte er im Halbdunkel seines Schlafzimmers vorwärts, stolperte über einen Schuh, verfing sich in einem größeren Stück Stoff und stieß schließlich mit dem Kopf gegen die Zarge der Badezimmertür.

Er tastete nach dem Lichtschalter. Die Halogenbeleuchtung seines Badezimmers traf ihn unvorbereitet wie ein Blitz. Er hielt sich die linke Hand vor die Augen und dreht sich ab. Dabei spähte er vorsichtig durch einen Spalt zwischen seinen Fingern über den ausgestreckten rechten Arm, mit dem er sich noch immer am Türrahmen festhielt, auf das Chaos in seinem Schlafgemach. Es sah aus wie nach einer Schlacht. Kleidungsstücke und Schuhe waren überall verstreut, eine leere Weinflasche lag auf dem Boden nahe der Tür und ein umgekippter Aschenbecher hatte seinen Inhalt auf dem Teppich verteilt.

Der Stoff, in dem er sich vorhin verfangen hatte, war die Hose seines besten und auch einzigen Anzugs. Der benötigte jetzt wohl erst einmal eine gründliche Reinigung.

„Oh Mann", brummte er und wandte sich mit Grausen ab.

Mittlerweile hatte er sich an die Helligkeit gewöhnt und tappte ins Bad. Er stützte sich mit beiden Händen auf den Rand des Waschbeckens und sah in den Spiegel.

„Hallo, Robert! Du siehst vielleicht scheiße aus. Muss wohl gestern spät geworden sein", sagte er zu seinem Spiegelbild.

Graue Bartstoppeln umrahmten sein ebenfalls graues Gesicht und tiefe dunkle Ringe zeigten sich unter seinen Augen, oder waren das schon die ersten Tränensäcke?

„Was soll's", dachte er und stieg unter die Dusche, um gleich wieder fluchend herauszuspringen, als der kalte Wasserstrahl ihn traf.

***

Fünfzehn Minuten später kam ein wesentlich besser gelaunter und frisch rasierter Kriminalhauptkommissar Robert Marek aus dem Bad, um sich anzukleiden.

Er wählte eine beige Baumwollhose, ein flaschengrünes Strickhemd und sein braunes Ledersakko.

Fertig angezogen betrachtete er sich im Spiegel und salutierte: "Hauptkommissar Marek meldet sich zu seinem letzten Arbeitstag!"

***

In der Küche sah es auch nicht gerade besser aus als in seinem Schlafzimmer.

In der Spüle stapelte sich Geschirr mit eingetrockneten Essensresten und auf dem Tisch standen etliche leere Weinflaschen und noch ein trauriger Rest seines besten Grappas.

Da fiel ihm ein, dass sein alter Kumpel Paul gestern noch auf ein Gläschen mit zu ihm kam. Das müssen wohl ein paar Gläschen mehr geworden sein. Er schob die Flaschenbatterie mit dem Unterarm zur Seite und wischte den Tisch mit einem auch nicht mehr ganz frischen Küchentuch ab. Danach füllte er Wasser und Pulver für einen doppelten Espresso in seine Caffettiera und stellte sie auf den Herd.

Während er auf seinen Caffè wartete, steckte er sich eine Zigarette an, blies blaue Ringe in die Luft

10

und dachte an Paul.

***

Paul Krüger und er kannten sich schon seit der Polizeischule. Paul war auch etwa in seinem Alter. Nur Paul fuhr noch immer Streife. Aber er war damit zufrieden, wollte gar nicht mehr.

„Eigentlich hätte ich auch dabei bleiben sollen", dachte Marek.

Die blubbernde Caffettiera riss ihn aus seinen Gedanken ins Heute zurück. Er goss das schwarze Gebräu in eine kleine Tasse, schaufelte ordentlich Zucker hinein und trank in kleinen Schlucken.

Dann stellte er die Tasse auf den Tisch und drückte seine Kippe im Kaffeesatz aus.

„Auf zum Endspurt!", sagte er laut zu sich selbst, glaubte im Flur noch seine Aktentasche auf und verließ das Haus gut gelaunt in Richtung Präsidium.

2

Marek war jetzt seit fünfundzwanzig Jahren bei der Kriminalpolizei und genauso lange beim Morddezernat in Frankfurt am Main.

Vor knapp einem Jahr teilte man ihm mit, dass er aufgrund seiner erstaunlichen Aufklärungsquote zum Bundeskriminalamt versetzt werden sollte.

Was für seine Kollegen ein wohl unerfüllbarer Traum bleibt, war für ihn ein Horrorszenario. Er assoziierte die Kollegen des BKA mit den Figuren in schlechten amerikanischen Krimis. Special Agent soundso. Alle in dunklen Anzügen, weißen Hemden und schwarzen Krawatten. Alle mit den gleichen schicken Igelfrisuren – was bei seiner hohen Stirn schon nicht mehr möglich war – und einem eingefrorenen Lächeln, welches ein makelloses, weißes Gebiss einer Zahnpasta Werbung präsentierte.

Nein, das wollte er nicht. Auf keinen Fall.

Er ging zu seinem Chef und fragte, ob man nicht einen anderen Kollegen versetzen könnte. Es gäbe bestimmt viele, die sich darüber freuen würden.

Sein Chef meinte, dass er das auch schon überlegt habe, da man ihn wegen seiner doch sehr unkonventionellen Art dem BKA kaum zumuten könne. Aber das BKA würde nun einmal auf ihm bestehen.

Allein wegen dieser Äußerung seines Vorgesetzten war er geneigt, seinen Entschluss zu überdenken und die Versetzung zu akzeptieren.

Er stand auf und verließ grußlos das Büro. Dabei schloss er die Tür etwas heftiger als allgemein üblich, womit er die missbilligenden Blicke der Vorzimmerdame auf sich zog.

Zurück in seinem Büro warf er sich auf seinen Stuhl, der ächzend gegen diese Behandlung protestierte und starrte auf die Aktenstapel auf seinem Schreibtisch.

„Wie komme ich da wieder raus?", fragte er sich und zündete sich gedankenverloren eine Zigarette an. Marek wäre nicht Marek, wenn er keinen Ausweg finden würde.

Ein sehr diskretes Hüsteln unterbrach seine Gedanken. Ach ja, sein junger Kollege, mit dem er sich das Büro teilen musste, war Nichtraucher, und da die Nichtraucher eine geschützte Gattung sind, wurden alle Büros zu Nichtraucherzonen bestimmt. Dass man damit die Raucher, die ja mit ihren Steuergeldern einen nicht unerheblichen Teil des Staatshaushaltes finanzierten, zu einer diskriminierten Minderheit abstempelt, interessiert niemanden.

Er warf seine angerauchte Zigarette in den halb vollen Kaffeebecher seines Kollegen und versank wieder ins Grübeln.

Er konnte ja plötzlich Alzheimer bekommen, oder aus dem Fenster seiner Erdgeschosswohnung fallen und sich anschließend eine eingeschränkte Mobilität bescheinigen lassen.

Alles Blödsinn. Dann wäre er seinen Job hier auch los, oder würde an einem verstaubten Schreibtisch im Archiv versauern.

Er musste schnellstens einen Ausweg finden aber den fand er mit Sicherheit nicht hier. Er musste ungestört überlegen.

Marek nahm den Telefonhörer und ließ sich mit der Personalabteilung verbinden. Er fragte die Jungmädchenstimme, die sich meldete, ob er an seiner Urlaubsplanung noch etwas ändern könnte, es wäre aus familiären Gründen sehr wichtig.

„Ich dachte, Sie leben allein?", warf sein junger Kollege vorsichtig ein und wurde umgehend von Marek mit einem bitterbösen Blick und einer drohenden Faust zum Schweigen gebracht.

Die Jungmädchenstimme meldete sich wieder.

„Eigentlich ist das nicht mehr möglich, aber wenn es aus familiären Gründen ist, drücken wir mal ein Auge zu."

Marek bedankte sich artig und bat darum, eine Woche seines Sommerurlaubs zu streichen und auf die kommende Woche einzutragen. Dann ließ er sich für diese Woche noch vom Dienstplan nehmen.

„Das wäre erledigt", brummte er zufrieden und seine Laune besserte sich zusehends.

Was jetzt? Er sah auf seine Armbanduhr. Es war schon kurz nach fünfzehn Uhr. Ein aktueller Fall lag nicht an und die Berichte, die er noch schreiben musste, konnten bis morgen warten.

Gut gelaunt sprang er auf, schnappte sich seine Jacke, rief seinem Kollegen noch ein „bis morgen" zu und verließ das Büro.

Als er auf dem Parkplatz hinter dem Präsidium seinen Taubenblauen Citroen 2CV aufschloss, spürte er wie immer die mitleidig lächelnden Blicke seiner jüngeren Kollegen oder die verständnislosen Blicke der älteren auf sich ruhen. Doch das machte ihm nichts mehr aus. Er liebte seine Ente.

***

Seit den späten sechziger Jahren hatte er davon geträumt einen 2CV zu fahren und vor ein paar Jahren hatte er sich dann diesen Traum erfüllt. Er fand das Auto passte zu ihm, oder er zu diesem Auto.

***

Marek schob eine Kassette von *Led Zeppelin* ins Kassettenfach, kurvte vom Parkplatz und fuhr Richtung Innenstadt. Er hatte beschlossen im *l'Angolo*, seinem Lieblingsitaliener, bei einem guten Essen und einem guten Glas Wein seine weiteren Vorhaben zu überdenken. Es musste alles genauestens überlegt und geplant werden, ging es doch um nicht weniger als um seine Zukunft. Er durfte sich keinen Lapsus erlauben.

Als er bei der Trattoria ankam, gab es, wie eigentlich immer, nirgendwo einen Parkplatz. Er fuhr mehrmals um den Block, erweiterte seinen Radius um einen, dann um zwei Blocks, jedoch ohne Erfolg. Leicht genervt stellte er sein Auto schließlich auf eine schraffierte Fläche an der Ecke einer Kreuzung. Um einem Knöllchen seiner Streifenkollegen vorzubeugen, befestigte er hinter der Windschutzscheibe einen Zettel mit dem Vermerk: *Polizei im Einsatz*.

***

Marek ging durch den Garten, in dem man in warmen Sommernächten bei Kerzenlicht gemütlich sitzen und genießen konnte, der aber zu dieser Jahreszeit natürlich noch nicht geöffnet war, und wurde an der Eingangstür schon von Gianluca, dem Padrone, höchstpersönlich begrüßt.

„Woher wusstest du, dass ich komme?", wollte Marek wissen, als er sich an seinem Stammplatz im hinteren Bereich der rustikalen Gaststube niedergelassen hatte.

Gianluca grinste ihn an. „Ich habe dein Auto gehört, obwohl ich in der Küche war. Toktoktoktok … wie eine alte Vespa. So etwas fährst nur du."

„Dafür fährt mein Auto wenigstens während dein

Alfa nur in der Werkstatt steht", konterte Marek.

Er war diese Frotzeleien gewohnt. Autos waren, neben seiner Küche und dem Fußball, Gianlucas große Leidenschaft.

Marek bestellte sich ein viertel *Verdicchio*, eine Flasche *San Benedetto* und eine Portion *tortelli di cernia*.

Dann zündete er sich eine Zigarette an, sah aus dem Fenster ins Nichts und überlegte seine nächsten Schritte. Aber jeden Einfall verwarf er augenblicklich wieder. Es wollte ihm einfach nichts Brauchbares einfallen.

***

Enrico, der Kellner, brachte den Wein und das Wasser. Marek nahm zuerst einen Schluck Mineralwasser um die Geschmacksnerven zu reinigen, wie er es nannte. Dann nahm er den ersten Schluck Wein, ließ ihn um die Zunge kreisen, umspülte seinen Gaumen und ließ ihn anschließend langsam die Kehle hinabgleiten.

Der Wein hatte genau die richtige Temperatur. „Schade, dass dieser leicht trockene, fruchtige Tropfen aus den Marchen hierzulande so wenig Beachtung findet", dachte er. Gut gekühlt ein wahrhaft guter Begleiter zu raffinierten Pasta-gerichten.

***

Mareks Gedanken schweiften mit jedem Schluck weiter ab. In Gedanken saß er vor einer Bar an irgendeiner Piazza in der Sonne und trank einen Caffè.

Gianluca brachte das Essen höchstpersönlich und holte ihn wieder ins Hier und Heute zurück.

„Lass es dir schmecken", rief er und entschwand in der Küche.

Der Duft, der aus seinem Teller aufstieg, ließ ihn alles vergessen und bereitete seine Geschmacksnerven auf ein großes Erlebnis vor.

Dieses einfache und doch unglaublich raffinierte Gericht war einfach göttlich. Die Teigtaschen, gefüllt mit frischem Spinat, Frühlingszwiebeln, Peperoncini und in feinstem Olivenöl gebratenem Wolfsbarschfilet, serviert in einer würzigen Tomatensoße mit Karotten, Sellerie, Zucchini und kleinen Stückchen vom Barsch, ein Fest für die Sinne. Jeden Bissen ließ er langsam im Mund zergehen, um sich ja keine Nuance entgehen zu lassen. Die Reste der Soße wischte er mit einem Stück Weißbrot vom Teller und lehnte sich dann zufrieden auf seinem Stuhl zurück.

Als Enrico kam um den Tisch abzuräumen bat er ihn seinem Chef auszurichten, dass er sich wieder selbst übertroffen habe. Dann bestellte er sich noch einen Caffè und einen Grappa *D'Oro*.

Er genoss den durch die lange Lagerung in Eichenfässern goldgelben Tresterschnaps in kleinen Schlückchen. Dann trank er bedächtig seinen Caffè, rauchte noch eine Zigarette und träumte vor sich hin.

***

Plötzlich wusste Marek was er machen würde.

„Ja, genau das ist es", sagte er zu sich selbst, rief nach Enrico und beglich seine Rechnung.

Er beglückwünschte sich, für die kommende Woche Urlaub genommen zu haben. Morgen war ja schon Freitag. Jetzt hatte er noch drei Tage zur Vorbereitung für sein Unterfangen.

Als er zu seiner Ente kam, steckte unter dem Scheibenwischer, genau über seinem Schild, das auf einen Polizisten im Einsatz hinwies, ein Strafmandat wegen Falschparkens. Wütend riss er das Knöllchen unter dem Scheibenwischer heraus, sah sich die Signatur an, knüllte den Zettel zusammen und warf ihn in den Rinnstein.

„Den werde ich mir kaufen", brummte er wütend. „Keine Achtung mehr bei den Kollegen aber die werde ich euch beibringen."

Als er gerade in sein Auto steigen wollte, sah er am Ende dieser Straße etwas Uniformiertes stehen.

Schnell riss er den Choke raus und drehte den Zündschlüssel um. Sofort sprang der Motor an und lief auf höchster Drehzahl. Dann zog er den ersten Gang rein und wollte mit Vollgas losfahren. Der betagte 2CV schüttelte sich, fuhr bockend an und beschwerte sich so gegen diese grobe Behandlung.

„Scheiße!", fluchte Marek, drückte unsanft den

zweiten Gang rein und schoss mit immer noch überdrehendem Motor nach vorn.

Die Politesse, die gerade mit dem Ausstellen weiterer Strafmandate beschäftigt war, wurde auf diesen Lärm aufmerksam. Diesem Verkehrsrowdy würde sie auch ein saftiges Knöllchen verpassen, dachte sie voller Vorfreude.

Als Marek auf ihrer Höhe angekommen war stieg er voll auf die Bremse und die Ente blieb ein paar Meter weiter quietschend stehen.

Mit hochrotem Kopf stieg er aus und stapfte wütend auf die Politesse zu, die ihrerseits gerade Luft geholt hatte, um ihm eine Strafpredigt zu halten. Doch er war schneller.

„Was fällt ihnen eigentlich ein, einem Einsatzfahrzeug der Kripo einen Strafzettel zu verpassen?", polterte er los. „Sie haben doch das Schild gesehen, oder können Sie nicht lesen?"

Die uniformierte Kollegin hatte ihre Fassung wieder gefunden.

„So ein Schild kann sich jedes Kind selbst machen und seit wann benutzt die Polizei solche Schrotthaufen als Einsatzfahrzeuge?", giftete sie ihn an.

Das hätte sie nicht sagen dürfen. Seine geliebte Ente zu beleidigen stand unter Todesstrafe.

„Ich werde für Ihre Suspendierung sorgen!", drohte er wütend.

„Dann kommt noch Beamtenbeleidigung dazu", konterte sie. „Darf ich mal ihre Papiere sehen?"

„Ich bin Kriminalhauptkommissar Marek vom Morddezernat", bellte er sie an und suchte nach seinem Dienstausweis.

„Und ich bin Paris Hilton", erwiderte sie sarkastisch.

„Das passt", dachte er und hielt ihr seinen Dienstausweis unter die Nase.

Schlagartig wich alle Farbe aus ihrem Gesicht. Sie stammelte irgendetwas von „… es tut mir leid …" und „… ich konnte doch nicht wissen …"

Marek hatte sich wieder beruhigt. Er hatte einen Sieg davon getragen. Das verlangte nach einer honorigen Geste.

„Nun beruhigen Sie sich mal wieder", sagte er gönnerhaft zu der immer noch kreidebleichen Politesse, „das nächste Mal wissen Sie Bescheid."

Zufrieden kletterte er in sein Auto und drückte den Choke sachte nach unten, was ihm sein Auto mit einem runden, sanften und wesentlich leiseren Tuckern dankte.

„Robert, du bist ein Schwein", sagte er zu sich im Rückspiegel, „aber ich mag dich trotzdem."

Langsam fuhr er zurück nach Hause ins Frankfurter Nordend. Dort wohnte er in einer Dreizimmeraltbauwohnung von fast einhundert Quadratmetern, die er sich eigentlich nicht leisten konnte. Aber er fühlte sich dort wohl und hatte genügend Platz für seine unzähligen Bücher, CDs und Schallplatten, und auch genügend Wandfläche für seine kleine Sammlung von Stichen und Grafiken. So machte er lieber bei anderen Dingen Abstriche. Er hatte ein extrem sparsames Auto, kaufte seine Klamotten im Kaufhaus und flog im Urlaub nicht in die Karibik oder nach Asien, sondern fuhr mit dem Auto an die Mosel, an die Nordsee oder nach Italien. Das Einzige was er sich außer der Wohnung noch an Luxus gönnte, war gutes Essen und Trinken.

Marek fand einen Parkplatz direkt in der Nähe seiner Wohnung, was auch nicht immer der Fall war.

Gut gelaunt schloss er die Wohnungstüre auf, warf seine Jacke auf einen Stuhl neben der Garderobe, streifte seine Schuhe ab, kickte sie unter eben diesen Stuhl und ging fröhlich pfeifend in die Küche.

***

Die Küche alleine hatte schon die Dimension einer Zweizimmerwohnung in einem dieser hässlichen Plattenbauten, die als architektonische Blähungen seit den Sechzigerjahren die Peripherie der Stadt verunstalteten.

Seit dieser durch geknallte Franzose *Le Corbusier* meinte, ganz Paris in drei Hochhäusern unterbringen zu können, hatten sich die Architekten der Welt an seine Lippen gehängt, um die Metropolen dieser Welt mit solchen Betonklötzen zu veredeln.

In seinem alten Bosch-Kühlschrank aus den Fünfzigerjahren, einem Erbstück seiner Großeltern, fand er noch eine halbe Flasche Merlot und ein Schälchen Oliven. Beides nahm er mit ins Wohnzimmer und stellte es auf einen kleinen Beistelltisch. Dann legte er eine CD von *Anna Oxa* auf, holte sich ein Glas aus dem Schrank und warf sich auf sein Lieblingssofa.

Während er der Musik lauschte, den Wein austrank und sich mit Oliven vollstopfte, nahm sein Plan Gestalt an. Morgen würde er als Erstes sein Auto zu seinem Entenspezialisten nach Offenbach bringen. Der sollte das Auto auf Herz und Nieren durchchecken. Von da musste er halt mit der S-Bahn zum Präsidium fahren. Eigentlich hasste er öffentliche Verkehrsmittel aber morgen würde er eine Ausnahme machen. Am Nachmittag könnte Paul ihn mit dem Streifenwagen nach Offenbach bringen, um sein Auto wieder abzuholen. Mit dem Blaulicht hatte er auch keine Befürchtung in dem üblichen Freitag-Nachmittag-Stau hängen zu bleiben. Am Samstag würde er einkaufen was er noch so benötigte, dann seinen Koffer packen und am Sonntag ganz früh losfahren.

Nach Italien hatte er sich überlegt. Genauer gesagt nach Caorle, einem kleinen, beschaulichen und von der sommerlichen Touristeninvasion noch halbwegs verschonten Fischerstädtchen im Veneto.

***

Caorle blickt auf eine über zweitausendjährige Vergangenheit zurück. Gegründet als Vorhafen des römischen Stützpunkts *Iulia Concordia* wurde Caorle zur Blütezeit Venedigs eine der größten Städte Norditaliens. Später verlor es immer mehr an Bedeutung, bis es vor fünfzig Jahren zu einem der ersten Ziele des einsetzenden deutschen Massentourismus wurde, der sich aber heute glücklicherweise mehrheitlich auf die Nachbarorte Bibione und Lido di Jesolo verteilt.

***

In dieser Idylle, in der er jährlich seinen Urlaub verbrachte, hoffte er die Lösung seines Problems zu finden.

Es war zwar erst Anfang März, aber es war kein Schnee auf der Brennerautobahn zu erwarten.

Da fiel ihm siedend heiß ein, dass er noch kein Quartier hatte. Er musste unbedingt noch Angelina anrufen. Angelina, eine Bekannte Mareks, lebte zwar in Frankfurt hatte aber eine kleine Eigentumswohnung in Caorle, die sie ihm im Sommer für zwei Wochen überlies.

Marek wühlte auf seinem Schreibtisch in Stapeln von Papier nach der Telefonnummer.

„Nur das Genie beherrscht das Chaos", sagte er sich, als er triumphierend einen kleinen, zerfledderten Zettel in die Höhe hielt ... doch wo war jetzt das verdammte Telefon? Auf dem Schreibtisch stand eine leere Ladestation. Er drückte auf den Suchknopf und lauschte, ob er irgendwo das Piepen des Handapparates hören würde. Erst war alles stumm, doch dann meinte er im Hintergrund des Zimmers, dort wo seine Couch steht, etwas zu hören. Er ging dem Geräusch nach, sah unter alle Kissen und fand das Telefon schließlich in der Ritze zwischen Rückenlehne und Sitzkissen. Wer weiß, wie lange es da schon lag. Der Akku war jedenfalls ziemlich am Ende. Er würde sich kurzfassen.

„*Ciao* Angelina ... du ... danke, mir geht's gut und dir? ... Na, so was ... du es ist dringend und mein Akku ist gleich leer ... nein, ich kann nicht bis morgen warten ... ich wollte dich fragen, ob ich die Wohnung nächste Woche haben kann ... ja, es ist wichtig und ich erzähle dir alles, wenn ich zurück bin ... versprochen ... danke, du bist ein Schatz! ... *Ciao*."

So, das war geschafft. Die Schlüssel konnte er bei Angelinas Bruder in Caorle abholen. Zufrieden setzte er sich mit einer Dose gesalzener Erdnüsse vor den Fernseher und fing an sich mit der Fernbedienung durch die Programme zu arbeiten.

„Verdammt! Für was zahle ich eigentlich Gebühren?", fluchte er bei dem, was ihm von den einzelnen Sendern so geboten wurde.

Entweder waren es irgendwelche bekloppten Talkshows, in denen sich irgendwelche geistig minderbemittelten Kids gegenseitig an die Wäsche gingen, oder diverse Herz-Schmerz-Soaps. Auch die Öffentlich-Rechtlichen waren nicht viel besser. Selbst der Sportkanal brachte abends nur noch stundenlange Pokerrunden oder hochintelligente Ratespiele mit leicht bekleideten, dickbusigen Moderatorinnen, die sich dann auch noch zu fortgeschrittener Stunde ihrer Oberteile entledigen.

„Ruf an … wir suchen Automarken mit A … es sind fünf Leitungen geschaltet … wenn du durchkommst gewinnst du drei Geldpakete … blah, blah, blah."

Marek entschied, lieber eine DVD anzuschauen. Er wählte Jean-Jacques Beineix' Kultfilm *Diva*. Das war genau das, was er jetzt brauchte. Die Arie *Ebben? Ne andro lontana* aus Catalani's Oper *La Wally* verzauberte ihn immer wieder aufs Neue.

Anschließend ging er zufrieden mit sich und der Welt zu Bett.

***

Er saß auf der Kaimauer des kleinen Fischerhafens und winkte den ein- und ausfahrenden Fischern zu…

3

Am nächsten Morgen stand Marek gut gelaunt wie selten auf.

Nachdem er sich geduscht, rasiert und angezogen hatte, füllte er Espressopulver und Wasser in die Caffettiera und setzt sie auf den Herd. Ohne seinen Caffè war er morgens nur ein halber Mensch.

Als die Maschine anfing zu dampfen nahm er sie vom Herd, schenkte sich eine Tasse ein, löffelte großzügig Zucker dazu und zündete sich seine Morgenzigarette an.

Während er rauchte und seinen Caffè genoss, sah er auf die noch kahlen Bäume im Hof. Schwarz ragten die knorrigen Äste in den wolkenverhangenen, grauen Morgenhimmel. Es würde wieder so ein trüber Tag werden wie gestern und der Tag zuvor – eigentlich wie die Hälfte des Jahres in Deutschland.

***

Marek fuhr über die Stadtautobahn nach Offenbach und stellte seine Ente im Hof der kleinen Werkstatt ab.

Er hatte sich auf die Schnelle zwar keinen Termin holen können aber der Meister dieser Spezialwerkstatt für Oldtimer versprach, dass er sein Auto um fünf Uhr nachmittags wieder abholen könnte.

Zur nächsten S-Bahn Haltestelle musste er ein ganzes Stück laufen und er verfluchte sich insgeheim, dass er Paul nicht gebeten hatte ihn auch abzuholen.

Als die Bahn endlich kam, mit Verspätung wie immer, und er einstieg, wurde er in seiner Abneigung gegen öffentliche Verkehrsmittel wieder einmal bestätigt. Der Zug war rappelvoll und es stank erbärmlich nach Schweiß und anderen undefinierbaren Aromen. An einen Sitzplatz war nicht zu denken. Zwei Haltestellen weiter wurde es dann etwa leerer und er konnte jetzt einigermaßen bequem stehen.

Marek fing an die einzelnen Fahrgäste zu beobachten, und in Gedanken Persönlichkeitsprofile zu erstellen.

Der Mann rechts neben ihm war bestimmt Buchhalter oder Finanzbeamter mit Frau, drei Kindern, einem Hund, einem fast abgezahlten Reihenhaus und einer Geliebten, die er einmal wöchentlich immer exakt zur gleichen Zeit beglückte.

Und die Frau schräg gegenüber, die so lässig ihre übergroße Handtasche über die Schulter gehängt hatte und ...

... und an der sich eben ein junger Schnösel in Bomberjacke und Baseballmütze sehr unauffällig zu schaffen machte.

Erst streifte er mit seinem Arm wie zufällig an der

Tasche entlang, ein kurzer Blick, ein blitzschneller Griff hinein, wie eine fließende Bewegung, und in seiner Hand erschien ein Gegenstand, der wie eine Brieftasche oder eine Damengeldbörse aussah. Danach schlenderte dieser Kerl einfach weiter als wäre nichts gewesen.

„Ich wusste, warum ich nicht Bahn fahren wollte", dachte Marek. Das gab wieder Arbeit, für die er gerade jetzt keine Zeit hatte.

Er stellte sich dem Schnösel in den Weg.

„Ich glaube du hast da etwas, das dir nicht gehört."

„Hast du'n Problem, Alter?", erwiderte der und sah Marek herausfordernd an.

„Nö, aber du", sagte Marek und wich geschickt einem als Heumacher angesetzten Schlag aus. Dabei packte er den Schlagarm, drehte ihn mit einem Ruck auf den Rücken, dass es in der Schulter krachte. Gleichzeitig packte er das Handgelenk und drückte die Handfläche mit beiden Daumen nach oben. Der Junge schrie vor Schmerz auf und ging in die Knie. Dabei fiel aus seiner schlaff runterhängenden anderen Hand die geklaute Geldbörse. Marek bückte sich und hob sie auf, ohne seinen Gefangenen dabei loszulassen.

„Ich ruf die Bullen", jammerte der Schnösel.

„Ich bin die Bullen", sagte Marek, „und du bist

29

verhaftet, Arschloch."

Der Vorfall war natürlich nicht unbeachtet geblieben. Alle Fahrgäste in diesem Abteil saßen oder standen mit offenen Mündern. Die näher am Geschehen waren, hatten Platz gemacht. Gaffen wollte jeder, reagiert hatte keiner. Soviel zum Thema Zivilcourage dachte Marek.

Als die Bahn endlich die nächste Haltestelle erreicht hatte, bat er die Bestohlene mit auszusteigen und auf dem Revier eine Aussage zu machen. Doch zu seiner Verwunderung wollte sie nur ihre Geldbörse zurück, für eine Aussage hätte sie keine Zeit. Kein Wort des Dankes.

Marek trieb es die Zornesröte ins Gesicht.

„Die Geldbörse nehme ich mit, das ist Beweismaterial. Die können Sie, falls Sie irgendwann einmal Zeit haben sollten, auf irgendeinem Revier abholen. Ihre Personalien brauche ich aber trotzdem noch."

„Stehen in Ihrem Beweisstück", erwiderte sie schnippisch.

Er ließ sie stehen und zerrte seinen Gefangenen, den er immer noch im gleichen Griff hielt, aus der Bahn. Draußen suchte er mit seiner freien Hand in seinen Taschen nach Handschellen, konnte aber keine finden. Die hatte er wohl in der Eile vergessen. Mit seinem Handy, das er glücklicherweise nicht vergessen hatte, rief er über die Einsatzzentrale einen

Streifenwagen, der ihm seinen Ballast abnehmen sollte. Der Schnösel jammerte und fluchte vor sich hin.

„Halt die Schnauze sonst stampf ich dich ein!", herrschte Marek ihn an. Ihm war die Laune für heute endgültig verhagelt.

Als der Streifenwagen endlich kam, für Marek eine gefühlte Ewigkeit, schob er das jammernde Bündel auf den Rücksitz, gab seinen uniformierten Kollegen einen Kurzbericht und drückte ihnen noch die Geldbörse in die Hand.

„Was haben Sie denn mit ihm gemacht?", fragte einer der beiden. „Der sieht ja schlimm aus."

„Ich hab ihn festgehalten, damit er nicht umfällt", erwiderte Marek in bittersüßem Tonfall. „Ihr könnt ihn ja jetzt in Watte packen. Meinen Bericht bekommt ihr später. Ich hab jetzt keine Zeit."

Damit ließ er die verdutzten Beamten stehen und marschierte los. Nach ein paar Hundert Metern blieb er stehen und sah sich um. Es war noch viel zu weit bis in die Stadt. Er rief Paul an, der ihn fünfzehn Minuten später einsammelte und zum Präsidium fuhr.

Unterwegs erzählte er Paul sein Erlebnis in der S-Bahn. Der lachte nur und meinte: „… und du musstest natürlich wieder deine *Dirty Harry* Nummer abziehen."

Im Büro angekommen besorgte er sich zuerst einen Kaffee und ging dann gelangweilt einige Akten durch. Dabei sah er immer wieder auf die Uhr. Doch die Zeit wollte deshalb auch nicht schneller vergehen. Um halb fünf erschien Paul wie vereinbart, um ihn nach Offenbach zu fahren.

„Wann kaufst du dir endlich mal ein richtiges Auto?", fragte Paul, als er ihn vor der Werkstatt absetzte.

„Kein negatives Wort über mein Auto", lachte Marek.

Paul war der einzige Mensch, dem er solche Bemerkungen nicht übel nahm. Sie waren auch nicht ernst gemeint.

„Mach's gut Alter. Bis übernächste Woche."

***

„Das gute Stück ist bestens in Schuss", empfing ihn der Meister. „Sie müssten nur gelegentlich mal nach dem Öl sehen. Da hat was gefehlt."

Marek zahlte seine Rechnung, bedankte sich, wählte eine Kassette von *Jimi Hendrix* und fuhr vom Hof. Seine Laune besserte sich zusehends, als er seinen 2CV, begleitet von *Purple Haze*, durch den abendlichen Berufsverkehr nach Hause steuerte.

***

Als er seinen Kühlschrank öffnete, stellte er entsetzt fest, dass er nichts mehr Essbares im Haus hatte und Einkaufen hatte er ja erst für morgen eingeplant. Marek überlegte kurz, ob er noch mal ins *l'Angolo* fahren sollte, aber richtige Lust hatte er keine. So ging er in den zwei Blocks entfernten Supermarkt und kaufte sich, entgegen jeder Überzeugung, eine Tiefkühlpizza und eine Flasche Wein.

Eigentlich wollte er ja noch Proviant für seinen Kurzurlaub einkaufen, aber dann ließ er es bleiben. In Caorle gibt es auch Supermärkte, bessere als hier meinte er, und wenn er unterwegs Hunger bekommen sollte, gab es ja Raststätten. Vor allem in den italienischen *Autogrill* bekam man leckere *Tramezzini*.

Zu Hause schob er die Pizza, deren Belag nicht gerade sehr viel versprechend aussah, in den Ofen und öffnete die Weinflasche. Bewaffnet mit der Flasche und einem Glas ging er ins Wohnzimmer und ließ sich auf das Sofa fallen. Beim ersten Schluck verzog er das Gesicht. Mit einem *Sangiovese* hatte dieser Wein höchstens den Namen auf dem Etikett gemein.

Die Pizza sollte nun auch fertig sein. Er ging in die Küche, nahm sie aus dem Ofen, legte sie auf ein rundes Holzbrett, schnitt sie in handliche Stücke und ging wieder zurück zu seinem Sofa.

Er war angenehm überrascht. Die Pizza schmeckte nicht schlecht. Der Boden war dünn und knusprig und der Belag war auch besser als er anfangs aussah. Die Marke musste er sich merken, dann könnte er sich gelegentlich auch mal selbst etwas in den Ofen schieben.

Marek kocht zwar leidenschaftlich gerne und auch gut, wie er meinte und seine Gäste auch bestätigten, aber das ging eben nur an seinen seltenen freien Tagen und nicht abends nach dem Dienst.

Nachdem er die Pizza vertilgt und mit einem Schluck Wein runtergespült hatte, zündete er sich eine Zigarette an und lehnte sich gut gelaunt und rundum zufrieden zurück und fing an zu träumen.

***

Er saß auf der Kaimauer des kleinen Fischerhafens, plauderte mit den Alten, die ihre Angeln im Hafenbecken ausgeworfen hatten, und genoss die ersten Strahlen der aufgehenden Sonne …

4

„Warum eigentlich erst am Sonntag?"

Dieser Gedanke riss Marek abrupt aus seinem Traum. Er könnte ja eigentlich schon morgen fahren. Nur weil er es so geplant hatte, musste er ja nicht so lange warten.

Er sprang auf, lief ins Schlafzimmer, riss alle Schränke auf und fing an alles an Kleidung heraus zuziehen, von dem er meinte, es mitnehmen zu müssen. Jetzt brauchte er nur noch seine Reisetasche. Aber wo war sie? Er durchsuchte alle Schränke im Schlafzimmer – Fehlanzeige. Dann weitete er seine Suche auf Wohn- und Arbeitszimmer aus – wieder nichts. Er suchte auch noch in allen Küchenschränken – keine Tasche. Schon wollte er resigniert aufgeben als ihm einfiel, dass er noch nicht in der Vorratskammer nachgesehen hatte.

Diese alten Häuser hatten ja alle neben der Küche eine kleine Kammer, in der früher, mangels Kühlschrank, die Lebensmittel gelagert wurden.

Er hatte damals, als er einzog, ein Flaschenregal für seinen niemals vorhandenen Weinvorrat und ein weiteres Regal für Konserven eingebaut, in dem heute hauptsächlich Ersatzteile für sein Auto und diverse Werkzeuge lagerten.

Oben auf diesem Regal fand er dann auch seine Reisetasche.

„Immer schön zu wissen, wo man was hin räumt", sagte er sich zufrieden und fing an zu packen.

Danach ging er zurück ins Wohnzimmer, legte eine CD mit Mozarts Klavierkonzert Nr. 20 auf, einer tollen Einspielung mit Friedrich Gulda und den Wiener Philharmonikern unter Claudio Abbado, und setzte er sich mit einem Glas Wein, dem letzten für heute wie er sich vornahm, auf seine Couch.

Nachdem das Rondo verklungen war, ging er zu Bett und stellte seinen Wecker auf fünf Uhr. Das war früh genug, wenn er um sechs Uhr fahren wollte.

***

Am nächsten Morgen erwachte Marek noch bevor ihn sein Wecker mit seinem penetranten Gepiepse aus dem Schlaf reißen konnte.

Beschwingt stand er auf, nahm eine ausgiebige Dusche, setzte Caffè auf und kleidete sich an.

Während er am Küchentisch saß, Caffè trank und rauchte, sah er aus dem Fenster in die winterliche Dunkelheit des frühen Morgens und ging in Gedanken den Inhalt seiner Reisetasche durch, ob er auch nichts vergessen hatte.

Dann spülte er noch schnell die Caffettiera aus, damit der feuchte Trester während seiner Abwesenheit nicht verschimmelte, nahm im Flur seine Reisetasche und verschloss die Wohnungstür.

Die Tasche verstaute er auf dem Rücksitz, atmete noch einmal tief durch und fuhr los.

Unterwegs fiel ihm ein, dass er vergessen hatte, zu tanken. Er warf einen Blick auf die Tankanzeige. Der Zeiger pendelte so um die Mitte herum. Da diese Anzeige aber eher die Wasserstandsmeldung des Mains als den aktuellen Benzinstand anzeigte, entschloss er sich an der nächsten Tankstelle noch einmal vollzutanken.

Als er dann endlich auf der A3 Richtung München unterwegs war, fühlte Marek sich richtig wohl. Daran konnte auch das ewige Drängeln und die Lichthupen der meisten anderen Verkehrsteilnehmer nichts ändern, die ihm damit zeigen wollten, was sie von seinem Auto hielten.

Als die Autobahn sich hinter Aschaffenburg auf zwei Fahrspuren verengte, tauchte in seinem Rückspiegel wie aus dem Nichts eine große Limousine auf. Obwohl die linke Fahrspur völlig frei war, fuhr dieser Wagen auf Tuchfühlung und im Zickzack hinter Marek her und blendete ununterbrochen auf. Plötzlich scherte der Wagen aus, fuhr haarscharf an ihm vorbei, scherte Zentimeter vor der Ente wieder ein, bremste abrupt ab, um dann mit Vollgas in der Dunkelheit zu verschwinden.

Normalerweise wünschte Marek sich in solchen Situationen, die er schon zur Genüge schon erlebt hatte, seit er seinen 2CV fuhr, einen Raketenwerfer auf dem Dach, mit dem er solche Typen von der Straße pusten konnte.

Doch nicht heute. Heute war alles anders. So wollte er sich seine gute Laune durch nichts und niemanden verderben lassen.

Er wünschte sich nur, diesen Penner am nächsten Baum wieder zu sehen. Dann würde er langsam vorbeifahren und freundlich winken.

Bedrohlich und tief hingen die grauschwarzen Wolkenberge über den Baumwipfeln des Spessarts. So als würde der Himmel auf die Welt hinabstürzen.

Abschnittsweise regneten sich die Wolken in aller Heftigkeit aus. Dann war von der Außenwelt nichts mehr zu sehen. Nur noch Dunkelheit und Wassermassen, die vom Scheibenwischer des betagten 2CV nicht mehr bewältigt werden konnten, zumal es nur eine Geschwindigkeit und keine Intervallschaltung gab. Nur an und aus.

Langsam schlich die Ente die Steigungen hinauf. Marek musste in den dritten Gang zurückschalten. Für die siebenundzwanzig PS seines Autos waren die Anstiege doch zu lang und zu heftig.

Nach gut zwei Stunden Fahrt durch Regen und Dunkelheit sah er endlich die Lichter von Würzburg vor sich auftauchen.

Noch ein kurzer Anstieg und dann hatte er es geschafft. Dann konnte er es rollen lassen.

Einen Moment überlegte Marek, ob er im Rasthof am Ende der Steigung eine Pause einlegen sollte, verwarf den Gedanken aber gleich wieder.

Er wollte noch ein Stück weit kommen. Vielleicht war weiter im Süden das Wetter besser und er liebte es, in den anbrechenden Morgen hinein zu fahren.

Aber auch als er durch den Steigerwald Richtung Nürnberg fuhr wurde das Wetter nicht besser.

Nach einer weiteren Stunde, er hatte Nürnberg schon weit hinter sich gelassen, sah er, dass der Zeiger der Tankanzeige langsam gegen null pendelte. Das konnte bedeuten, dass der Tank fast leer war, aber auch, dass sich noch zehn Liter darin befanden.

Marek wollte es gar nicht so genau wissen und außerdem meldete sich der kleine Hunger. So beschloss er, seine erste Rast in Greding einzulegen.

An der Raststätte fuhr er auf den fast leeren Parkplatz und betrat die ebenfalls fast leere Gaststube.

Er nahm sich zwei Croissants, ein Stückchen Butter und einen Becher Kaffee mit Milch und Zucker. Dann balancierte er das Tablett durch die leeren Stuhlreihen ins Raucherabteil und ließ sich an einem Tisch in der hintersten Ecke nieder. Eine alte Angewohnheit von ihm. Er musste immer den ganzen

Raum vor sich sehen. War wohl eine Berufskrankheit.

Das Gebäck war frisch und schmeckte überraschend gut. Nur der Kaffee war nicht nach seinem Geschmack. Halt ein typischer Automatenkaffee. Aber er hatte schon Schlimmeren getrunken.

„Besser als nichts", sagte er sich. „Zum Wachbleiben reicht's."

Nachdem er aufgegessen hatte, holte sich Marek noch einen Espresso und zündete sich eine Zigarette an.

„In Italien würde man wohl dafür gesteinigt werden", dachte er, als er den ersten Schluck getrunken hatte. Aber bald würde er ja etwas Besseres bekommen. Er drückte die Zigarette aus und ging zu seinem Auto.

Nachdem er getankt hatte, fuhr er wieder auf die Autobahn auf, wo der Verkehr merklich zugenommen hatte.

Noch immer hingen die Wolken tief und packten die Hopfenfelder der Holledau in schmutzig graue Watte. Aber es war jetzt wenigstens trocken.

***

Um die Mittagszeit erreichte er den Rasthof Irschenberg, und da er ohnehin wieder tanken musste, beschloss er auch gleich hier Mittag zu essen.

Als er sich gerade über sein Schnitzel hermachen

wollte, das für Raststätten Verhältnisse sogar sehr appetitlich aussah, ergoss sich eine Busladung Schulkinder auf Klassenfahrt in den Gastraum.

Augenblicklich war es mit der Ruhe vorbei. Wie ein Schwarm Heuschrecken nahmen die lieben Kleinen alle freien Tische und den anschließenden Verkaufsraum in Besitz. Der Geräuschpegel erreichte sogleich den eines Presslufthammers auf einer Autobahnbaustelle. Da wurde geschubst, gegrölt und gekichert. Die Jungen versuchten durch extrem albernes Gehabe den Mädchen zu imponieren. Diese wiederum belohnten die Anstrengungen mit dümmlichem Gekicher.

Marek versuchte das Alter dieser Strafe ihrer Eltern zu schätzen aber das war schwierig in Anbetracht der Tatsache, dass einige dieser Mädchen ihre Gesichter hinter einer dicken Maske aus Schminke versteckten, die zu entfernen man bestimmt zu Hammer und Meißel greifen musste. Manche davon sahen richtig billig aus.

„… ich denk das Mädchen kennst du doch, die ist kaum dreizehn Jahr und flieht schon in die Dämmerung und hat schon Nacht im Haar …"

Diese Zeilen aus *Bataillon d'Amour* der Ost-Berliner Band *Silly* kamen ihm in den Sinn.

Aber wenn er sich die jungen Bürschchen betrachtete, konnten sie nicht älter als vierzehn oder fünfzehn Jahre alt sein.

Marek hielt Ausschau nach den Lehrern, während er sich eine Gabel Bratkartoffeln in den Mund stopfte. Die waren bestimmt nicht zu beneiden. Aber sie würden das ganze beruhigen wenn sie endlich hereinkamen. Dachte er zumindest.

Doch was sich da als aufsichtführender Lehrkörper entpuppte, eine junge Frau und ein junger Mann, beide etwa Anfang dreißig, beide in Norweger Pullover, Jeans, Wanderstiefel und mit einem Rucksack bewaffnet, riefen nur kurz etwas Unverständliches in die grölende Menge, und als sie merkten, dass niemand davon Notiz nahm, setzten sie sich an einen freien Tisch und überließen die Raststätte ihrem Schicksal.

Marek erinnerte sich an seine Schulzeit. Als er so alt war, machte seine Klasse auch eine Fahrt. Nach Trier. Bei der Ankunft wurde sich in Zweierreihe neben dem Bus aufgestellt und so ging es auch auf Besichtigungstour. Porta Nigra, Dom, Basilika, Kaiserthermen. Überall referierte ihr Lehrer und sie waren stumme Zuhörer. Hat auch keinen Spaß gemacht. Da hat es die Jugend heute doch besser dachte er.

Vielleicht könnte man so einen Mittelweg finden. Aber dieses Auftreten hier war wirklich überzogen.

Na ja, sollen sie ihre Jugend genießen. Sie werden es später nicht mehr so einfach und so schön haben wie seine Generation.

In Anbetracht der Lärmkulisse verzichtete Marek auf Kaffee und Zigarette. Er wollte nur schnell weg von hier und das Chaos hinter sich lassen.

An der Tankstelle erwarb er noch eine kleine Vignette mit einer Gültigkeit von zehn Tagen, zur Benutzung der österreichischen Autobahn.

Regenschwer hingen nach wie vor die Wolken über dem Voralpenland, als er mit seiner Ente weiter Richtung Kufstein fuhr.

Von den majestätischen, schneebedeckten Gipfeln der Berge, die bei schönem Wetter in den blauen Himmel ragten, war nichts zu erahnen.

Als unmittelbar hinter der österreichischen Grenze das Ortsschild von Kufstein auftauchte, fing Marek unwillkürlich an das gleichnamige Schunkellied zu summen, was ihm auch sofort wieder leidtat.

Früher, als er noch ein junger Kerl war, gehörte das Kufstein Lied zum Repertoire seiner Clique bei jeder Festivität. Heute schämte er sich nachträglich dafür. Jeder hat wohl einen dunklen Punkt in seiner Vergangenheit und das war seiner.

***

Bevor Marek den Brenner in Angriff nahm, machte er noch einen Tankstopp denn das Benzin war hier in Österreich wesentlich billiger als in Deutschland oder Italien.

Es geht doch auch so, dachte er sich und verfluchte die Grünen, die für die wahnsinnige Benzinsteuer verantwortlich zeichneten.

Die haben leicht reden. Wir sollen durch die hohen Benzinpreise gezwungen werden weniger Auto zu fahren und unsere Volksvertreter lassen sich auf Staatskosten in dicken Luxuslimousinen durch die Gegend chauffieren.

„Was soll's", dachte er, „jedes Land hat die Regierung die es verdient und die heutige macht es nicht besser, oder schlechter, als ihre Vorgänger."

***

Nachdem seine treue Ente auch die letzte Steigung bewältigt und die ehemalige italienische Grenzstation passiert hatte, atmete Marek tief durch.

Es war immer wieder ein unbeschreibliches Gefühl in dem Moment, in dem er auf italienischen Boden fuhr. Schon ein paar Meter hinter der Grenze war alles anders. Die Leitplanken, falls überhaupt noch vorhanden, waren verrostet und nicht existierende Baustellen waren mit rot-weiß gestreiften Markierungskegeln längs der Fahrbahn abgesteckt.

Die Schilder mit den Geschwindigkeitsbeschränkungen interessierten auch niemanden. Nur wenn man sich daran hielt, verursachte man ein wütendes

Hupkonzert.

Und weiter unten im Süden war sogar die Wolkendecke aufgerissen und zeigte an einigen Stellen ein paar blaue Flecken.

Marek war mehr denn je überzeugt, dass jetzt alles besser würde und er der Lösung seines Problems sehr nahe war.

Er steuerte seinen 2CV auf den Parkplatz des ersten *Agip Autogrill,* an dem er vorbei kam. Hier waren sogar die Parkplätze freundlicher. Hier konnte man sein Auto unter abgedeckten Pergolen abstellen, was natürlich im Sommer einen willkommenen Schutz gegen die sengende Sonne darstellte.

Als er den Raum mit der lang gezogenen Theke betrat, fühlte er sich endgültig zu Hause angekommen. Marek beschloss, hier sein eigenes Willkommensmahl zu halten. Zuerst konnte er sich nicht entscheiden, welche der angebotenen Leckereien er nehmen sollte, doch dann entschied er sich für ein *Tramezzini* mit Thunfisch und Ei und eins mit Schinken und Käse. Dazu bestellte er sich einen doppelten Caffè.

Bei solchen Gelegenheiten kamen ihm seine, wenn auch noch verbesserungswürdigen, Italienischkenntnisse zugute.

Vor Jahren belegte er einmal einen Sprachkurs in Florenz, nachdem er bei einer Fahrt in den Süden des

Landes feststellen musste, dass man außerhalb der Touristenzentren mit Deutsch oder Englisch nicht sehr weit kam.

Da Marek aber mehr ein Autodidakt ist, fiel ihm das Lernen in der Gruppe extrem schwer und so kaufte er sich noch einige Sprachkassetten, die er täglich im Auto, im Büro oder zu Hause hörte und nachsprach.

Bei seinem jährlichen Italienurlaub versuchte er dann seine Kenntnisse anzuwenden, was ihn einiges an Überwindung kostete und für die Ohren der einheimischen Bevölkerung wohl sehr seltsam geklungen haben mochte. Aber statt ihn auszulachen oder ihn nicht verstehen zu wollen, halfen sie ihm diskret bei der Aussprache und der Satzstellung.

So wurde er immer sicherer und konnte sich nun ohne große Probleme verständigen.

***

Er wäre gerne noch länger geblieben, doch ein Blick auf die Uhr mahnte ihn zum Aufbruch.

Mittlerweile war er schon zehn Stunden unterwegs und er hatte noch ein ganzes Stück zu fahren. Außerdem musste er noch bei Angelinas Bruder die Wohnungsschlüssel abholen und wollte nicht mitten in der Nacht stören.

Beim Verlassen der Bar kaufte Marek noch eine Stange *MS*. Zu italienischem Lebensgefühl gehörte für ihn auch eine italienische Zigarette.

Langsam begann von Osten her, die Dämmerung das Land zu überziehen, und als er Verona erreichte, war es schon stockdunkel. Zum Glück blieb es trocken. Schon seit er die Grenze passiert hatte war es trocken geblieben. Er hasste es in der Dunkelheit zu fahren, wenn es auch noch regnete.

Nachdem er hinter Verona, auf die A4 Richtung Venedig aufgefahren war, zählte Marek die Kilometer herunter, die er noch vor sich hatte. Als dann endlich die Ausfahrt *Padova Ovest* im Scheinwerferlicht auftauchte, wusste er, dass es nicht mehr lange dauern würde. Noch etwa fünfzig Kilometer zur Ausfahrt *S.Dona Noventa* und von da aus über Landstraßen nach Caorle.

***

Kurz vor Mestre, zusammen mit Marghera der Industriemoloch vor Venedig, musste er noch seine Autobahngebühr entrichten. Zum Glück gab es heute nicht den üblichen Stau an diesem Nadelöhr, in dem man, je nach Tageszeit, bis zu einer Stunde und in den Sommermonaten noch länger zubringen konnte. Die restlichen Autobahnkilometer waren gebührenfrei.

Als er die Autobahn verlassen und das kleine Städtchen San Dona di Piave hinter sich gelassen hatte, tauchte er in völlige Dunkelheit ein. Eine schnurgerade Straße führte entlang der Piave nach Eraclea. Gelegentlich tauchten im Scheinwerferlicht die dunklen Umrisse verlassener Gebäude auf. Fast zwanzig Minuten fuhr Marek, ohne einem anderen Fahrzeug zu begegnen. „Wie in David Lynchs *Lost Highway*", schoss es ihm durch den Kopf. Ein Gefühl, als würde man in die Unendlichkeit fahren.

In Eraclea gab es wenigstens hier und da eine schummrige Straßenbeleuchtung und aus einigen Bars fiel etwas Licht auf die Straße.

Marek bog nach Osten ab in Richtung Porto Santa Margherita.

Vorbei an Duna Verde, der neu erbauten Touristenschlafstadt, kam er über die Viale Altanea nach fünfzehn Stunden Fahrt endlich in Caorle an. Dort fuhr er über die Strada Nuova zur Fondamenta Pescheria, an der, wie der Name schon sagt, auch der Fischmarkt liegt.

Er stellte seine Ente auf dem Parkplatz neben der Markthalle ab, stieg aus, streckte seine müden Glieder und atmete tief den Geruch von Fisch und Salzwasser ein. Hier würde er es sich in der kommenden Woche richtig gut gehen lassen.

Er beschloss die paar Meter zu Angelinas Bruder in der Via delle Orate zu Fuß zu gehen.

Das gesuchte Haus fand er zwar auf Anhieb, doch war es ihm sehr unangenehm zu so später Stunde noch zu stören. Umso überraschter war Marek von dem überaus herzlichen Empfang, der ihm zuteil-wurde, als Angelinas Bruder Silvio die Tür öffnete.

„Buona sera, Roberto. Wir haben uns schon Sorgen gemacht. Wir dachten dein altes Auto – du hast es doch noch, oder? – wäre kaputt gegangen."

Als Marek etwas erwidern wollte, hob Silvio beide Hände beschwichtigend in die Höhe. „Hätte doch sein können bei einer so langen Fahrt. Komm rein und iss mit uns zu Abend. Maria hat das Essen gleich fertig."

Mareks Entschuldigung, es wäre schon so spät und er wolle nur den Schlüssel abholen, ließ Silvio nicht gelten.

„Roberto, du bist hier in Italien. Bei euch schlafen die Leute wahrscheinlich jetzt schon vor dem Fern-seher aber hier fängt für uns der Abend erst an. Das solltest du doch langsam wissen, so oft, wie du schon hier warst. Erst ein gutes Essen mit der Familie oder mit Freunden, dann ein Spaziergang an der Lungo-mare Petronia und zum Abschluss noch ein paar Gläschen in der Bar."

Während er sprach, hatte er Marek mit ins Haus gezogen und so standen sie auf einmal in der großen Wohnküche, wo Maria, Silvios Frau, letzte Hand ans Abendessen legte.

„Ciao Roberto", begrüßte sie ihn, *„come stai*? Wir

haben schon befürchtet du kommst nicht mehr und wir müssten das alles alleine aufessen."

Dabei lachte sie und wischte sich die Hände an der Schürze ab.

Marek war überwältigt von so viel Herzlichkeit und brachte es nicht übers Herz jetzt noch abzulehnen. Außerdem stieg ihm der Duft von Tomatensugo, Oregano und Knoblauch in die Nase und ließ ihm das Wasser im Mund zusammen laufen.

„Ihr setzt euch jetzt hin", befahl Maria und stellte einen großen Teller *Bruschetta* auf den Tisch während Silvio den Wein einschenkte.

„Wo sind die Kinder?", fragte Marek.

„Das wüsste ich selbst gerne", sagte Silvio, aber da fiel ihm seine Frau ins Wort: „Alessandra ist bei einer Freundin und bleibt da auch über Nacht und Paolo ist mit ein paar Freunden im Büro der Bürgerinitiative. Das wird bestimmt wieder spät. So, und nun wird gegessen, bevor alles kalt wird."

„Warum weiß ich davon nichts?", wollte Silvio aufbegehren.

„Weil du nie Zeit hast, dich um deine Kinder zu kümmern, *basta*!", beendete Maria die aufkommende Diskussion.

Das duldete keinen Widerspruch und so genossen sie schweigend die köstlichen gerösteten Brotscheiben, die großzügig mit Knoblauch eingerieben, mit feinstem Olivenöl beträufelt und mit frischen Tomatenwürfeln und Oregano belegt waren.

Als das letzte Stück verspeist war, stellte Maria eine große Auflaufform mit Lasagne auf den Tisch, schnitt sie in Portionen und verteilte sie auf die Teller. Die Lasagne war gefüllt mit Ragout in Tomatensugo und in der obersten Schicht eine Lage mit feinster Bechamelsauce, gekrönt von einer Kruste aus würzigem Käse.

Marek geriet ins Schwärmen.

„Wenn du nicht schon verheiratet wärest, müsste ich dich sofort heiraten; alleine schon wegen dieser Lasagne."

„Wenigstens einer der mein Essen zu schätzen weiß", ereiferte Maria sich in Richtung ihres Mannes und sah ihn dabei gespielt böse an.

Bevor Silvio etwas erwidern konnte, wandte sie sich wieder Marek zu: „Danke für das Kompliment Roberto, doch bei dir hält es doch keine Frau länger als zwei Wochen aus."

„Das ist nicht wahr!", tat er beleidigt. „Vor ein paar Jahren war ich mal einen ganzen Monat mit einer Freundin zusammen. Nur dann fing sie auch an wie alle Anderen und wollte mich erziehen. Das ging dann doch zu weit. Ich will mich nicht ändern und ich werde mich nicht ändern und ich lasse mich auch nicht bevormunden! Ich bin so, wie ich bin und wenn es den Damen nicht passt, dann sollen sie mich in Ruhe lassen! *Basta*!"

„Bravo!", klatschte Silvio Beifall. „Du hast gesprochen wie ein echter Italiener."

„Du musst es ja wissen", echauffierte sich Maria und funkelte ihren Mann dabei an und zu Marek gewandt: „Du wirst schon noch die Richtige finden. Da bin ich ganz sicher. Wenn du erst einmal hier leben würdest …"

Der letzte Satz drang tief in Mareks Unterbewusstsein und manifestierte sich dort zu einer Idee, die er aber momentan noch nicht in der Lage war, abzurufen.

„Ja, das wäre schön", sagte er nur verträumt.

***

Maria stand auf und räumte das Geschirr ab nach dem sie sich vergewissert hatte, dass alle gesättigt waren.

„Nachtisch …?", fragte sie die beiden Männer.

Marek rieb sich seinen Bauch.

„Ich glaube ich bekomme nichts mehr rein."

„Es gibt Tiramisu", verriet Silvio, „dafür findest du bestimmt noch Platz."

„Oh, ich glaube ich habe noch ein kleines Loch gefunden", sagte Marek schnell und alle lachten.

Marias Tiramisu war eine Offenbarung und der anschließende Caffè mit einem Grappa rundete das fantastische Essen ab.

***

„Lasst uns noch einen Spaziergang machen", schlug Silvio vor.

„Geht ihr nur", sagte Maria, „ich muss noch die Küche aufräumen und abwaschen."

„Du kommst mit und ich helfe dir nachher", entschied ihr Mann und so machten sie sich auf den Weg über die Via Roma zur Promenade entlang der Viale Madonna dell` Angelo.

„Wo ist dein Auto?", fragte Silvio. „Ich habe es gar nicht gesehen."

„Ich habe es am Fischmarkt stehen lassen. Wollte die paar Meter zu Fuß gehen und den Geruch des Meeres atmen", erwiderte Marek pathetisch.

***

Gespenstisch erhob sich zu ihrer Linken der runde Glockenturm aus dem Anfang des zwölften Jahrhunderts in den dunklen und mittlerweile sternenklaren Nachthimmel und kündete von einer Zeit, als Caorle noch eine der größten und reichsten Städte Norditaliens war.

***

„Sag mal, was ist das denn für eine Bürgerinitiative, bei der dein Sohn sich engagiert?", wandte sich Marek an Silvio.

„Sie nennt sich *salvare la città vecchia*. Viele Caorlotti machen da mit."

„Rettet die Altstadt, aber was soll denn hier gerettet werden?", fragte Marek verwundert. „Hier ist doch alles wunderbar erhalten."

„Das ist es ja", mischte sich Maria ein, „noch ist alles wunderbar, aber wie lange noch? Als wir hierher gelaufen sind hast du bestimmt die Bauzäune zwischen der Via delle Cape und der Via Roma bemerkt. Da haben irgendwelche Spekulanten Grundstücke aufgekauft und wollen dort jetzt so einen hässlichen Glaskasten mit einem Einkaufszentrum hin bauen."

„Fängt das jetzt hier auch an?", Mareks Stimme klang resigniert. Würde man seine Idylle jetzt auch zerstören?

„Aber warum hat man denn die Grundstücke überhaupt an diese Leute verkauft?"

„Die alten Bewohner verkaufen ihre Häuser sicher nicht, aber wenn sie sterben, wollen die jungen Erben sich damit nicht belasten. Die Instandhaltung der alten Häuser kostet Geld und die einzigen Einnahmequellen hier sind die Fischerei – was nicht viel abwirft – und in den Sommermonaten der Tourismus. Also verkaufen die Jungen ihr Erbe, um Startkapital in den Großstädten wie Bologna oder Verona zu haben."

„Und das nutzen die Spekulanten natürlich aus und kaufen die Objekte zu Spottpreisen auf", ergänzte Silvio.

„Und kann die Bürgerinitiative überhaupt etwas ausrichten? Ich meine, haben die eine Chance dieses Projekt zu verhindern?", wollte Marek wissen.

„Offenbar schon", meinte Silvio. „Paolo hat erzählt, dass sie einen vorläufigen Baustopp erwirkt hätten und wie man sieht, ist außer dem Bauzaun auch noch nichts passiert."

„Wenigstens ein Lichtblick", meinte Marek. „Hoffentlich bleiben sie erfolgreich."

„Lasst uns zurückgehen", bat Maria, „mir wird kalt."

So traten sie einvernehmlich den Rückweg an. An besagter Stelle betrachtete Marek die aus nagelneuen OSB Platten errichteten Bauzäune, die sich über zwei Straßenzüge entlang der Altstadtgrenze erstreckten. Überall waren noch Fragmente von Plakaten mit dem Namenszug der Bürgerinitiative zu erkennen, die man wohl eilig versucht hatte, zu entfernen.

Marek bedankte sich bei Maria und Silvio für das ausgezeichnete Essen und den schönen Abend, nahm den Wohnungsschlüssel für sein Domizil der kommenden Tage entgegen und marschierte zu seinem Auto.

„Das verspricht eine interessante Woche zu werden", dachte er bei sich, während er seine Ente durch die Viale Santa Margherita in Richtung Marina di

Caorle lenkte.

Im Sommer wimmelte diese Straße von Menschen, vorwiegend Touristen, die in den zahlreichen Hotels an dieser Flaniermeile ihren Urlaub verbrachten. Doch jetzt wirkte sie wie ausgestorben. Die Hotels öffneten erst im Mai und die Geschäfte und Bars schlossen mangels Kundschaft schon relativ früh.

Fast am Ende der Viale bog Marek nach rechts in die Via Isarco ab, an deren Ende das Haus stand, in dem sich Angelinas Wohnung befand.

Das Schiebetor zum Parkplatz war geschlossen, und da er todmüde war und keine Lust verspürte das schwere Tor aufzuschieben, stellte er einfach die Ente am Straßenrand ab, schnappte sich seine Tasche und ging ins Haus. Da Maria schon das Bett bezogen hatte, kickte er nur die Slipper von den Füßen, warf sein Sakko in die Ecke und ließ sich aufs Bett fallen.

***

Er saß auf der Kaimauer des kleinen Fischerhafens und … und er konnte das Wasser nicht sehen, da ein Bauzaun aus OSB Platten ihm die Sicht versperrte. So sehr er sich auch anstrengte über diesen Zaun zu gelangen, er schaffte es nicht. Der Zaun wurde immer höher und höher.

Resigniert gab er auf und fiel in einen tiefen, traumlosen Schlaf.

5

Am nächsten Morgen erwachte Marek relativ früh, aber ausgeruht und voller Tatendrang. Als Erstes entledigte er sich seiner verlegenen Kleidung, er hatte ja in voller Montur durchgeschlafen, und nahm eine ausgiebige Dusche. Dass dabei sich ständig die Temperatur des Wassers änderte – heiß, kalt, heiß, kalt – störte ihn kaum. Nach dem Zähneputzen gönnte er sich noch eine intensive Rasur, um sich seiner grauen Bartstoppeln zu entledigen. Zurück im Schlafzimmer öffnete Marek die Balkontüre und zog den Rollladen ein Stück nach oben, um zu lüften. Die feuchtkalte Luft ließ ihn frösteln. Er sah nach draußen ... und sah eigentlich nichts. Dichte, graue Nebelschwaden waberten dort, wo man sonst die Wiese sehen kann, auf der sich im Sommer die Kinder der Nachbarschaft tummelten. Und auch der Damm, hinter dem der Kanal zum Fischerhafen führte, war im Nebel verborgen. Selbst der Pool, der nur etwa zehn Meter vor dem Balkon lag, war in der grauen Suppe nur zu erahnen.

Eilig zog er sich an und ging in die Küche. Als sein Blick auf den Küchentisch viel, zeigte sich ein dankbares Lächeln auf seinem Gesicht. Maria hatte ihm dort eine Dose Caffè bereitgestellt; quasi als

Erstversorgung, bis er einkaufen war.

Die Caffettiera fand er auf dem Gasherd. Er füllte großzügig Caffè in den Behälter und wollte die Kanne auf den Herd stellen als ihm einfiel, dass er keine Streichhölzer hatte, um das Gas anzuzünden.

Marek beschloss, sich von solchen Kleinigkeiten nicht aus der Ruhe bringen zu lassen. Schließlich hatte er ja noch sein Feuerzeug. Aber wer schon einmal versucht hat, mit einem Benzinfeuerzeug einen Gasherd zu zünden, der weiß, dass dies nicht so einfach ist.

Marek drehte den Regler auf Stufe eins und mit einem leisen Zischen fing das Gas an zu entweichen. Vorsichtig hielt er sein Zippo mit der züngelnden Flamme an den Brenner. Da er das Feuerzeug schräg nach unten halten musste, verbrannte er sich die Finger. Fluchend ließ er das Feuerzeug fallen, was dazu führte, dass sich das ausströmende Gas mit einer Stichflamme entzündete und ihm dabei leicht den Handrücken versengte.

„Verdammte Scheiße! Das fängt ja gut an", brüllte er los und hielt seine schmerzende Hand, die schon eine leichte Rötung zeigte, unter den Wasserhahn des Spülbeckens. Dann holte er aus einer Schublade eine Grillzange, mit deren Hilfe er dann sein Feuerzeug vom Gasherd befreien konnte.

Marek betrachtete seine geschundene Hand. War

wohl doch nicht so schlimm. Außer der leichten Rötung war nichts zu sehen. Nur ein leichtes Ziehen machte sich bemerkbar.

Er stellte die Caffettiera auf den Herd und zündete sich eine Zigarette an. Während Marek auf seinen Caffè wartete, sah er, wie sich der Nebel langsam hob und die Umgebung freigab. Es versprach ein schöner Tag zu werden und vor lauter Vorfreude vergaß er seine schmerzende Hand.

Nachdem er eine weitere Zigarette geraucht und seinen Caffè getrunken hatte, machte sich Marek auf den Weg, um sich mit dem Nötigsten einzudecken.

Gemächlich schlenderte er, die Hände in den Hosentaschen vergraben, die Viale Santa Margherita entlang. Der Nebel hatte sich nun endgültig verflüchtigt und gab einen azurblauen Himmel frei. Marek atmete tief die frische, salzige Luft ein. Hin und wieder begegnete ihm eine Hausfrau auf Einkaufstour.

„Buon giorno.“

„Buon giorno, signora.“

Völlig unbekannte Menschen grüßten ihn höflich und wünschten einen schönen Tag. Ansonsten war die Stadt wie ausgestorben, befand sich noch im Winterschlaf.

Vor einer bereits geöffneten Bar standen ein Wagen der italienischen Post und zwei Lieferwagen. Die Fahrer machten wohl ihre erste Espressopause.

Das gefiel Marek. Während man sich in den meisten deutschen Firmen sogar schon zum Pinkeln abmelden muss, gehört hier die kleine Espressopause zum Alltag.

Zielstrebig bog er in die Viale Buonarroti ab. Er hatte sich überlegt im Supermercato in der Via dei Calamari, ganz in der Nähe der Wohnung von Maria und Silvio, einzukaufen. Das war zwar viel weiter als die anderen Märkte, doch er meinte, dort die beste Qualität zu finden.

Als Marek den Markt betrat, empfing ihn der Duft von frischem Obst und Gemüse und einen kurzen Moment war er versucht seinen Entschluss, nicht selbst kochen zu wollen, über Bord zu werfen. Doch dann beschloss er stark zu bleiben und den Köstlichkeiten zu widerstehen. Und so trat er kurze Zeit später, bewaffnet mit zwei vollen Einkaufstüten, wieder den Heimweg an.

Die Sonne sandte die ersten wärmenden Strahlen aus einem fast wolkenlosen Himmel als Vorboten des nahenden Frühlings zur Erde und in den Vorgärten zeigten sich zaghaft die ersten Knospen.

Trotz des Gewichts seiner Einkäufe hatte es Marek nicht eilig und genoss jeden Atemzug.

Zu Hause bereitete er sich einen Caffelatte und aß zwei mit Vanillecreme gefüllte Cornetti. Mit einer zweiten Tasse und einer Zigarette setzte er sich dann auf den Balkon und überlegte seine nächsten Schritte. Aber so sonderlich Überzeugendes fiel ihm jetzt ad hoc auch nicht ein.

„Nur keine Panik, du bist doch erst angekommen", beruhigte er sich selbst.

Als Marek im Hintergrund die Mastspitze eines Fischerbootes vorbei gleiten sah, verspürte er Lust auf einen Spaziergang entlang der Dammkrone.

Er drückte seine Zigarette im Aschenbecher aus und machte sich auf den Weg. Am Ende des Parkplatzes, neben einer Trafostation, gab es einen kleinen Trampelpfad, über den man durch ein Loch in der Umzäunung auf den Damm klettern konnte. Die Bewohner der Straße nahmen diesen Weg offensichtlich als Abkürzung.

Die letzten Meter nach oben gestalteten sich schwierig, da das Gras noch feucht vom Morgennebel und dementsprechend glitschig war. Doch Marek schaffte es, ohne auszurutschen oder zu stürzen.

Oben angekommen atmete er tief den Duft von Wasser und Schilf ein und genoss den Anblick, der sich ihm bot. Im Osten, wo der Kanal hinter einer Biegung verschwand, lagen kleine Werftanlagen und Verladestationen. Im Westen sah er noch ein Boot in Richtung Meer verschwinden und dazwischen lag das grüne Band des Kanals mit seinem Schilf gedeckten Ufer und dem Damm.

Entlang der Krone verlief ein mit weißem Splitt aufgeschütteter Weg mit Beleuchtung, so dass man auch in der Dunkelheit hier spazieren gehen konnte.

Marek marschierte los nach Osten in Richtung Stadt. Zu seiner Rechten, unterhalb des Damms, reihten sich bunte Häuschen, die meistens als Ferienhäuser genutzt werden, entlang der Riva del Varoggio.

Nach etwa fünfzehn Minuten endete der Fußweg abrupt an der Einfahrt zum Jachthafen. Von dort aus hatte er einen herrlichen Blick auf den Hafen an der Fondamenta Pescheria und im Hintergrund ragte der alte Glockenturm, das Wahrzeichen von Caorle, wie ein spitzer Bleistift in den Himmel. Hier verließ er notgedrungen den Damm und ging vorbei an der neuen Wohnanlage in der Via del Leone bis zur Viale Santa Margherita. Dort hielt er sich nach links in Richtung Altstadt.

An der Piazza Sant' Antonio fand er eine geöffnete Bar. Marek ging hinein und bestellte sich einen Cappuccino.

Während er auf seine Bestellung wartete, fingerte er seine Zigarettenschachtel aus seiner Jacke und wollte sich gerade eine anstecken, als der Mann hinter der Theke ihn eilig darauf hinwies, dass Rauchen in Bars und Restaurants generell verboten sei und er als Wirt, bei einem Verstoß seiner Gäste gleich mit bestraft würde.

„Ich kann nichts dafür. Ist eine Verordnung aus Brüssel und unsere Regierung hat nichts Besseres zu tun als diese Verordnung noch verschärft umzusetzen", entschuldigte er sich.

„Unsere Regierung ist auch nicht besser", ereiferte sich Marek auf eines seiner Lieblingsthemen, die Diskriminierung der Raucher, angesprochen.

Und so begann ein Monolog, nur gelegentlich durch zustimmende Bemerkungen des Mannes hinter der Theke unterbrochen, über die Sinnlosigkeit des Brüsseler Beamtenapparates und seiner hirnlosen Ergüsse, die zu nichts gut seien, außer vielleicht die schwer arbeitende Bevölkerung zu schikanieren.

Da war der alte Achtundsechziger wieder in ihm erwacht und er hatte sich so in Rage geredet, dass er schon einen knallroten Kopf bekommen hatte.

„Stellen Sie sich vor, da sitzen Dutzende, ach was, Hunderte von kleinkarierten Idioten und bestimmen, wie die Krümmung einer Banane zu sein hat, oder wie eine Gewürzgurke aussehen muss, damit wir sie gefahrlos essen dürfen. Oder dass ich keine Zigarette zu meinem Cappuccino rauchen darf."

„Da haben Sie vollkommen recht", sagte plötzlich eine weibliche Stimme hinter ihm.

Marek stockte abrupt in seinem Redefluss und drehte sich um. Vor ihm stand eine relativ große, attraktive Frau in Jeans und Lederjacke. Ihre langen, schwarzen Naturlocken wurden nur grob von einem Haar Reif gebändigt. Er schätzte sie auf etwa fünfunddreißig Jahre.

Sie streckte ihm die Hand hin: „Rafaeli, Silvana Rafaeli."

„Angenehm, Marek, Robert Marek."

„*Tedesco?* Sie sind aus Deutschland?"

Eigentlich war dies eher eine Feststellung als eine Frage.

„Ja, aus Frankfurt", antwortete er trotzdem.

„Luca könntest du uns bitte einen Tisch nach draußen stellen?"

„Natürlich", sagte Luca und kam hinter seinem Tresen hervor. Er öffnete zwei Elemente der Falttür und stellte einen kleinen, quadratischen Tisch und zwei pinkfarbene Plastiksessel hinaus.

„Kommen Sie, draußen können wir rauchen", sagte Silvana an Marek gewandt.

„Kann ich euch noch etwas bringen?", fragte Luca als sie beide Platz genommen hatten.

Sie bestellten beide noch einen Cappuccino und Marek holte seine Zigaretten wieder aus der Tasche.

„Möchten Sie, Signora Rafaeli?"

„Signorina, aber sagen Sie bitte Silvana", sagte sie und nahm sich eine Zigarette aus der dargebotenen Packung.

„Oh!", sagte Marek etwas verunsichert. „Dann sagen Sie auch bitte Robert."

„Sie sind also kein Freund des europäischen Beamtenapparates in Brüssel", stellte sie fest, nachdem alle Formalitäten erledigt waren.

„Sehen Sie, ich frage mich nach dem Nutzen dieser Milliardenverschwendung. Diese ganzen Verordnungen haben doch bisher keinem, oder vielleicht nur ganz wenigen, irgendeinen Nutzen gebracht. Ich glaube, wenn man diesen ganzen Apparat auflöste, würde es niemand bemerken. Außer den Brüsselern. Die hätten dann eine ganze Reihe leer stehender Büropaläste."

Diese letzte Bemerkung ließ sie schmunzeln. Dann wurde der Cappuccino gebracht und beide rührten schweigend den Zucker hinein und rauchten.

Marek fühlte sich dabei beobachtet und wurde sichtlich nervös. Silvana hingegen genoss es, ihn aus dem Augenwinkel zu betrachten. Sie fühlte seine wachsende Unsicherheit und dies machte ihn in ihren Augen sympathisch. Nicht einer dieser Macho Typen, die sich in ihrer Gegenwart wie die Pfauen aufplusterten und mit ihrem albernen Imponiergehabe zu gefallen versuchten. Obwohl dies auch, seit sie die Vierzig überschritten hatte, schwer nachgelassen hatte.

Doch dieser hier könnte ihr gefallen. Er ist nicht gerade eine Schönheit mit seinen spärlichen, angegrauten Haaren, seiner gedrungenen Statur und seinem leichten Bauchansatz, aber sie fand ihn irgendwie attraktiv und er schien kein Dummkopf zu sein.

Die meisten ihrer Männerbekanntschaften scheiterten daran, dass sie ihnen intellektuell weit überlegen war und selbst für einen One-Night-Stand waren die meisten nicht zu gebrauchen. Flotte Sprüche und ein flottes Auto reichen eben nicht aus, um eine Frau wie sie zu befriedigen.

„Wissen Sie", nahm Marek die Unterhaltung wieder auf um das für ihn peinliche Schweigen zu beenden, „meiner Meinung nach sind das alles Auswirkungen dieser Globalisierungshysterie. Nichts ist so, wie es einmal war, seit diese Form der Unternehmenspolitik in den Siebzigern aus den USA zu uns nach Europa schwappte. Gesunde Unternehmen wurden zu Kapitalgesellschaften und wurden, sobald sie an der Börse notiert waren, von anderen Unternehmen gefressen. Feindliche Übernahme nennt man das, glaube ich. Wenn das so weiter geht, wird bald das gesamte Kapital in den Händen von einer Handvoll weltweit operierender Giganten sein, die dann auch die Weltpolitik bestimmen."

„Tun sie das denn nicht schon lange?", warf Silvana ein.

„Da haben Sie wohl recht. Ich meine, man sollte die ganze Börsenspielerei verbieten. Das ist doch eigentlich verbotenes Glücksspiel im großen Stil. Wie Monopoly. Man arbeitet mit Geld, was einem nicht gehört und manipuliert die Kurse mit geschickt lancierten Enten."

„Eine interessante Theorie, aber du hast recht."

Sie war unvermittelt zum vertraulichen *tu* übergegangen und Marek wusste nicht, wie er sich jetzt verhalten sollte. Also schwieg er erst einmal.

„Was machst du beruflich, wenn ich fragen darf?"

„Ich bin Kriminalkommissar in Frankfurt und Sie ... eh, du?"

Jetzt war es endlich raus. Er hatte sich nun auch getraut, sie zu duzen. Das würde die weitere Unterhaltung für ihn einfacher gestalten.

„Ich bin Journalistin. Ich schreibe für den Gazzettino. Leider nur im regionalen Bereich. Bist du hier im Urlaub? Ist eigentlich etwas früh, oder?"

„Ach, weißt du, eigentlich bin ich vor einem Problem weggelaufen und hatte gehofft, hier eine Lösung zu finden."

Marek seufzte tief.

„Bis jetzt ist mir nichts Passendes eingefallen. Aber ich habe ja noch ein paar Tage Zeit."

„Darf man fragen, um was es geht?"

„Natürlich! Ich soll versetzt werden. Zum Bundeskriminalamt."

Silvana verstand nicht.

„Aber das ist doch eine Beförderung! Oder? Wo liegt denn da das Problem?", fragte sie ungläubig.

„Das Problem ist, dass ich nicht will!", erwiderte er trotzig wie ein kleiner Junge.

„Ich bin nicht scharf auf eine große Karriere. Meine Lebensqualität ist mir wichtiger. Schließlich lebt man ja nur einmal. Es gibt bestimmt viele Jüngere, die nur auf eine solche Chance hinarbeiten. Dann soll man die auch nehmen und mich in Ruhe lassen."

Dieser Mann wurde Silvana immer sympathischer.

„Wie alt bist du?"

„Ich werde im August vierundfünfzig. Warum?"

Marek verstand die Frage nicht.

„Na, du bist doch Beamter, oder? Und als Beamter kann man sich doch sicher auch bei euch früher pensionieren lassen."

Marek verstand noch immer nicht.

„Ja und?"

„Verstehst du denn nicht? Du kommst einfach hierher. Ganz. Für immer. Die Sprache kannst du doch schon."

Marek saß da mit offenem Mund und ließ das Gesagte langsam sickern. Dann schlug er sich mit der flachen Hand auf die Stirn, sprang auf und schrie so laut, dass man es bestimmt in ganz Caorle hören konnte: „Ich Idiot!"

Dann etwas leiser, als zwei Frauen auf der gegen-überliegenden Seite der Piazza ihre Unterhaltung unterbrachen und zu ihnen herüber sahen: "Ich Idiot! Genau das ist es! Warum bin ich da nicht selbst drauf gekommen?"

Er vergaß alle Hemmungen, nahm Silvanas Kopf zwischen seine Hände und drückte ihr einen dicken Kuss auf die Stirn.

„Danke, du hast mich gerettet."

Marek hatte wieder Platz genommen und sich be-ruhigt.

„Darauf müssen wir anstoßen. Was möchtest du trinken?"

„Wenn es recht ist, möchte ich bestellen", erwider-te Silvana und nach hinten gewandt: *„Luca ... due Campari per favore."*

Als Luca die Gläser mit der leuchtend roten Flüs-sigkeit gebracht hatte, stießen sie auf gutes Gelingen an und Marek teilte noch eine Runde Zigaretten aus.

„Aber dann brauche ich ja hier noch eine Woh-nung", sagte er mehr zu sich selbst.

„Kein Problem", meinte Silvana, „ich besorge dir eine. Natürlich nur, wenn es dir recht ist."

„Das kann ich doch nicht von dir verlangen."

„Ich tue es ja auch freiwillig", meinte sie lächelnd und stand auf.

„So, ich muss jetzt gehen. Wenn du mir noch deine Telefonnummer geben würdest, damit ich dir wegen der Wohnung Bescheid sagen kann."

So tauschten sie ihre Telefonnummern aus und Silvana verschwand in Richtung Viale dal Moro. Einmal noch drehte sie sich um und winkte. Marek stand auf und winkte zurück, bis sie nicht mehr zu sehen war. Dann ließ er sich wieder auf seinen Plastiksessel zurückfallen.

Was ein Tag! Sein Problem hatte sich wie nichts aufgelöst und er hatte eine tolle Frau kennengelernt, in deren Gegenwart sich selbst ein alter Knochen wie er so benahm, als wäre er ein Sextaner beim ersten Rendezvous.

***

Marek brachte den Tisch und die beiden Sessel zurück in die Bar. Dann bestellte er sich am Tresen noch einen Grappa, den er gleich hinunter kippte, zahlte, verabschiedete sich von Luca und trat gut gelaunt den Heimweg an. Jetzt konnte er die restlichen Tage genießen. Unterwegs kaufte er noch einen Gazzettino, in der Hoffnung dort einen Artikel von Silvana zu finden. Den Artikel fand er, doch von ihr selbst hörte er während seines gesamten Resturlaubs nichts mehr.

Auch als er am letzten Tag seines Aufenthalts versuchte sie anzurufen, meldete sich nur der Anrufbeantworter.

***

Samstag, spät in der Nacht, kam Marek nach Frankfurt zurück und fand, wie fast immer, keinen Parkplatz. Erst drei Blocks weiter konnte er seine treue Ente abstellen.

Er nahm seine Tasche und ein paar Einkaufsbeutel vom Rücksitz und schlenderte müde, aber gut gelaunt, zu seiner Wohnung. Im Flur ließ er Tasche und Jacke fallen und drehte erst einmal alle Heizkörper auf. Hier war es um einige Grad kälter als in Italien und so war seine Wohnung in der Woche seiner Abwesenheit doch empfindlich ausgekühlt. Anschließend verstaute er noch die Lebensmittel, die er sich aus Caorle mitgebracht hatte, im Kühlschrank, trank noch einen Schluck Wasser und ging dann, zufrieden mit sich und der Welt, zu Bett.

***

Er saß auf der Kaimauer des kleinen Fischerhafens, begrüßte die ein- und ausfahrenden Fischer, plauderte mit den Alten, die ihre Angelruten im Hafenbecken ausgelegt hatten, genoss die ersten Strahlen der aufgehenden Sonne und ließ Beine und Seele baumeln. Er war ein glücklicher Mann.

6

Gegen Mittag erwachte Marek frisch und ausge-schlafen. Er streckte sich ausgiebig, stand auf und ging in die Küche. Dort nahm er erst einmal einen tiefen Schluck Mineralwasser aus der Flasche. Dann befüllte er die Caffettiera, stellte sie bei kleiner Flamme auf den Herd, und während er auf seinen Caffè wartete, nahm er noch eine schnelle Dusche. Als er mit dem Handrücken über den angelaufenen Spiegel wischte, sah ihm ein gut gelauntes, grinsen-des Gesicht mit einem grauen Dreitagebart entgegen.

„Das haben wir gut hinbekommen", sagte er zu diesem Gesicht und das Gesicht bestätigte mit einem Nicken.

***

Marek holte einen Schreibblock und seinen Füll-federhalter aus seinem Arbeitszimmer und setzte sich damit an den großen Küchentisch.

Während er genüsslich seinen Caffè schlürfte und rauchte, überlegte er, wie man am besten den Antrag auf Frühpensionierung formulieren könnte.

Vier Tassen und ebenso viele Zigaretten später häuften sich auf dem Tisch die zerknüllten Seiten mit den verworfenen Entwürfen. Nur etwas Brauchbares war noch nicht dabei herausgekommen.

Unwillig drückte Marek die nächste Zigarette aus.

„Ach, die können mich mal", brummte er und fing erneut an zu schreiben:

Sehr geehrte Damen und Herren,

hiermit bitte ich, Robert Marek, Hauptkommissar im Kommissariat K11, des Polizeipräsidiums Frankfurt, um die Versetzung in den vorzeitigen Ruhestand.

Mit freundlichen Grüßen

Robert Marek

Pfeif' auf die Form. Sollen sie doch sehen wie sie damit klarkommen. Hauptsache es wird genehmigt.

Zufrieden faltete er den Bogen zusammen und steckte ihn in einen Umschlag, den er noch unter Bergen von Papier auf seinem Schreibtisch gefunden hatte. Und morgen würde er es seinem Chef um die Ohren hauen. Darauf freute er sich besonders.

***

Als Marek am nächsten Morgen seine Ente in die Einfahrt zum Präsidium steuerte, kam ihm Paul Krüger im Streifenwagen entgegen. Als sie auf gleicher Höhe waren, hielten sie an und Marek klappte das Fenster hoch.

„Hallo mein Alter, wie war's? Du strahlst ja wie ein Scheinwerfer", begrüßte ihn sein Freund.

„Komm` heute Abend ins *l'Angolo*, da erzähle ich dir alles", erwiderte Marek, verabschiedete sich und fuhr auf den Parkplatz.

In den Büros lief alles seinen gewohnten Gang. Niemand hatte offensichtlich seine Abwesenheit bemerkt. Auf den Fluren grüßte man sich mit einem leichten Kopfnicken und lief geschäftig weiter. Nur Mareks junger Kollege, mit dem er sich das Büro teilen musste, hatte seine Abwesenheit genossen und blickte ängstlich auf, als die Türe aufflog und sein Vorgesetzter hereingepoltert kam.

„Guten Morgen", donnerte Marek und seine Aktentasche flog im hohen Bogen auf seinen Schreibtisch.

„G ... guten Morgen", erwiderte der junge Kollege etwas überrascht, denn so gut gelaunt hatte er den sonst ewig griesgrämigen Kommissar noch nie erlebt. Oder doch, einmal, als die Deutschen bei der Fußballweltmeisterschaft das Endspiel gegen Brasilien erreichten und Marek während der ganzen Veranstaltung das Büro mit lauter Wimpeln und Fahnen geschmückt hatte.

Irgendetwas musste passiert sein, oder war es schon die Vorfreude auf die kommende WM, die ja schon in einem viertel Jahr beginnt?

Marek zog seinen Briefumschlag aus der Tasche und rief seinem noch immer verdutzt dreinblickenden Kollegen zu, dass er zum Chef gehen würde. Er dachte, dass es besser sei, zuerst seinen Vorgesetzten von seinem Ersuchen zu informieren, bevor der es von der Personalabteilung erfuhr. Er konnte ihm immer noch die letzten Monate zur Hölle machen und darauf hatte Marek keine Lust.

Also klopfte er artig an der Türe zum Vorzimmer, und da er noch niemals ein „herein" zu hören bekam, öffnete er gleich und ging hinein.

„Guten Morgen", sagte er höflich.

„Er ist beschäftigt", herrschte ihn die ewig mürrische Vorzimmerdame an und musterte ihn über den Rand ihrer geschwungenen und mit Glitzersteinchen besetzten Brille hinweg.

„Sind wir das nicht alle?", erwiderte Marek zuckersüß, obwohl es in seinem Inneren anfing, heftig zu brodeln.

Die Ironie im Unterton war der Vorzimmerdame nicht verborgen geblieben und so funkelte sie ihn böse über ihre Glitzerbrille an, deren Enden nach außen hin in eine Art Drachenflügel ausliefen. Dann drehte sie sich zu ihrem Computer um und strafte ihn mit Nichtbeachtung.

Das war zu viel für Marek.

„Melden Sie mich jetzt an oder soll ich gleich

reingehen?", blaffte er sie an.

„Das werden Sie nicht tun", sagte sie über ihre Schulter hinweg ohne sich auch nur ansatzweise herumzudrehen.

„Doch, genau das werde ich", sagte Marek und tat einen Schritt in Richtung Büro seines Vorgesetzten.

„Stopp!", rief da die Vorzimmerdame und wirbelte auf ihrem Stuhl herum, sichtlich überrascht, dass es jemand wagen würde, das Allerheiligste ohne ihre ausdrückliche Genehmigung zu betreten.

Zufrieden blieb Marek stehen, verschränkte die Arme und wartete.

Sie drückte auf einen Knopf an der Sprechanlage und als aus dem Lautsprecher ein gedehntes „jaa" zu hören war, berichtete sie ihrem Chef, dass da ein Kommissar Marek ihn zu sprechen wünsche und sie ihm natürlich gesagt hätte, wie beschäftigt er sei, doch dieser Kommissar Marek sich weigern würde ein anderes Mal wieder zu kommen.

„Na gut, dann schicken sie ihn halt rein", sagte die Stimme aus dem Lautsprecher nach einer kurzen Pause.

„Ah, Marek", begrüßte ihn sein Chef als sei er ein Überraschungsgast und sah von den Papieren auf, die er höchstwahrscheinlich gerade erst dorthin gelegt hatte.

„Nehmen Sie doch Platz. Was gibt es denn? Ich

habe nicht viel Zeit. Muss gleich zu einem Meeting. Sie verstehen ...?"

Marek verstand. Alleine, wenn er das Wort *Meeting* schon hörte, stieg ihm die Galle hoch. Meeting hier – Meeting da. Was haben die ganzen Leute denn früher gearbeitet, die sich heute nur noch auf Meetings herumdrückten? Für ihn war Meeting nur ein Synonym für Verpissen, sich vor realer Arbeit drücken. Bist du einsam? Möchtest du Kaffee trinken? Dann geh' in ein Meeting.

„Wird nicht lange dauern", Marek ließ sich auf den mittleren der drei Besucherstühle fallen und händigte seinem Chef das Kuvert aus.

„Was ist das?"

„Das ist mein Antrag auf vorzeitige Pensionierung. Ich wollte zuerst mit Ihnen sprechen, bevor ich damit zur Personalabteilung gehe."

„Sie wollen äh ... Sie wollen aufhören? Aber ... aber wieso? Und Ihre Berufung? Was wird damit? Was soll ich denn da sagen?"

Die anfänglich echte Überraschung wich jetzt dem scharf kalkulierten Für und Wider – hat das irgendwelche negativen Auswirkungen auf mich, auf meine Statistik, auf die Abteilung, das Dezernat?

Marek glaubte, zuletzt sogar ein wenig unterschwellige Freude herauszuhören. Der letzte Dino aus diesem Dezernat verschwindet endlich. Jetzt kann dort auch nach streng wissenschaftlichen Regeln gearbeitet werden.

„Na ja, wenn es Ihr ausdrücklicher Wunsch ist und Sie sich nicht überreden lassen, werde ich schweren Herzens meine Zustimmung geben."

Das ging wahrlich schnell. Keine Spur eines Überredungsversuchs. Wenn er ehrlich war, hatte Marek das auch nicht erwartet, aber irgendwie enttäuschte es ihn doch. Andererseits war er froh, dass er es jetzt hinter sich hatte.

„Danke Chef. Na dann", Marek erhob sich und wollte sein Kuvert wieder haben.

„Nein, nein, lassen Sie nur. Das mache ich schon", erwiderte sein Vorgesetzter und hob beschwichtigend beide Hände in die Höhe.

„Ok", sagte Marek und dachte: „Wahrscheinlich hat er Angst, dass ich mir die Sache noch mal überlegen könnte."

Grußlos verließ er das Allerheiligste. Dem Vorzimmerdrachen warf er mit einem honigsüßen Lächeln einen Handkuss zu und knallte die Türe hinter sich so vehement ins Schloss, dass die Wände zitterten. Auf dem Flur blieb er einen Moment stehen, atmete tief ein und ging dann, alles in allem zufrieden, zum Aufzug. Der erste Schritt war getan.

***

Zurück im Büro sah ihn sein junger Kollege neugierig an, doch Marek wollte niemanden einweihen, außer natürlich seinen Freund Paul und eventuell Jakob. Mit Jakob Jung von der Kriminaltechnik verband ihn auch so eine Art Freundschaft.

Jakob war ein forensisches Genie und hatte Marek schon oft, unter Umgehung von Dienstwegen und Vorschriften, bei seinen Fällen geholfen. Jakob konnte sich, wie Marek auch, nie mit der Umständlichkeit der Dienstvorschriften anfreunden, und war froh, in Marek einen Bruder im Geiste zu haben, der obendrein auch noch seine Arbeit schätzte.

Da fiel ihm noch Kurt Stängl, genannt Doc, von der Gerichtsmedizin ein. Den würde er auch einweihen, denn zu ihm hatte er ein ähnliches Verhältnis wie zu Jakob. Auch er hatte ihm immer unbürokratisch geholfen. Stängl war ein urgemütlicher Bayer, den nichts, aber auch absolut nichts aus der Ruhe brachte.

Als sein junger Kollege kurz darauf das Büro verließ, hing sich Marek ans Telefon und bat die beiden auch für abends ins *l'Angolo*.

***

Als Marek an diesem Abend bei der Trattoria vorfuhr, fand er ausnahmsweise sogar einen Parkplatz in der Nähe. „Es wendet sich alles zum Besten", dachte er sich, „jetzt bekomme ich sogar schon einen Parkplatz fast vor der Tür."

Als er dann das Lokal betrat, blickten ihn schon die neugierigen Gesichter seiner Kollegen an, die es sich an seinem Stammplatz gemütlich gemacht hatten. Doch bevor er ihre Neugier befriedigen mochte, wollte er zuerst einmal etwas zu essen bestellen.

Marek, Paul und Jakob einigten sich auf die Spezialität des Hauses, scharf gebratene Calamaretti mit Peperoncini in Tomatensugo. Dazu bestellten sie eine Flasche Raboso. Nur der Doc fiel aus der Rolle, er bestellte sich ein Wiener Schnitzel mit Pommes und ein Hefeweizen, was ihm aber alle, sogar Gianluca, der Padrone, nachsahen.

Als das Essen serviert war, hielt Paul es nicht mehr aus.

„Nun erzähl schon! Was ist los?"

Und Marek berichtete ausführlich über sein Problem, seine Reise nach Italien, seine Entscheidungsfindung bis zu seinem Gespräch beim Chef.

Paul und Jakob hingen gespannt an seinen Lippen und lauschten seinem Bericht. Der Doc hatte sich in seinem Stuhl zurückgelehnt, trank gelegentlich einen Schluck Bier und hörte ganz entspannt zu.

Als Marek geendet hatte und Paul und Jakob sprachlos, mit offenem Mund da saßen, war er der Erste, der reagierte.

„Recht host", sagte er und trank sein Glas leer.

Als das ungläubige Staunen bei den anderen Beiden gewichen war, erntete Marek auch hier Zustimmung zu seiner Entscheidung.

„I brauch noch a Bier", brummte der Doc und Marek bestellte noch eine Runde. Und es war nicht die Letzte an diesem Abend.

***

Als Marek am nächsten Morgen leicht verkatert – er hätte den Grappa weglassen sollen – ins Büro kam, begrüßte ihn sein junger Kollege mit der Nachricht, dass er umgehend die Personalabteilung anrufen solle. Dort wurde ihm mitgeteilt, dass sein Gesuch eingegangen sei und man ihn um einen Termin bat, um alles Weitere zu besprechen. Dieser Termin sollte möglichst zeitnah sein, da das Gesuch von *ganz Oben* mit einem Dringlichkeitsvermerk versehen sei. Der Chef hatte wirklich keine Minute Zeit verloren. Marek versprach, gleich am nächsten Morgen zu erscheinen. Den restlichen Tag verbrachte er damit, Berichte zu schreiben.

***

Am nächsten Morgen legte man Marek in der Personalabteilung gleich die Berechnung seiner Pension vor und teilte ihm mit, dass er, wenn man seine Überstunden und Urlaubsansprüche berücksichtigt, bereits zum Oktober gehen könnte.

„Der hat's aber eilig", murmelte er vor sich hin.

„Wie bitte?"

81

„Ach nichts. Ich habe nur laut gedacht."

„Na gut, wenn Sie einverstanden sind, unterschreiben Sie bitte … hier."

Auch seine Einverständniserklärung war schon fertig vorbereitet. Marek machte sich gar nicht erst die Mühe alles durchzulesen und unterschrieb gleich.

„Alles Weitere bekommen Sie mit der Hauspost zugeschickt. Dabei ist dann auch der Kontakt, an den Sie sich wenden können, wenn Sie psychologische Hilfe für den Übergang in den Ruhestand benötigen."

„Danke, aber ich bin schon groß. Das schaff' ich auch alleine", erwiderte Marek und ging.

***

Bereits zwei Tage später hatte er die Bestätigung auf dem Tisch, dass er ab dem ersten Oktober offiziell Pensionär sei und somit am Freitag den neunundzwanzigsten September sein Arbeitsverhältnis auslaufe. Man wünsche ihm für die Zukunft alles Gute und das übliche blah, blah.

Jetzt musste er nur noch versuchen Silvana zu erreichen, was er seit ihrem kurzen Treffen in Caorle mehrfach vergeblich versucht hatte. Sie hatte sich auch nicht gemeldet. Marek hatte extra entgegen all seinen Prinzipien das eingeschaltete Handy und sein schnurloses Festnetztelefon neben sein Bett gelegt, um nur keinen Anruf zu verpassen. Langsam beschlichen ihn schon leichte Zweifel, ob sie das Angebot, ihm eine Wohnung zu besorgen, auch wirklich ernst gemeint hatte. Wenn nicht, hatte er ein Problem.

Marek hatte nur noch fünf Tage Urlaub übrig behalten. Der Rest wurde in seine Pensionierung aufgerechnet. Diese Tage im August müsste er dann nutzen, um sich eventuell selbst eine Bleibe zu suchen. Notfalls auch über einen Makler. Davon gab es in Caorle mehr als genug.

Aber warum schon schwarzsehen? Noch war es ja nicht so weit.

***

Seit seiner Rückkehr aus Caorle war Marek fast jeden Abend im *l'Angolo*, da er zu Hause das Gefühl hatte, ihm würde die Decke auf den Kopf fallen. So auch an diesem Abend, als plötzlich sein Handy klingelte.

„*Buona sera Silvana. Come stai?* Ich habe schon mehrfach versucht, dich anzurufen."

Gianluca und Enrico, der Kellner bekamen ganz lange Ohren, als sie hörten, dass Marek plötzlich italienisch mit diesem fürchterlichen Akzent sprach.

„*Scusi*, aber ich war zu Recherchen im Alto Adige unterwegs. Da gibt es wohl kriminelle Grundstücksspekulationen. Interessanter Fall. Erzähle ich dir später. Ich muss gleich nach Padova. Da gibt es einen

83

ähnlich gelagerten Fall. Ich wollte dir nur Bescheid sagen, dass ich eine Wohnung für dich habe. Drei Zimmer, Bad mit Dusche und eine große Küche. Das Haus hat zwei Stockwerke und die Wohnung ist im ersten Stock. Ist zwar kein Luxuspalast, aber bezahlbar für einen Rentner."

Marek musste schlucken, als er den letzten Satz vernahm, aber Silvana lachte nur.

„War nur ein Scherz. Aber da ich nicht wusste, wie hoch deine Pension sein würde, habe ich mich erst einmal nach etwas Preiswerterem umgesehen. Die Wohnung ist wirklich in Ordnung und sie hat den großen Vorteil, dass in diesem Gebäude nur Caorlotti wohnen. Es sind also keine Ferienwohnungen im Haus."

„Ich weiß nicht, wie ich dir jemals danken soll, Silvana …"

„Komm einfach bald hierher."

„… wo ist denn die Wohnung?"

„In der Via Gramsci…sagt dir das etwas?"

„Ist das nicht die Parallelstraße zur Via Isarco?"

„Genau, dazwischen ist nur die Biblioteca Civica. Aber ich muss jetzt los. Wann kommst du?"

„Ist ja toll. In der Via Isarco habe ich gewohnt. Im August komme ich noch mal für eine Woche und ab ersten Oktober kann ich umziehen. *Ciao Silvana, mille grazie.*"

„Ciao Roberto. Bis dann."

***

Marek war selig. Wie hatte er nur an Silvana zweifeln können. Dann rief er Enrico.

„Habt ihr noch von diesem göttlichen Barolo-Grappa? Dann bring gleich die ganze Flasche mit drei Gläsern und deinen Chef bring auch gleich mit. Der stirbt ja da hinten schon vor Neugier. Es gibt was zu feiern."

Und so erzählte Marek den beiden die ganze Geschichte und dabei leerte sich die Flasche dieses goldgelben, aromatischen Tresterschnapses. Am Ende musste er seine Ente stehen lassen und mit dem Taxi nach Hause fahren.

***

In den folgenden Wochen und Monaten war Marek hauptsächlich damit beschäftigt seinen Umzug zu planen, Angebote von Speditionen einzuholen, Stunden und Tage auf dem italienischen Konsulat zu verbringen und den ganzen Behördenkram zu erledigen. Angelina, die das Ganze ja schon in umgekehrter Richtung mitgemacht hatte, war ihm dabei eine unbezahlbare Hilfe.

Im Büro war er fast ausschließlich mit dem Schreiben von Berichten und anderem, seiner Meinung nach, überflüssigem Papierkram beschäftigt. Ein neuer Fall wurde ihm nicht mehr zugeteilt und er wurde auch nirgends mit eingebunden. Das wurde jetzt von seinen jüngeren Kollegen nach streng wissenschaftlichen Methoden erledigt, die sie aber offenbar kaum einen Schritt weiter brachten. Sein junger Kollege, mit dem er das Büro teilen musste, war zwischenzeitlich schnell zum Kriminaloberkommissar aufgestiegen und wuselte wichtigtuerisch im Büro hin und her. Von Marek nahm er kaum noch Notiz. Aber dem war es völlig egal.

„Die werden schon sehen, wie weit sie damit kommen", dachte er bei sich.

7

Dann kam, nach einem bis dahin völlig verregne-
ten Sommer, endlich der August und damit seine
Kurzreise nach Caorle. Angelina hatte ihm wieder
ihre Wohnung zur Verfügung gestellt und ihm ihre
Schlüssel mitgegeben, da sich ihr Bruder ebenfalls im
Urlaub befand.

Marek war schon ganz nervös vor lauter Freude
über das Wiedersehen mit Silvana. Er hatte das Caffè
Roma, in dem sie sich kennen lernten, als Treffpunkt
vorgeschlagen, doch Silvana meinte, da es im Sommer in der Umgebung des Roma abends nirgendwo
Parkmöglichkeiten gab, wäre es doch besser sich
gleich vor dem Haus in der Via Gramsci zu treffen, in
dem sein zukünftiges Zuhause sei.

Als Marek am Abend dann seine Ente auf die
Piazzale Falcetta lenkte, sah er sie schon im Scheinwerferlicht stehen. Er stellte sein Auto am Straßenrand ab und sie umarmten sich wie zwei alte Freunde, die sich eine Ewigkeit nicht mehr gesehen hatten.
Silvana führte ihn gleich zu dem Gebäude, in dem sie
ihm eine Wohnung reserviert hatte.

„Hier ist es. Ist zwar keine Villa aber sauber und
ordentlich und wie gesagt, keine Touristen.“

Sie standen vor einem einfachen, glatten, zweigeschossigem Gebäude mit grauer Fassade, die ehemals weiß gewesen sein musste. Die Fensterrahmen waren, wie eine Zeit lang in Italien üblich, aus Messing. Im Hof waren genügend Parkplätze vorhanden.

„Ist doch prima. Ab wann ist die Wohnung frei?"

„In etwa sechs Wochen, also ab Mitte September. Aber sieh sie dir erst einmal an. Falls sie dir nicht gefällt, kann ich immer noch etwas Anderes suchen."

„Kann man denn schon rein? Wohnt dort niemand mehr?"

„Doch, eine alte Frau wohnt da, aber sie hat nichts dagegen. Im Gegenteil. Sie freut sich, wenn sie Besuch bekommt."

Silvana marschierte, ohne eine Antwort abzuwarten, auf den Eingang zu und drückte auf den zweiten Klingelknopf von unten. Einen Moment später ertönte der Summer und Silvana öffnete die Tür. Das Treppenhaus war geräumig und sauber, die Stufen und Podeste aus Travertin. Im ersten Stock öffnete ihnen ein kleines, altes Frauchen, mit einem, von schwerer Arbeit gekrümmten Rücken. Ihre höchstens Einmeterfünfzig steckten in einem schwarz-rot geblümten Kittel, ihre spindeldürren Beinchen in schwarzen Wollstrümpfen. An den Füßen trug sie karierte Filz Pantinen. Ihr faltiges Gesichtchen hellte sich auf, als sie Silvana wiedererkannte. Sie schenkte ihnen ein freundliches Lächeln und bat sie einzutreten. Silvana beeilte sich, sie vorzustellen.

„Signora, das ist Roberto Marek. Er wird die Wohnung übernehmen und das ist …"

„…Pellegrini, Asunta Pellegrini. Freut mich Sie kennenzulernen", stellte sie sich selbst vor und reichte Marek ihre schmale, knöcherne Hand.

„*Tedesco, eh?*"

Sie sah Marek verschmitzt an.

„*Si*, aber ich hoffe das macht Ihnen nichts aus."

Sie lachte, führte sie ins Wohnzimmer und bat sie Platz zu nehmen.

„Ich mache uns Caffè", sagte sie und schlurfte hinaus in die Küche.

Marek sah sich im Zimmer um. Außer dem Sofa mit Brokatbezug und den beiden dazu gehörigen Sesselchen gab es noch einen großen Vitrinen Schrank, ein Buffet und einen Esstisch mit vier Stühlen, alles aus poliertem Kirschbaumholz. Vor dem Sofa stand noch ein Couchtisch, ebenfalls aus poliertem Kirschbaum. Auf den Tischen lagen kleine Deckchen aus geklöppelter Spitze und auf dem Esstisch stand eine ganze Batterie von Fotos in silbernen Rahmen. Alles sah peinlich sauber und adrett aus.

Signora Pellegrini kam zurück ins Wohnzimmer und trug ein Tablett, das sie vorsichtig auf dem Couchtisch abstellte. Sie reichte jedem ein kleines Porzellantässchen mit feinem Rosenmuster und stellte noch ein passendes Schälchen mit Keksen auf den Tisch.

„Bitte bedienen Sie sich", sagte sie und ließ sich in einen der Sessel fallen.

„Sie möchten sicher bald einziehen", begann sie. „Ich werde bis spätestens zum zwanzigsten September ausgezogen sein. Ich ziehe nämlich zu meiner ältesten Tochter. Wissen Sie, ich bin jetzt dreiundachtzig und der Haushalt in der großen Wohnung wird mir zu viel. Meine Tochter hat ein großes Haus in Portogruaro und nimmt mich bei sich auf …"

Als Silvana und Marek nach über einer Stunde wieder das Haus verließen, kannten sie die ganze Lebensgeschichte der Signora, und als Marek beim Hinausgehen noch ihren ausgezeichneten Caffè lobte, zauberte dies ein stolzes Lächeln in ihr faltiges Gesicht.

***

Sie schlenderten die Viale Santa Margherita hinunter zum Caffè Roma. Dort bestellten sie Prosecco, um auf ihr Wiedersehen anzustoßen.

„Dann gehen wir morgen gleich zum Hausverwalter und du kannst den Mietvertrag unterschreiben."

„Wie konntest du eigentlich so eine Wohnung reservieren? Ich meine, ohne feste Zusage. Da gibt's doch bestimmt eine Menge Interessenten."

„Einerseits ist es zwar schwierig hier eine Wohnung zu bekommen, aber nur, weil das meiste Ferienwohnungen sind und aus den anderen zieht selten jemand aus. Wer hier mal wohnt, bleibt auch hier. Andererseits gibt es keine große Nachfrage, außer, wie gesagt nach Ferienwohnungen. Dazu kommt noch, dass ich den Hausverwalter kenne. Er ist ein Bekannter meines Onkels Salvatore."

„Ach so … na dann. Hier geht wohl wirklich alles mit Beziehungen", lachte Marek.

„Es ist immer von Vorteil, wenn man jemanden kennt, der jemanden kennt, der jemanden kennt. Auch in meinem Job. Bei dir muss es doch auch so sein, oder?"

„Eigentlich schon. Das war einer der Bausteine meines beruflichen Erfolgs, aber heute nicht mehr gewollt. Es geht jetzt alles streng wissenschaftlich", sagte Marek mit Zorn in der Stimme. „Das ist auch einer der Gründe, warum ich aufgehört habe. Jetzt bin ich hier und der Rest kann mich mal!"

Dann wechselte er das Thema: „Ich werde die Spedition für den ersten Oktober bestellen. Dann kann's endlich losgehen."

„Ich würde eher sagen am zweiten Oktober, der Erste ist ein Sonntag", sagte Silvana nach einem Blick auf ihren Taschenkalender, den sie aus den unergründlichen Tiefen ihrer Umhängtasche gekramt hatte.

„Auch gut, dann am Zweiten. Renovieren kann ich ja ein Zimmer nach dem anderen. Zeit genug habe ich dann."

Marek bestellte noch zwei Prosecco.

„Sag mal, was ich dich fragen wollte, was sind das für Fälle, in denen du recherchierst? Du sagtest was von kriminellen Grundstücksgeschäften."

„Einmal Bulle, immer Bulle", lachte Silvana, „aber im Ernst, ja es sieht danach aus. Es ist ziemlich kompliziert. Oben im Alto Adige haben korrupte Kommunalpolitiker einige Bergbauern, unter Vorgabe fadenscheiniger Gründe, dazu gebracht ihr Land mit ihren Hütten für einen nahezu lächerlichen Erlös an die Gemeinden zu verkaufen. Dann hat die Gemeinde das Land mit einem kleinen Gewinn an irgendwelche potenten Käufer aus Milano oder Torino abgegeben und diese korrupten Schweine, die alles eingefädelt hatten, haben dafür kräftige Provisionen eingestrichen. Wenn sich jemand weigerte, zu verkaufen, brannte plötzlich aus *unbekannter Ursache* sein Hof ab."

„Aber was wollen die Geldsäcke denn mit einer Almwiese und einer Hütte?"

„Das Geschäft läuft schon seit Jahren in dem ganzen Gebiet da oben, nur noch nicht so massiv wie jetzt. Aus den Hütten werden exklusive Sommerresidenzen, deren Äußeres man halbwegs erhält. Das gibt dann, wie sagt man bei euch, den letzten Kick. Urlaub in der Wildnis der Berge, ohne auf den gewohnten Luxus zu verzichten. Diese umgebauten Hütten, natürlich mit jetzt asphaltierter Zufahrt, überlässt man auch gerne einmal einem Kunden oder Geschäftspartner um eine Vertragsentscheidung zu erleichtern. Erst hat man Dörfer wie Madonna di Campiglio auf diese Weise im Laufe der Jahre fast entvölkert, jetzt kommt das Umland dran. Natürlich immer nur in strategisch günstigen Bereichen, sprich gut erreichbare Skigebiete oder Kuranlagen."

„Aber Madonna di Campiglio ist doch bekannt."

„Ja, im Winter tummelt sich da der Jetset, aber im Sommer ist der Ort fast ausgestorben. Da sieht es aus wie eine Geisterstadt."

„Und was ist mit deinem anderen Fall? Padua war es glaube ich, oder?"

„Da ist es eigentlich ähnlich gelagert, nur sind es hier keine Almhütten sondern betrifft es alte Bausubstanz im Altstadtbereich, die teilweise sogar unter Denkmalschutz steht. Da werden alte Gebäude, deren Unterhaltung den Besitzern zu teuer geworden ist, oder die irgendwelchen Erbengemeinschaften gehören, die nur Geld sehen wollen, durch Strohmänner abgekauft, die sie dann direkt an Multikonzerne weiterverkaufen."

„Was können die denn damit anfangen, wenn die Gebäude geschützt sind? Es gibt doch sicherlich auch Bebauungspläne."

„Die gibt es schon, nur sehen die urplötzlich etwas anders aus und die Konzerne bekommen auf einmal Baugenehmigungen. Keiner weiß angeblich, auf welcher Grundlage diese Genehmigungen basieren und in der Stadtverwaltung hüllt man sich in Schweigen. Da läuft man gegen eine Wand. Einige wissen wirklich nichts und wollen das aber nicht zugeben. Die Anderen wollen natürlich nicht zugeben, dass sie etwas wissen. Jedenfalls stinkt das Ganze zum Himmel."

„Hast du schon was herausgefunden?"

„Mein Redakteur hat die Geschichte vorerst auf Eis gelegt. Offensichtlich ist die Sache zu heiß und niemand verbrennt sich gerne die Finger."

„Du meinst der ist auch gekauft?"

„Nein, das glaube ich nicht, aber du weißt, wie das hier in Italien ist. Da ist selbst ein Richter oder Staatsanwalt nicht sicher, wenn er größeren Interessen im Weg steht."

„Was ist das nur für eine scheiß Welt?", polterte Marek in einer Lautstärke los, dass die Gespräche an den Tischen ringsum verstummten und einige Köpfe sich neugierig nach ihm umdrehten.

„Oh, Entschuldigung. Ist mir so rausgerutscht,

aber bei so etwas werde ich immer wütend."

„Macht nichts, ich habe auch eine Stinkwut, weil ich nicht weiter machen kann. Aber sag, warum interessiert dich das Thema so?"

Und Marek erzählte Silvana, was er bei seinem letzten Besuch hier in Caorle von Maria und Silvio erfahren hatte und das es hier offenbar eine Bürgerinitiative gibt, die diesen Machenschaften bisher erfolgreich Paroli geboten hat.

„Ja, ich weiß", sagte Silvana, „ich kenne ein paar von der Initiative. Sind alles ehemalige oder noch aktive linke Aktivisten. Die sind alle in Ordnung. Mit Adriano Bozzato, dem Bruder des Leiters der Initiative war ich zusammen auf der Uni. Aber ich gebe denen auch keine Erfolgsaussichten. Hier weiß man nur noch nicht, wer hinter den Grundstückskäufen steckt."

„Du meinst, die Grundstücke werden anonym gekauft?", fragte Marek verwundert.

„Nein, das ist wie in Padova. Die Käufer sind als Privatleute getarnte Strohmänner. Und wenn man sie befragen will, sind die Grundstücke und Gebäude schon weiter veräußert. Weitere Nachforschungen werden dann höflich aber bestimmt von einer höheren politischen Ebene unterbunden."

„Möchtest du noch etwas trinken?", fragte Marek, doch Silvana lehnte dankend ab.

„Sei mir nicht böse, aber ich muss morgen früh nach Venedig. Da gibt es für die Presse eine Besichtigungstour des Mose-Projekts. Da darf ich nicht fehlen."

„Sind das die geplanten Hochwassersperren?"

„Geplant ist gut. Für italienische Verhältnisse sind die Arbeiten schon sehr weit fortgeschritten. Du würdest dich wundern. Ich melde mich ... *buona notte*."

„*Bouna notte*, und vielen Dank für die Wohnung und für alles was du für mich getan hast."

Marek sah ihr nach, bis sie in dem Trubel, der auf der Piazza herrschte, verschwand. Er trank noch einen Caffè und schlenderte dann in entgegen gesetzter Richtung zur Via Isarco.

Die Geschichte mit den Grundstücksspekulationen beschäftigte ihn an diesem Abend noch länger. Ob es da Verbindungen gab?

„Was soll's, geht mich nichts an", sagte er sich, „aber interessant zu wissen wäre es schon."

***

Am übernächsten Abend, es war sein Geburtstag, trafen sich Marek und Silvana zum Abendessen in einer winzigen Trattoria in der Altstadt, in der angeblich auch schon Ernest Hemingway gegessen haben soll.

„Gibt es einen besonderen Grund, warum du heute Abend mit mir essen gehen wolltest?", Silvana sah ihn herausfordernd, mit seitlich geneigtem Kopf an.

„Als kleines Dankeschön und ... und weil ich heute Geburtstag habe."

„*Birbone!* Warum hast du mir das nicht früher gesagt?", fuhr Silvana auf. „Jetzt habe ich nicht einmal ein Geschenk für dich. Wie alt wirst du eigentlich?"

„Vierundfünfzig. Das weißt du doch. Ganz schön alt, oder? Bist du jetzt enttäuscht?"

„*Stupido!* Es kommt nur darauf an, wie alt man da ist", dabei schlug sie sich mit der flachen Hand auf die Herzgegend.

„Und da bist du noch sehr jung, das habe ich schon lange gemerkt. Eigentlich schon damals im Roma, als wir uns das erste Mal begegnet sind. Ich würde gerne noch mehr von dir erfahren."

„Ok, was du willst, aber erst bestellen wir etwas zu essen."

Silvana wählte gebratene Doraden mit Rosmarinbutter und Marek nahm geschmorte Sepien auf Polenta. Dazu tranken sie einen gut gekühlten Verduzzo aus der Region. Während des Essens erzählte Marek seine Lebensgeschichte und es entwickelte sich ein vergnügliches Frage- und Antwortspiel. Besonders interessiert zeigte sich Silvana an Mareks frühen Aktivitäten in der Achtundsechziger Bewegung und der Woodstock Ära, von der sie schon so viel gehört hatte, aber leider nicht miterleben konnte, da sie zu dieser Zeit noch im Kindergartenalter war.

„Jetzt musst du mir aber auch etwas von dir erzählen", sagte er, als sie nach dem ausgezeichneten Essen bei Caffè und Grappa angekommen waren.

So erfuhr er, dass sie im Oktober ihren dreiundvierzigsten Geburtstag feiert, in Venedig geboren wurde, dort auch aufwuchs und nach dem frühen Tod ihres Vaters mit ihrer Mutter nach Mestre umzog, da sie in Venedig die Miete nicht mehr bezahlen konnten. Nach ihrem Studium in Padua bekam sie ein Volontariat beim Gazzettino, wo sie bis heute blieb. Als vor ein paar Jahren auch noch ihre Mutter starb, hielt sie nichts mehr in diesem Moloch von Mestre und sie ist hier in Caorle gestrandet, was sie nie bereut hat.

Als sie wieder draußen auf der Straße standen, hakte Silvana sich bei ihm ein.

„Vielen Dank für den schönen Abend, Roberto. Würdest du noch auf einen Schluck mit zu mir kommen?"

Marek hatte plötzlich das Gefühl, als würden seine Ohren kochend heiß werden und rot leuchten. Erst hakt sie sich bei ihm unter und nun bittet sie ihn mit zu sich. Wenn das mal gut geht.

„Äh … ja, gerne. Dann sehe ich auch mal, wo du wohnst."

Etwas Dümmeres fiel ihm gerade nicht ein.

Silvana hatte ihn schon in Richtung Piazza Veneto gezogen. Von dort aus schlenderten sie langsam, mit dem noch immer starken Touristenstrom, die Via Pineda hinauf, bis sie nach links in die Viale Falconera, einer ruhigen, mit Pinien gesäumten Seitenstraße, einbogen.

„Dort vorne wohne ich … im ersten Stock."

Silvana zeigte auf ein dreistöckiges Haus, das sich in der leichten Biegung der Straße hinter Pinien versteckte. Die oberen Geschosse waren etwas zurückgesetzt. Dadurch entstand im ersten Stock eine recht große Terrasse, die asymmetrisch ausgebildet war, was das Ganze optisch noch interessanter machte. Die Terrasse wurde von einer großen, hölzernen Pergola überspannt. Das war im Sommer bestimmt sehr angenehm. Als er die Wohnung betrat, fühlte er sich augenblicklich in seine eigenen vier Wände versetzt. Der Boden bestand aus klassisch dunklem Eichenparkett, die Wände in erdigen Farben gestrichen. Die betont spärliche Einrichtung in dem relativ großen, rechteckigen Flur ließ viel Platz an den Wänden für eine Reihe herrlicher Aquarelle mit Motiven von Venedig. Im Wohnzimmer ging sein Herz richtig auf. Bücherregale bedeckten fast jeden Quadratzentimeter Wand. Nur an einem Pfeiler zwischen zwei Türen befanden sich eine Stereoanlage mit Plattenspieler für Vinylplatten und ein kleiner Fernseher. In der rechten Hälfte des Zimmers thronte ein riesiger Schreibtisch aus edlem Holz mit einem Ledersessel dahinter und in der anderen Hälfte standen kleine, runde Lesetischen, um die jeweils zwei kleine Sesselchen gruppiert waren. Die gegenüberliegende Seite wurde fast komplett von einer Glaswand mit Holzverstrebung eingenommen, die einen herrlichen Blick auf die Terrasse freigab. Davor stand ein großes Sofa und Marek stellte sich vor wie Silvana sich abends darauf in die Kissen kuschelte.

„Du kannst dir gerne alles ansehen", riss sie ihn aus seinen Betrachtungen. Sie hatte wohl seine bewundernden Blicke bemerkt.

„Ich gehe nur schnell in die Küche und hole uns etwas zu trinken. Wäre ein Spritz recht?"

„Ja, gerne."

Während Silvana in der Küche hantierte, betrachtete Marek die langen Reihen der Regale. Neben jeder Menge Fachliteratur war hier die gesamte Weltliteratur vertreten. Ein schmales Regal erregte seine Aufmerksamkeit. Hier standen Kostbarkeiten, von denen er nur träumen konnte. Originalausgaben von Baudelaire, Flaubert, Zola und Maupassant, sowie eine Erstausgabe von Huysmans *A Rebours* – eine absolute Rarität – allesamt Autoren, die die französische Literatur des neunzehnten und frühen Zwanzigsten Jahrhunderts beeinflusst haben.

„Wie bist du daran gekommen?", fragte er ohne sich umzudrehen, als er ihre Schritte hinter sich vernahm.

„Hier", sie reichte ihm ein Glas mit der hellroten Flüssigkeit, gemixt aus Aperol und Prosecco und einer Olive darin.

„Das sind zwanzig Jahre hartnäckige Sammelleidenschaft, Glück und Beziehungen. Außerdem würdest du dich wundern, was man in den Antiquariaten von Bologna, Padova oder Vicenza noch alles finden kann."

„Dann weiß ich ja, mit was ich hier meine Zeit totschlagen kann", lachte er und prostete ihr zu.

***

Die ersten morgendlichen Sonnenstrahlen trafen Marek mitten ins Gesicht. Er blinzelte, doch das, was er sah, konnte er nicht zuordnen und so schloss er die Augen um den Traum abzuschütteln. Als er sie wieder öffnete, hatte sich aber nichts verändert. Langsam wurde er wach und ein unbestimmtes Gefühl der Beklemmung machte sich in ihm breit. Er sah sich um. Das Bett, in dem er lag, war nicht sein Bett und das Zimmer, in dem das Bett stand, war nicht sein Zimmer. Ruckartig richtete Marek sich auf. Er war alleine in diesem Bett, was ihn kurzfristig beruhigte, aber dann sah er, dass das Kissen neben ihm zerdrückt war, so, als hätte eben noch jemand darin gelegen. Ein zarter Duft von Parfüm wehte ihm aus dem Kissen entgegen. Eine vage Ahnung beschlich ihn und er sah an sich hinunter, hob vorsichtig die Decke an. Er hatte tatsächlich nichts an, nicht einmal seine Socken.

„Buon giorno, Roberto."

Marek ließ vor Schreck die Decke fallen und zog sie sich dann bis zum Hals hoch. In der Tür stand, eingerahmt vom goldenen Licht des frühen Morgens, Silvana in einem seidenen Morgenmantel und mit einem Tablett in der Hand. Sie musste lachen, als sie ihn da so zusammengekauert im Bett sitzen sah, eingehüllt in die Bettdecke, so, dass nur noch die Augen und die Nasenspitze zu sehen waren.

„Nicht nötig, Roberto, ich weiß seit heute Nacht, wie du aussiehst. Bist du bereit für Frühstück?"

„Äh … ja, gerne … äh, ich hatte mich nur … ich meine, ich hatte geträumt … glaube ich", stotterte er.

Silvana stellte das Tablett mit zwei großen Tassen Caffelatte und duftenden Cornetti aufs Bett. Als Marek dies sah, war sein Schrecken wie weggeblasen, außerdem kam so langsam die Erinnerung wieder.

Die Erinnerung an eine wunderbare Nacht mit Silvana. Sie hatten noch lange über Literatur diskutiert und dabei zwei oder drei Flaschen Wein geleert. Irgendwann hatte Silvana ihn sanft ins Schlafzimmer

gezogen und sie sind wie ausgehungert, voller auf-
gestauter Leidenschaft, übereinander hergefallen, bis
sie beide völlig ermattet, aber glücklich, eingeschla-
fen sind.

Beim Frühstück eröffnete ihm Silvana, dass sie
gegen Mittag schon wegfahren müsse.

„Mein Chef hat heute Morgen schon angerufen.
Ich soll die Recherchen über die Grundstücksspekulationen wieder aufnehmen."

„Schade. Ich meine Schade, dass du schon weg
musst. Aber warum sollst du auf einmal weiter machen?"

„Ich weiß auch nicht so genau, aber anscheinend
gab es in Padova einen oder mehrere seltsame Unfälle in den Reihen der Bürgerinitiative. Die Polizei
sagt, dass es Zufall sei, aber mein Chef meint, es
könnte mehr dahinter stecken."

„Denke ich auch. Das scheint ja spannend zu werden. Pass nur auf dich auf."

***

Eine Stunde später verließen sie beide das Haus.
Eine kurze Umarmung, ein Abschiedskuss und Silvana stieg in ihren schwarzen Fiat Punto. Als sie
an ihm vorbei fuhr, winkte sie ihm noch zu und weg
war sie.

Marek ging gemächlich hinunter zum Strand und
entlang der Promenade zu seiner Wohnung. Dabei

konnte er in Ruhe nachdenken und es gingen ihm viele Dinge durch den Kopf. In erster Linie musste er erst einmal verarbeiten, was gestern Abend passiert ist. War der Wein schuld? Nein, eher nicht, denn solch ein Gefühlsrausch war für ihn, trotz seines Alters und diverser Bekanntschaften, auch eine neue Erfahrung. Ob Silvana das auch so empfand? Hatte er sich verliebt? Zum ersten Mal richtig verliebt?

8

Die letzten eineinhalb Monate seit seiner Rückkehr verliefen genau so unspektakulär wie die Wochen vor seiner Abreise. Gelegentlich telefonierte Marek mit Silvana, die mit ihren Recherchen nicht richtig weiter kam. Überall hatte sie das Gefühl in ein Wespennest zu stechen und überall dort wurde sie umgehend abgeblockt. Freitags traf sich Marek mit seinen Freunden im *l'Angolo*, wo natürlich immer sein bevorstehender Umzug das Thema war.

Für seinen nun kurz bevorstehenden Abschied musste Marek wohl oder übel einen Ausstand geben, obwohl er der Meinung war, dass dies kaum jemand verdient hatte, so wie sie sich ihm gegenüber verhalten hatten, seit seine Pensionierung bekannt wurde. Er wollte es auch kurz und schmerzlos machen. Dafür besorgte er eine Kiste Sekt, eine Kiste Orangensaft und ein paar Kartons mit einfachen und preiswerten Sektgläsern. Das alles würde er auf einem Tisch in seinem Büro aufbauen und wer kam, konnte sich bedienen und wer nicht kam ließ es halt bleiben.

Nur mit seinen Freunden, mit Paul, Jakob und dem Doc wollte er richtig Abschied feiern. Dazu hatte er sie am Abend seines vorletzten Arbeitstages ins *l'Angolo* eingeladen und es wurde ein sehr feucht fröhlicher Abend. Nach einem ausgezeichneten Essen, es gab überbackene Jakobsmuscheln, marinierten Schwertfisch vom Grill, Käse und zum Abschluss Tiramisu – für den Doc gab es eine Salatplatte und Schnitzel mit Pommes – wurden etliche Flaschen Wein und eine Flasche Grappa geleert.

Gegen ein Uhr, die Trattoria hatte mittlerweile geschlossen, wollte Marek seine Freunde noch auf einen Schlummertrunk mit zu sich nehmen, doch Jakob und der Doc hatten den Kanal voll und wollten nach Hause. Paul hatte jedoch keine Chance, er musste mit. So nahmen sie sich ein Taxi und fuhren ins Nordend zu Mareks Wohnung.

Dort angekommen stellte Marek seinen restlichen Weinvorrat und die letzte Flasche seines Lieblingsgrappas, den er aus dem Urlaub mitgebracht hatte, auf den Küchentisch. So saßen sie noch fast zwei Stunden und tranken und redeten über alte Zeiten und über Mareks Zukunft und Marek beschwor seinen Freund Paul, ihn auf jeden Fall da unten zu besuchen.

Als Paul auch nicht mehr konnte, bestellte Marek ihm mit schwerer Zunge ein Taxi, und als er dann alleine war, nahm er noch eine angebrochene Flasche Wein und den fast vollen Aschenbecher mit ins Schlafzimmer. Dort entledigte er sich mehr schlecht als recht seiner Schuhe und des Anzugs, den er zur

Feier des Tages angezogen hatte. Schwer ließ er sich dann auf die Bettkante fallen, angelte sich eine verbogene Zigarette aus dem Päckchen, das er dann achtlos fallen ließ, und zündete sie umständlich an. Irgendwie hatte er Koordinationsprobleme. So saß er eine Weile, trank den restlichen Wein aus der Flasche und rauchte.

Als er die Zigarette ausgedrückt hatte, stellte er den Aschenbecher auf den Nachttisch, den er erst beim zweiten Anlauf traf. Mit der Weinflasche in einer Hand versuchte er dann sich seiner Socken zu entledigen, was ihm auch nach einigen Mühen gelang. Nur die Sache mit dem Hemd gestaltete sich schwierig, da seine linke Hand sich weigerte, die leere Weinflasche loszulassen. Irgendwann, er hatte sich mittlerweile das Hemd um den Kopf gewickelt, polterte die Flasche auf den Boden und rollte in Richtung Tür. Mit der freigewordenen Hand schaffte er es dann auch noch, sich aus dem Hemd zu befreien. Dann ließ er sich ins Bett fallen und wollte nur noch schlafen, doch eine unbarmherzige Sonne schien ihm mitten ins Gesicht - er hatte vergessen, das Licht auszuschalten. Als er über seinem Nachttisch nach dem Lichtschalter tastete, fegte er den Aschenbecher hinunter, der seinen Inhalt auf dem Boden verteilte. Aber das bekam er schon nicht mehr mit, und als es endlich dunkel war, schlief er augenblicklich ein.

***

Er saß auf der Kaimauer des kleinen Fischerhafens, begrüßte die ein- und ausfahrenden Fischer, plauderte mit den Alten, die ihre Angelruten im Hafenbecken ausgelegt hatten, genoss die ersten Strahlen der aufgehenden Sonne und ließ Beine und Seele baumeln. Er war ein glücklicher Mann.

9

Am zweiten Oktober stand pünktlich um sechs
Uhr der Umzugswagen vor der Türe. Vier kräftige
Kerle räumten seine Wohnung aus und den Lastwagen voll. Das Wochenende hatte Marek damit verbracht, Bücher, Bilder und Papiere sowie Glas und
Geschirr zu verpacken, in der Hoffnung, dass auch
alles unversehrt in Caorle ankam.

Zum Glück musste er seine alte Wohnung nicht
renovieren, da er sie auch unrenoviert übernommen
hatte, außerdem hatte er vor etwa einem Jahr alles
neu gestrichen.

Nach weniger als zwei Stunden war alles erledigt.
Seine Schlüssel warf er dem Nachbarn, der über ihm
wohnte, mit einem Vermerk in den Briefkasten. Mit
der Spedition hatte er vereinbart, dass beim Erreichen des Zielortes auch gleich entladen wird. Dafür
übernahm er die Kosten für die Übernachtung der
Möbelpacker.

So, nun konnte das Abenteuer starten. Da seine
Ente auch nicht viel schneller als der Lastwagen war,
kam man überein, dass er vornweg fuhr, quasi als
Lotse und die Fahrer des Lkws seine Tankpausen
gleich mit nutzten.

Sie kamen ohne größere Probleme durch und so

erreichten sie nach etwas mehr als dreizehn Stunden Fahrt ihr Ziel in Caorle. Marek hatte Silvana von der voraussichtlichen Ankunftszeit unterrichtet, und als sie in der Via Gramsci vorfuhren, stand sie winkend im Hof.

Mareks Herz machte einen Freudensprung, wie er sie, beleuchtet vom Scheinwerferlicht, strahlend im Hof stehen und winken sah. Er stellte sein Auto am Straßenrand ab, und als er ausstieg, kam sie auch schon angeflogen, fiel ihm um den Hals, umarmte ihn so innig als wollte sie ihn überhaupt nicht mehr loslassen. Erst als sich einer der Möbelpacker meldete und darauf hinwies, dass sie noch Arbeit hätten, ließen sie voneinander ab.

„'tschuldigung Meister", sagte Marek etwas verlegen, "hier im ersten Stock."

Silvana hatte schon alle Türen geöffnet und festgestellt und die Möbelpacker fingen an, schnell und präzise wie schon beim Einladen, den Lkw wieder auszuladen.

Nach und nach hatten sich die Fenster der Nachbarschaft geöffnet und einige neugierige Köpfe zeigten sich, um zu sehen, was da draußen vor sich ging. Marek half fleißig mit und Silvana klärte die Nachbarn auf.

Da Marek seine Kisten und Möbel in Frankfurt schon beschriftet hatte, fiel die Koordination in der neuen Wohnung nicht schwer und innerhalb einer Stunde war alles ausgeladen und nach oben gebracht. Das Aufbauen der Möbel wollte Marek selbst übernehmen, was die Vier von der Spedition dankend zur Kenntnis nahmen. Immerhin hatten sie schon sechzehn Stunden Arbeit in den Knochen.

Als sie wieder nach unten kamen, hatten sich im Hof einige Nachbarn versammelt, die mit Weinflaschen und Gläsern bewaffnet, den Neuankömmling begrüßen wollten. Nachdem man sich auf gute Nachbarschaft zugeprostet, und Marek sich für den Empfang bedankt hatte, zeigte er den Möbelpackern noch den Weg in das nahe gelegene Hotel auf der Viale Santa Margherita, eines der wenigen, die noch geöffnet hatten, bedankte sich für die ausgezeichnete Arbeit und verabschiedete sich mit einem sehr großzügigen Trinkgeld.

Als er wieder zurück in seine neue Wohnung kam, staunte er nicht schlecht. Silvana hatte im zukünftigen Wohnzimmer einen Campingtisch mit zwei Stühlen aufgebaut. Auf dem Tisch brannte ein mehrarmiger Kerzenleuchter, dessen flackerndes Licht gespenstige Schatten in den Raum zauberte. Marek sah eine Platte mit Salami, Schinken und Käse, einen Korb mit Brot und eine Flasche Rotwein.

„Willkommen, Roberto."

Silvana war aus dem Schatten neben der Türe getreten, wo er sie nicht bemerkt hatte, und hauchte ihm einen Kuss auf die Wange.

„Lass uns etwas essen und deinen Einzug feiern."

Sie zog Marek zum Tisch und drückte ihn auf einen Stuhl. Während sie aßen und tranken, erzählte er wie seine letzten zwei Monate bis zur Pensionierung verlaufen sind. Das Saufgelage mit seinen Freunden verschwieg er aber vorsorglich.

„Ich weiß gar nicht, wie ich hier in diesem Durcheinander heute Nacht schlafen soll. Das Bett kann ich jetzt nicht mehr aufbauen."

Marek hatte die Müdigkeit übermannt, er konnte die Augen kaum noch aufhalten.

„Dann schläfst du eben auf der Matratze, aber du musst auf jeden Fall hier schlafen. Was man am ersten Abend in seiner neuen Wohnung träumt, wird wahr. Ich werde dir schnell ein Bett machen."

Marek sah zu, wie Silvana in seinem zukünftigen Schlafzimmer verschwand. Dann hörte er sie einige Zeit hantieren.

„Du kannst kommen", rief sie ihn dann.

Sie hatte seine Matratze auf den Boden gelegt, sogar die Bettwäsche in einem Karton gefunden und das provisorische Bett bezogen.

„Bleibst du?"

Marek hoffte auf ein Ja.

„Ich kann leider nicht. Ich muss morgen ganz früh

zu einer Redaktionssitzung und habe noch einige Unterlagen zu sondieren. Schlaf dich erst einmal richtig aus. Ich komme morgen und helfe dir beim Einrichten. *Buona notte*, Roberto und träume was Schönes. Du weißt, dass es in Erfüllung gehen wird."

Sie umarmte und küsste ihn und verschwand. Zurück blieb ein todmüder Robert Marek in einem Chaos aus Kisten und Möbeln. Er schloss noch die Fensterläden, ließ aber die Fenster offen, da es noch angenehm mild war, blies die Kerzen aus, fiel in sein provisorisches Bett und schlief sofort ein.

***

Er war auf dem Weg zum Caffè Roma um sich mit Silvana zu treffen, doch jenseits der Piazza, dort wo das *Centro Storico* beginnt, versperrte ein riesiger Bauzaun die Sicht. Neugierig ging er am Zaun entlang, auf dem in regelmäßigen Abständen Plakate mit dem Konterfei von Paolo, Marias Sohn, zu sehen waren. Der Zaun wollte kein Ende nehmen und irgendwann kam er an seinen Ausgangspunkt zurück. Der komplette alte Ortskern schien hinter diesem Zaun verschwunden zu sein. Da hörte er eine Frauenstimme seinen Namen rufen. Er drehte sich um, doch niemand war zu sehen, der Ort schien ausgestorben zu sein. Wieder und wieder hörte er seinen Namen. Die Rufe kamen diesmal von oben. Er hielt die Hand schützend vor die Augen und blinzelte in

113

die grelle Sonne. Sein Herz krampfte sich zusammen. Hoch oben sah er Silvana, die in einem Eisenkäfig gefangen war, der an einem Baukran hing und die verzweifelt versuchte, ihm etwas mitzuteilen.

***

Schweißgebadet wachte Marek auf. Das Sonnenlicht, das von außen durch die Schlitze der Fensterläden schien, zauberte seltsame Muster auf Wände und Decke. Er benötigte einige Sekunden, um sich zu orientieren. Traum und Wirklichkeit. Wie erschreckend real hatte sich dieses Szenario dargestellt. Marek schüttelte sich und stand auf. Langsam schlurfte er zum Fenster und öffnete die Läden. Die Sonne schien von einem wieder einmal wolkenlosen, blauen Himmel und seine Laune besserte sich schlagartig.

Was du in der ersten Nacht träumst, wird wahr werden, hatte Silvana gesagt. Er hoffte inständig, dass dies nur ein dummer Aberglaube war und blieb.

Teil 2

10

Es war Anfang Juni, der Sommer hatte bereits Einzug gehalten, die Temperaturen lagen um die Mittagszeit schon jenseits der fünfundzwanzig Grad, die Sonne schien aus einem azurblauen Himmel und die ersten Touristen bevölkerten schon die Strände.

In vier Wochen würden hier ganze Heerscharen einfallen. Nicht ganz so viele wie in den benachbarten Urlaubszentren, aber immerhin. Trotzdem beklagten die Hotels und Gaststätten einen drastischen Umsatzrückgang. Die ganz fetten Jahre waren offenbar vorbei.

Der Tourismus allgemein hatte sich in den letzten Jahren auch verändert. Heute sind zwei Wochen Dominikanische Republik oder Mallorca – all inclusive versteht sich – preiswerter als eine Woche in Italien.

Eventurlaub nennt man das wohl heute.

Marek konnte sowieso nie verstehen, warum jemand seinen Urlaub am Ballermann verbringen kann, sich täglich mit deutschem Liedgut von irgendwelchen ausrangierten Schlagerfuzzies und Alkohol volldröhnt, um dann erst richtig urlaubsreif wieder nach Hause zu kommen.

***

Er hatte hier sein Paradies gefunden. Inzwischen war er schon acht Monate hier und hatte sich prächtig eingelebt. Seine Aussprache wurde auch immer besser. Einmal wöchentlich traf er sich morgens mit einigen Einheimischen in einer Bar zu einer Partie Scopa und bei den meisten Ladenbesitzern und in einigen Restaurants war er auch schon bekannt.

Die Beziehung mit Silvana hatte immer noch Bestand, was für seine Verhältnisse rekordverdächtig war, denn so lange hatte er es noch nie mit einer Frau ausgehalten, oder sie mit ihm. Vielleicht lag es daran, dass beide ihre getrennten Wohnungen beibehielten und sich, bedingt durch ihre Arbeit, nur unregelmäßig sahen.

***

An diesem Morgen beschloss Marek ausnahmsweise mit dem Auto zum Einkaufen zu fahren, da er einen größeren Vorrat an Mineralwasser mitnehmen wollte. Am Supermarkt bekam er gerade noch einen Parkplatz im Hof zwischen der Via dei Calamari und der Via delle Orate. Man merkte eben, die Saison hatte begonnen.

Als er seinen Wasservorrat auf seinen Einkaufswagen gestapelt hatte, zog es ihn zurück zur Pasticceria. Er konnte einfach nicht widerstehen und erstand vier mit Creme gefüllte Cornetti und ein Pfund sizilianische Cannoli.

Zufrieden mit sich und seinem Einkauf begab er sich zur Kasse. Doch was er dort vor sich hatte, verdarb ihm erst einmal die Vorfreude auf sein bevorstehendes Frühstück. Ein Paar mittleren Alters, vom Dialekt her aus dem Ruhrgebiet, diskutierte lautstark und wild gestikulierend mit der armen Kassiererin, die natürlich kein Wort verstand. Ebenso wenig wie die beiden Figuren verstanden, was die Kassiererin sagte. Marek fand, dass die Beiden eine Karikatur dessen waren, was man im Ausland unter dem Begriff des *hässlichen Deutschen* versteht. Obwohl die Holländer und Engländer, die er hier schon gesehen hatte, gaben sich auch nicht viel.

Er in Badeschlappen und geblümten Shorts, aus den unten zwei spindeldürre, weiße Beine herausragten und über der sich oben eine gewaltige Kugel wölbte, die nur von einem weißen Feinripp-Unterhemd notdürftig bedeckt wurde. Auf dem Kopf trug er, passend dazu, eine rote Ferrari Mütze. Sie dagegen sah aus wie das Michelin-Männchen in einem viel zu knappen Bikini.

Während diese Walküre über Preise und Sonstiges diskutierte, hatte sie ihre Fäuste in die vom Sonnenbrand geröteten Fleischberge gestemmt, was ihr noch einen bedrohlichen Ausdruck verlieh.

Mittlerweile hatte sich hinter Marek schon eine beachtliche Schlange gebildet und es fielen einige missmutige Bemerkungen. Er sah sich das Schauspiel noch ein paar Sekunden lang an, dann platzte ihm der Kragen. Schließlich wollte er endlich Frühstücken.

„Sehen Sie zu, dass Sie endlich weiter kommen, ich will nach Hause, wir essen zeitig", schnauzte er die Beiden an.

Die Walküre unterbrach ihre Tiraden, drehte sich um, funkelte ihn wütend an und fing an sich aufzupumpen. Doch bevor sie etwas erwidern konnte, setzte Marek nach.

„Wenn euch hier alles nicht passt, dann bleibt doch da, wo ihr hergekommen seid und geht den Leuten dort auf die Nerven."

Das hatte gesessen. Die Luft entwich pfeifend und ihr Kopf wurde noch roter, als er ohnehin schon war. Abrupt drehte sie sich um, zahlte und während die Kugel mit Ferrari Mütze noch am Einpacken war, walzte sie bereits hinaus.

„*Grazie*."

Die Kassiererin schenkte Marek ein dankbares Lächeln.

Nachdem er seine Einkäufe im Auto verstaut hatte, schaltete er das Radio ein und bog vom Hof des Supermarkts nach links in die Via delle Orate ein. Im Radio lief gerade *notte di ferragosto* von Gianni Morandi und Marek pfiff fröhlich mit.

Nach knapp einhundert Metern mündete die Orate in die Via dell' Astese und er bog nach links ab. Während er noch vor sich hin pfiff und sich auf das Frühstück freute, nahm er irgendetwas wahr. Er wusste nicht genau, was es war, aber instinktiv trat er auf die Bremse. Glücklicherweise gab es in dieser Ecke kaum Verkehr, sodass sein Bremsmanöver ohne Folgen blieb. Wenn man mal davon absieht, dass das Paket, in dem sich seine Cannoli befanden, mit einem Salto vom Beifahrersitz gefallen war und der restliche Einkauf sich im Auto verteilt hatte. Marek fluchte laut vor sich hin und hob fast zärtlich sein Frühstück auf um es sanft wieder auf den Sitz zu legen, in der Hoffnung, dass alles noch heil war. Dann sah er sich um und suchte nach dem Grund für seine Vollbremsung. Er hatte zwar etwas wahrgenommen, wusste aber nicht was. Es war nichts zu sehen. Langsam fuhr er die Ente an den Straßenrand, stellte den Motor ab und wollte aussteigen. Dabei sah er kurz in den Rückspiegel. Da war es. Hinten an der Stelle, wo er abgebogen war. Er konnte nicht genau erkennen was, aber es war ungewöhnlich und gehörte nicht dorthin. Marek stieg aus und ging langsam zurück. Dabei beobachtete er sorgsam die gesamte Umgebung. Niemand war zu sehen, was auch um diese Uhrzeit und in dieser Gegend nicht ungewöhnlich war.

Er war an der Einmündung der Via delle Orate

angekommen. Gegenüber der Einmündung, an einem Zaun, der zum Parkplatz des dahinter liegenden Hafengeländes gehörte, stand ein großer, grüner Müllcontainer mit Schwingdeckel. Aus dem Container hing eine blaue, verwaschene Baumwollhose, was an sich nicht weiter bemerkenswert wäre, wenn nicht unten aus der Hose zwei Beine und Füße, die in blauen Leinenschuhen steckten, herauslugen würden. Das Ganze sah arrangiert aus und erinnerte Marek an eine Komposition auf der Biennale oder der Documenta. Auch dachte er an einen Scherz, dass irgendjemand vielleicht eine Schaufensterpuppe in den Container gehängt hätte, um die Leute zu erschrecken. Doch den Gedanken verwarf er ganz schnell, als er nahe genug dran war, um die Hose zu berühren. Da steckte unzweifelhaft ein Mensch drin. Auch nahm er jetzt den Geruch wahr. Zwar nur leicht, doch der Geruch des Todes war ihm in seinen vielen Dienstjahren zu oft begegnet, als dass er ihn jemals vergessen könnte.

Marek lief zurück zum Auto und holte einen Lappen aus dem Kofferraum, mit dem er sich sonst die Hände abwischte, wenn er an der Ente gearbeitet hatte. Vorsichtig hob er mit dem Lappen den Deckel des Müllcontainers an, um ja keine möglichen Spuren zu verwischen. Ein aufgeschreckter Schwarm Schmeißfliegen flog laut summend davon. Marek zuckte angewidert zurück. Doch dann sah er in den Container hinein. Kopfüber hing ein Mann, etwa in seinem Alter, über dem Rand. Oberkörper, Kopf und Arme hingen schlaff nach unten und er war tot. Das stand fest. Verletzungen waren auf den ersten Blick nicht zu erkennen, auch kein Blut innerhalb des Containers.

Vorsichtig schloss er den Deckel wieder und wischte sich die Hände ab. Als er die Hose noch einer visuellen Untersuchung unterzog, fielen ihm die Kratz- und Bisswunden an den Füßen auf. Auch war der Saum der Hosenbeine ausgefasert.

Er rannte zu seinem Auto um sein Handy zu holen, das er ungern in der Tasche seines Hemdes trug. Irgendwo hatte er einmal gelesen, dass von diesen Dingern ungesunde Strahlen ausgingen.

Er wählte die Nummer der Carabinieri Kaserne in der Via Traghete, die er sich kurz nach seinem Umzug schon auf sein Handy gespeichert hatte. Man weiß ja nie, wann man sie gebrauchen kann. Und jetzt brauchte er sie dringend. Es meldete sich die Telefonzentrale. Marek nannte seinen Namen und verlangte den Capitano zu sprechen. Der Mann in der Telefonzentrale bedeutete ihm, dass dies nicht möglich sei und er solle ihm doch den Grund seines Anrufs mitteilen, dann könne er ihn dann entsprechend verbinden. Marek startete noch einen Versuch und verlangte wenigstens den Maresciallo sprechen zu können, doch der Mann in der Telefonzentrale war stur wie ein alter Esel und wurde obendrein auch noch ungehalten.

„Entweder Sie sagen jetzt was Sie wollen, oder ich lege auf. Schließlich haben wir noch mehr zu tun, als uns mit verrückten Anrufern zu beschäftigen."

Marek gab auf und ließ sich vorsichtshalber den Namen seines Gesprächspartners geben. Dann meldete er seinen Fund.

„An der Einmündung der Via delle Orate auf die Via dell' Astese hängt ein Toter aus einem Müllcontainer … nein, ich spinne nicht … nein, ich habe nichts getrunken, nicht einmal Caffè … schauen Sie doch mal auf die Uhr … nein, ich nehme keine Drogen … natürlich bin ich sicher, dass der Tote tot ist, und wenn Sie nicht bald hier aufkreuzen, weiß es bald jeder Tourist", schnauzte Marek, der zunehmend ungehaltener wurde, den Mann in der Telefonzentrale an und schaltete sein Handy aus.

„Die sind ja hier noch bekloppter als bei uns", dachte er und ging zu seiner Ente zurück. Er warf den Lappen ins Auto und sah dabei sehnsüchtig auf das Paket mit den Cannoli. An Frühstück war bestimmt jetzt nicht zu denken und wer weiß, wie lange er hier auf seine bescheuerten Kollegen noch warten musste.

Vorsichtig öffnete er das Paket und nahm sich zwei dieser köstlichen, mit Ricotta und kandierten Früchten gefüllten Gebäckrollen, die zu seiner großen Freude den Sturz bei seiner Vollbremsung unbeschadet überstanden hatten. Dann ging er zurück und setzte sich in der Via delle Orate auf ein kleines Gartenmäuerchen, in den spärlichen Schatten, den das dazugehörige Haus abgab und verzehrte genüsslich seine Leckereien. Anschließend zündete er sich eine Zigarette an und wartete auf das Eintreffen seiner Kollegen – oder besser Ex-Kollegen.

Obwohl die Caserma der Carabinieri nur etwa einen Kilometer entfernt von der Fundstelle war, dauerte es geschlagene zwanzig Minuten bis die beiden dunkelblauen Alfas mit Blaulicht, Sirene und quietschenden Reifen um die Ecke geschossen und in einer Staubwolke vor dem Container zum Stehen kamen. Sollte es auf der Straße oder in der Umgebung noch irgendwelche Spuren gegeben haben, waren sie jetzt mit Sicherheit vernichtet.

Marek hatte, während er auf das Eintreffen der Carabinieri wartete, schon einige Neugierige verscheuchen müssen, doch nach diesem filmreifen Auftritt kamen die Leute aus allen Ecken zusammen gelaufen und bildeten einen Ring um dieses makabere Szenario. Die Carabinieri wuselten gewichtig hin und her und jeder wollte einen Blick in den Container werfen. Einer nach dem Anderen hob den Deckel an, sah hinein und wandte sich, grün im Gesicht, wieder ab.

Marek sah diesem Treiben nur kopfschüttelnd zu. Von der Spurensicherung war noch nichts zu sehen. Aber die würden wahrscheinlich auch nichts Brauchbares mehr finden, außer den Bremsspuren der Einsatzfahrzeuge und den Abdrücken der Carabinieri auf dem Containerdeckel.

Ein junger Mann in Uniform baute sich vor Marek auf, salutierte und teilte ihm mit, dass der Maresciallo ihn zu sprechen wünsche. Er nickte und ging hinüber zu den Einsatzfahrzeugen. An einem der Wagen lehnte ein Uniformierter und sah dem Treiben gelassen zu. Das musste der Maresciallo sein.

„*Buon giorno*, Sie wollten mich sprechen."

„Maresciallo Dorio", stellte er sich vor, ohne dabei seine lässige Haltung zu verändern.

„Sie haben den Toten gefunden?"

„Ja."

„Wie heißen Sie und was haben Sie so früh hier gemacht?"

„Mein Name ist Robert Marek und ich war da vorne im Supermarkt einkaufen. Das mache ich fast jeden Morgen nur heute war ich ausnahmsweise mit dem Auto hier, da ich einen größeren Einkauf machen wollte. Wäre ich ohne Auto hier gewesen, hätte ich den da nicht gefunden", dabei zeigte Marek mit dem Daumen über die Schulter in Richtung Container.

„*Tedesco?*" fragte der Maresciallo. „Sie müssen noch alles zu Protokoll geben und für weitere Fragen zur Verfügung stehen. So lange dürfen sie Caorle nicht verlassen, ist das klar?"

„*Tedesco, si,* aber ich habe nicht die Absicht Caorle zu verlassen, denn ich wohne hier."

Jetzt sah der Maresciallo etwas verwirrt drein.

„Ah, Sie machen hier länger Urlaub. Dann geben Sie einem meiner Leute den Namen Ihres Hotels, wo wir Sie erreichen können."

„Sie haben mich falsch verstanden. Ich bin nicht auf Urlaub sondern ich lebe hier. Sie können mich also jederzeit unter meiner Adresse in der Via Gramsci erreichen."

„Ah, ich verstehe. Deshalb sprechen Sie auch unsere Sprache so gut. Da kommt ja auch die Spurensicherung."

Der Maresciallo sah an Marek vorbei auf einen Kastenwagen, der sich mühsam den Weg durch die gaffende Menge bahnte.

„Sie haben hoffentlich nichts angefasst, Signor Marek?"

„Doch, ich habe den Deckel angehoben, hatte aber dabei einen Lappen in der Hand um keine Abdrücke zu verwischen. Aber jetzt wird man wohl nur noch die Abdrücke Ihrer Leute darauf finden."

Der Maresciallo sah ihn wütend an. Marek hatte sich ihn jetzt wohl zu seinem Feind gemacht.

„Woher hatten Sie denn so plötzlich einen Lappen, wenn Sie nur einkaufen waren?", fragte er argwöhnisch und in seinen Augen blitzte die Hoffnung auf, gleich hier vor Ort einen Verdächtigen zu haben.

„Aus meinem Auto, da vorne", zeigte Marek auf seine, am Straßenrand geparkte Ente.

„Sagen Sie, woher kennen Sie sich denn so gut aus mit Spuren und Toten? Hatten Sie schon einmal mit der Polizei zu tun?"

„Ja …"

„Ah, dachte ich mir doch. Sind Sie etwa vorbestraft?"

„… bis vor acht Monaten war ich Hauptkommissar bei der Mordkommission in Frankfurt. Jetzt bin ich pensioniert und wohne hier. Und nun gehe ich Frühstücken und komme dann zu Ihnen in die Caserma. *Ciao*."

Damit ließ er einen verdutzten Maresciallo zurück, ging zu seiner Ente und fuhr nach Hause. Dort bereitete er sich einen großen Caffelatte und verspeiste genüsslich die restlichen Cannoli. Anschließend setzte er sich mit einem zweiten Caffè, einer Zigarette und dem Gazzettino an das geöffnete Fenster seines Arbeitszimmers. Doch er konnte sich nicht so richtig auf seine Lektüre konzentrieren. Immer wieder gingen ihm die Bilder des heute Erlebten durch den Kopf.

Marek stand auf, holte sein Notizbuch und einen Stift und fing an sich Notizen zu machen. Er war doch noch zu sehr Polizist, als dass er es einfach dabei bewenden lassen könnte den Fund gemeldet und ein Protokoll unterschrieben zu haben.

Wer war der Tote? Wie war er gestorben und wo? Es gab ja keine Blutspuren. Warum wurde er gerade dort abgelegt, wo ihn doch jederzeit jemand finden konnte? Und warum in einer so theatralischen Inszenierung? Sollte er womöglich schnell gefunden werden und wenn ja, warum? Was war mit den Wunden an den Knöcheln und dem ausgefransten Hosensaum? Fragen über Fragen, auf die er gerne Antworten hätte. Doch eines war für Marek ziemlich klar: Der Fundort war nicht der Tatort. Die Wundmale an den Füßen könnten von streunenden Hunden stammen, die versucht haben, den Toten aus dem Container zu ziehen. Dafür würde auch der Saum sprechen, der von Krallen oder Zähnen ausgefranst wurde. Er würde selbst ein bisschen Detektiv spielen, doch zuvor musste er ja noch zu den Carabinieri seine Aussage machen und das Protokoll unterschreiben.

***

Marek kletterte in seine Ente und fuhr in die Via Traghete. Gleich auf der linken Seite war die Caserma, ein hässlicher, roter Kasten, der zurückgesetzt hinter einem hohen Zaun und einigen Bäumen stand. Ein großes, eisernes Tor versperrte die Zufahrt. Er stieg aus und rief einen der jungen Carabinieri, die vor dem Gebäude standen und sich angeregt unterhielten. Doch keiner machte Anstalten sich zu bewegen. Auch als er ein zweites Mal rief, sahen sie zwar zu ihm hinüber, doch keiner bewegte sich. Mareks Blutdruck stieg in gefährliche Höhen und er brüllte die Gruppe an, dass man es garantiert im hintersten Zimmer des Gebäudes gehört haben musste. Endlich löste sich einer aus der Gruppe und kam auf ihn zu.

„Schreien Sie hier gefälligst nicht so rum. Das hier ist eine Caserma der Carabinieri", fuhr der Junge ihn an.

„Deshalb will ich ja da rein. Ich muss eine Aussage machen", schnauzte Marek zurück.

„Hier können sie mit der Karre nicht rein, parken Sie da hinten", dabei zeigte er mit dem Finger die Straße hoch.

Marek kochte vor Wut und hätte den Kerl am liebsten gleich erwürgt, doch er musste sich ja zusammennehmen, was ihm sichtlich schwer fiel.

„Geht das bei euch nach Automarken oder darf hier generell keiner rein?"

„Der Hof ist nur für Einsatzfahrzeuge."

„Das hättest du mir auch gleich sagen können", raunzte er, stieg wieder ein und fuhr ein Stück die Straße rauf. Vor dem Luna-Park, einer Art Erlebnispark für Kinder, in dem den ohnehin schon geplagten Eltern das Geld für alle möglichen Attraktionen aus der Tasche gezogen wird, gab es eine Reihe freier Parkplätze, wo er seine Ente abstellen konnte. Dann lief er das kurze Stück zurück und stand wieder vor diesem Tor. Doch diesmal war der junge Mann gleich zur Stelle und ließ Marek eintreten.

„Ich möchte zu Maresciallo Dorio."

Der Junge wurde bleich und nahm Haltung an. Der Maresciallo scheint ein großes Tier zu sein, wenn die bloße Erwähnung seines Namens solch eine Reaktion hervorruft, dachte Marek.

„Erster Stock, gleich links", stammelte der Junge und verschwand.

***

Der Maresciallo sah nicht einmal von den vor ihm auf dem Schreibtisch liegenden Papieren auf, als Marek eintrat.

„Setzen Sie sich."

Er deutete auf den Besucherstuhl, der vor dem Schreibtisch stand, und tat weiter so, als wäre er in irgendwelche Akten vertieft. Marek nahm Platz, dachte aber nicht im Traum daran unaufgefordert auch nur einen Ton von sich zu geben. Er hatte Zeit.

Nach einer Weile sah Dorio von seinen Akten auf und funkelte ihn an.

„Nun machen Sie schon. Erzählen Sie was Sie wissen, aber fassen Sie sich kurz."

„Oh, ich wollte Sie nicht bei Ihrer sicherlich wichtigen Arbeit stören", erwiderte Marek übertrieben höflich und lächelte den Maresciallo freundlich an.

Dann erzählte er in knappen Worten, aber ohne ein Detail auszulassen, die Umstände, die zur Entdeckung des Toten im Müllcontainer führten und was er dann getan hatte.

„… den Rest kennen Sie ja", schloss er seinen Bericht.

Dorio, der alles auf ein Diktiergerät aufgenommen hatte, entnahm die Kassette und rief nach einem seiner Leute, dem er das Band übergab.

„Sofort das Protokoll tippen und zu mir zurück, aber schnell!", herrschte er ihn an und zu Marek gewandt: „Sie warten hier, bis das Protokoll fertig ist. Dann lesen Sie es durch, unterschreiben und können dann verschwinden."

„Aber natürlich, Maresciallo. Ich hatte auch nichts anders vor", erwiderte Marek. „Gibt es hier einen Caffeautomaten?"

„Da vorne im Flur, aber verlaufen Sie sich nicht. Ich habe keine Lust Sie suchen zu lassen", brüllte er ihm nach, als sich Marek auf die Suche nach dem Automaten begeben hatte.

Der Polizist, der gerade mit einem Stapel Akten unter dem Arm die Treppe hoch kam, blieb erschrocken stehen, als er seinen Vorgesetzten schreien hörte, und ging erst weiter, als dieser wieder in seinem Büro verschwunden war und die Türe hinter sich zugeschlagen hatte.

„Ist der immer so freundlich?", fragte Marek, als er an ihm vorbei kam.

„Manchmal ist er noch schlimmer", flüsterte der Polizist und sah sich dabei ängstlich um.

Marek nahm den jungen Mann zur Seite.

„Sie waren doch heute Morgen auch am Fundort der Leiche, oder?"

„Ja, richtig. Jetzt erkenne ich Sie auch wieder. Sie haben den Toten gefunden. Muss ein schöner Schock für Sie gewesen sein."

„Ach, ich bin so etwas gewohnt."

„Wie meinen Sie das?", fragte der junge Polizist argwöhnisch.

„Ich war in Deutschland fünfundzwanzig Jahre bei der Mordkommission und davon die letzten zwölf Jahre als Hauptkommissar, und in einer Großstadt wie Frankfurt kommt so etwas schon öfter mal vor."

„Dann sind wir ja so etwas wie Kollegen", sagte

der junge Polizist erfreut.

„Ihr Chef sieht das wohl eher etwas anders", meinte Marek daraufhin.

„Warten Sie, ich bringe nur schnell die Akten zum Capitano, dann gehen wir runter in den Bereitschaftsraum. Da können wir uns in Ruhe unterhalten. Das heißt, wenn Sie möchten."

„Gerne, vielen Dank junger Mann."

„Ghetti, Brigadiere Capo Michele Ghetti", stellte er sich vor.

„Marek, Robert Marek."

„Dann bis gleich, Signor Marek", sagte Ghetti und verschwand.

Marek blieb am Caffeautomaten stehen, warf fünfzig Cent ein und drückte auf den Espressoknopf. Der Caffè war sogar genießbar, für einen Automatencaffè sogar ganz gut.

Er hatte gerade ausgetrunken, als Ghetti schon wieder um die Ecke kam. Marek fragte, ob er auch einen Caffè möchte, doch der Brigadiere lehnte dankend ab und meinte, dass sie im Bereitschaftsraum einen Besseren bekämen.

Der Raum war leer bis auf einen Polizisten, der in der hintersten Ecke saß und eine Sportzeitung las. Marek nahm an einem der Tische Platz. Ghetti bereitete zwei Caffè und setzte sich dann zu ihm.

„Wissen Sie Signor Marek, der Maresciallo hat

zum ersten Mal einen Mordfall. Wir leben hier in einer ruhigen, idyllischen Gemeinde, da kommt nicht viel vor. Im Sommer ein paar Taschendiebstähle, ein paar Schlägereien unter betrunkenen Touristen, ein geklautes Auto, gelegentlich mal ein Einbruch. Sonst fahren wir Streife im Bezirk oder helfen der lokalen Polizei den Sommerverkehr zu regeln. Aber einen Mord hatten wir hier noch nicht, seit ich hier bin, und das sind jetzt schon acht Jahre."

„Und Sie meinen, dass er deshalb so unausstehlich ist?"

„Schwierig war er eigentlich schon immer. Er wurde vor vier Jahren von Treviso hierher versetzt und das war für ihn ein Abstieg. Jetzt hat er diesen Mordfall und will sich beweisen. Und er muss sich auch beweisen, denn dieser Fall ist auch für den Capitano, und damit für die ganze Station wichtig. Wenn er ihn nicht bald gelöst hat, wird der Fall an die Kriminalpolizei übergeben und das wäre für ihn das Ende seiner Karriere. Wie Sie vielleicht wissen, gibt es bei uns eine große Rivalität zwischen Uniformierter- und Zivilpolizei."

„Verstehe", meinte Marek, „aber der Auftritt heute Morgen war ja wirklich sehr dilettantisch. Erst kommt ihr mit Sirene und Blaulicht um die Ecke geschossen, dabei wäre der Tote euch doch ohnehin nicht mehr weggelaufen, dann das Bremsmanöver

135

wie im Kino, damit habt ihr mit Sicherheit alle eventuell auf der Straße befindlichen Spuren verwischt, zu guter Letzt durfte auch noch jeder ohne Handschuhe an dem Deckel des Containers rumfingern und der Maresciallo steht nur wichtig dabei. Als ich ihm das sagte, hat er mir offenbar die Freundschaft gekündigt."

Der Brigadiere lächelte verlegen.

„Jetzt verstehe ich. Sie haben ihn auf Fehler hingewiesen und ihn damit in seiner Ehre gekränkt. Die Spurensicherung hat übrigens ihre Vermutung bestätigt – alle Spuren verwischt oder unbrauchbar. Dafür hat er auch schon eine Predigt vom Capitano gehört."

Der Brigadiere gefiel Marek. Vielleicht konnte er über ihn noch einige Details erfahren. Der alte Spürhund in ihm war wieder am Erwachen.

„Und hat man den Toten schon identifiziert?"

Marek unternahm einen ersten, wenn auch zaghaften Vorstoß und Ghetti tat ihm den Gefallen. Er schien Zutrauen zu dem deutschen Kommissar gefasst zu haben.

„Nein, noch nicht. Kann aber nicht mehr lange dauern."

„Wieso seid ihr euch da so sicher?"

„Anhand der Kleidung und einiger anderer Merkmale scheint er ein Fischer gewesen zu sein.

Und die kennen sich untereinander."

„Verstehe. Und wo hat man die Leiche hingebracht?"

„Ins Ospedale Civile nach Portogruaro."

In diesem Moment klingelte das Telefon. Der Brigadiere nahm den Hörer ab.

„Bereitscha … jawohl Maresciallo … sofort Maresciallo."

Marek hatte den Maresciallo am anderen Ende der Leitung schreien gehört und erhob sich. Der junge Ghetti war sofort aufgesprungen, als er seinen Vorgesetzten gehört hatte. Jetzt stand er immer noch bleich vor Marek mit dem Hörer in der Hand.

„Lassen sie mich raten. Sie sollen mich sofort erschießen und dann zu ihm bringen", lachte Marek.

„So ähnlich. Ich soll Sie suchen und in spätestens zwei Minuten zu ihm bringen. Wenn es sein muss auch in Handschellen."

„Sie haben mich ja gefunden und die Handschellen sparen wir uns. Jetzt wollen wir den Mann nicht länger warten lassen, sonst bekommt er noch einen Herzinfarkt. Hat mich sehr gefreut. Vielleicht können wir uns mal wieder unterhalten. *Ciao.*"

„*Ciao, Commissario capo.*"

Der Brigadiere hatte sich wieder beruhigt.

„Ach, könnten Sie mir Ihre Handynummer geben, dann melde ich mich", meinte Marek im Hinausge

137

hen.

Sie tauschten noch schnell ihre Telefonnummern aus und Marek stieg die Treppe hoch zum Büro des Maresciallo.

„Brigadiere Ghetti hat mir freundlicherweise mitgeteilt, dass das Protokoll zur Unterschrift bereitliegt", sagte Marek in einem übertrieben höflichen Tonfall, als er das Büro betrat.

„Lassen Sie die Späße!", herrschte ihn der Maresciallo an. „Warum haben Sie nicht gewartet, wie ich es Ihnen gesagt habe? Wir haben mehr zu tun, als verschwundene Zeugen zu suchen."

„Erstens gibt es hier oben im Flur keine Sitzgelegenheit und einem alten Mann wie mir ist es nicht zumutbar so lange zu stehen und zweitens bin ich nicht ihr Befehlsempfänger."

Letzteres betonte Marek mit einer nicht zu überhörenden Schärfe in seiner Stimme.

Maresciallo Dorio brummte etwas Unverständliches und reichte ihm ein Stück Papier.

„Lesen Sie es durch, dann unterschreiben Sie und verschwinden."

Marek nahm sich aufreizend viel Zeit. Sinngemäß war das Protokoll in etwa richtig. Er hatte auch keine Lust Korrekturen vorzunehmen, also unterschrieb er und erhob sich.

„Es war mir ein Vergnügen, Signor Dorio."

Mit einer angedeuteten Verbeugung verließ Marek das Büro, noch ohne eine Reaktion abzuwarten.

***

Marek ließ sein Auto stehen und beschloss zu Fuß zum Roma zu gehen. Er überquerte den Corso Chiggiato und wandte sich Richtung Piazza Veneto. Einen Moment überlegte er Silvana, die ja ganz in der Nähe wohnte, einen Überraschungsbesuch abzustatten, verwarf den Gedanken jedoch wieder. Erst musste er über die Ereignisse des Tages nachdenken und das konnte er am besten bei einem guten Cappuccino im Roma. Außerdem war sie um diese Zeit wahrscheinlich noch in der Redaktion.

Als er hinter dem Fischmarkt in die Via delle Cape einbog, fiel ihm wieder der Bauzaun auf, der die ganze linke Seite der Straße bis zur Einmündung in die Viale L. Dal Moro säumte und er erinnerte sich wieder an das, was Maria und Silvio ihm im vergangenen Jahr darüber erzählt hatten. Offensichtlich hatte die Bürgerinitiative Erfolg, denn ein Baufortschritt war nicht zu erkennen.

Als er dann mit seinem Cappuccino auf der Piazza saß, zückte Marek sein kleines Notizbuch, ließ sich von Luca einen Stift bringen, zündete sich eine *MS* an und begann in einem Selbstgespräch, das, was er wusste, zu rekapitulieren und zu notieren.

„Was haben wir? Wir haben einen unbekannten

Toten, der theatermäßig inszeniert, kopfüber in einem Müllcontainer hing. Der Müllcontainer steht an einer exponierten Stelle, wo der Tote auf jeden Fall am Vormittag gefunden werden musste. Ironischerweise befindet sich etwa hundert Meter weiter die *pronto soccorso*, die Erste Hilfe Station. Der Mörder hat wohl Humor. Die Stelle war bestimmt mit Bedacht ausgesucht. Aber warum? Auch wenn der Maresciallo anderer Meinung ist – der Fundort ist nicht der Tatort. Der Brigadiere glaubt, dass es sich um einen Fischer handeln könnte."

Marek bestellte sich noch einen Cappuccino und zündete sich die nächste Zigarette an. Dann notierte er sich die Fragen, auf die er noch dringend Antworten suchte, um etwas klarer zu sehen. In allererster Linie wollte er die Todesursache in Erfahrung bringen und den Tatort finden.

Dabei fiel ihm ein, er könnte ja doch versuchen Silvana anrufen und ihr alles erzählen, vielleicht hatte sie ja eine Idee. Aber auf jeden Fall hatte sie eine Story. Er erreichte sie in der Redaktion und erzählte ihr ausführlich, was sich an diesem Vormittag ereignet hatte. Nur seinen kleinen Disput mit dem Maresciallo und das, was der Brigadiere ihm anvertraut hatte, ließ er wohlweislich weg.

Silvana gab ihm dafür einen dicken Kuss durchs Telefon, denn damit hatte sie einen Vorsprung, da bis jetzt noch keine Mitteilung der Polizei eingegangen war.

Am Abend trafen sie sich in ihrer Trattoria in der Altstadt. Sie verzichteten auf eine Vorspeise und bestellten sich *polpettone di vitello alle bietole* und korrespondierend zu diesem würzigen, mit Mangold gefüllten Kalbshackbraten, der mit geschmorten Schalotten, Pinienkernen und Rosinen serviert wird, nahmen sie einen Blattsalat mit rosa Grapefruit und Bohnen. Marek bestellte dazu einen Salice Salentino rosso, denn er fand, dass dieser leichte, trockene Rotwein am besten dazu passt.

Während des Essens erzählte er Silvana noch einmal ausführlich sein Erlebnis und diesmal ließ er nichts aus. Silvana wurde wütend ob des Verhaltens der Polizei.

„Ich rufe gleich die Redaktion an."

„Warum?"

„Die Öffentlichkeit hat ein Recht zu erfahren wie borniert und unfähig die Polizei, besonders dieser Maresciallo Dorio, sich in diesem Fall gezeigt hat."

„Bitte Silvana, tu das nicht!"

„Warum zum Teufel sollte ich das nicht tun? So etwas muss man anprangern!"

„Erstens könnte man diese Aussagen in deinem Artikel direkt zu mir zurückverfolgen. Dazu müsste man nicht einmal besonders clever sein. Ich würde

dann von niemandem auch nur noch ein Sterbens-
wörtchen erfahren. Und zweitens hätte ich das Vertrauen des jungen Brigadiere missbraucht."

Silvan sah ihn eine Weile schmollend an und man
merkte, wie es hinter ihrer hübschen Stirn arbeitete.
Dann lächelte sie.

„Ok, einverstanden. Aber nur unter einer Bedingung."

„Und die wäre?"

„Wie ich dich kenne, wirst du keine Ruhe geben
und den Fall selbst aufklären wollen … *no, no*, keine
Widerrede, ich kenne dich", würgte sie ihn schon im
Ansatz ab. „Ich bekomme von dir exklusiv alles, was
du herausfindest."

Jetzt sah Marek sie einen Moment an und tat so,
als müsste er überlegen.

„Ok, einverstanden. Unter einer Bedingung."

„Und die wäre?"

„Wir sprechen uns vorher ab, was du veröffentlichen kannst und was nicht."

„Einverstanden."

Beide fingen an zu lachen und Marek bestellte
nach dem üppigen Essen erst einmal Caffè und
Grappa. Als der Kellner fragte, ob sie noch ein Dessert nehmen möchten, wollten beide erst ablehnen,
doch dann entschieden sie sich doch für eine Kleinigkeit um das köstliche Essen abzurunden und be-

stellten *tortine alle mandorle*. Die kleinen Törtchen aus Mandelteig waren gefüllt mit einer Creme aus Joghurt, Honig, Pistazien und Orangenblütenwasser und wurden serviert mit Aprikosenstreifen und karamellisiertem Zucker.

***

Silvana und Marek schlenderten Hand in Hand die Via Roma entlang. Sie wollten den Abend bei einem Glas Prosecco im Roma beschließen. Dabei fiel Marek wieder einer dieser Bauzäune aus OSB Platten auf, mit denen das Gelände des ehemaligen Rathauses komplett bis hinunter zur Strandpromenade eingezäunt war. Das Gebäude selbst war zwar keine Schönheit im eigentlichen Sinn, aber im Stil des Neoklassizismus errichtet, architektonisch interessant und absolut erhaltenswert.

„Soll das etwa auch abgerissen und durch einen Glaspalast ersetzt werden?", fragte Marek.

„Keine Ahnung. Da müsste ich mal nachfragen. Aber ich kann mich noch daran erinnern, als das neue Rathaus in der Via del Passarin fertig gestellt war, hat die Stadtverwaltung beschlossen, das alte Gebäude zu erhalten und einer anderen Nutzung zuzuführen. Die Rede war damals von einer Schule oder einem Museum."

Hundert Meter weiter kamen sie an der Baustelle zwischen der Via delle Cape und Rio Terra delle Botteghe vorbei. Hier war der gesamte Block mit einem solchen Zaun eingerüstet, an dem noch Fragmente von Plakaten der Bürgerinitiative zu erkennen waren.

„Ich frage mich, ob diese Grundstücksverkäufe hier in irgendeiner Weise mit denen zusammenhängen, die du in Südtirol und in Padua recherchiert hast", sinnierte Marek, als sie im Roma saßen und ihren Prosecco tranken.

„Auf den ersten Blick sehe ich da keinen Zusammenhang. Die Fälle sind völlig verschieden, mit Ausnahme von Padova vielleicht. Da gibt es einige Übereinstimmungen. Möglich ist es. Ich hoffe nur für unsere Stadt, dass wir uns irren."

Damit ließen sie auch das Thema bewenden und unterhielten sich noch eine Weile über Allgemeines, bis Marek Silvana nach Hause brachte. Sie musste wieder früh in der Redaktion sein.

„Denk an dein Versprechen", mahnte sie und gab ihm noch einen Kuss.

Als sie im Haus verschwunden war, trat ein sehr nachdenklicher Robert Marek langsam den Heimweg an. Morgen würde er gleich Ghetti anrufen. Ihm drängten sich noch einige Fragen auf, die er beantwortet wissen wollte.

11

Brigadiere Ghetti hatte von seinem Vorgesetzten den Auftrag erhalten, sich um die Identifizierung des Toten aus dem Müllcontainer zu kümmern und er sollte sich nicht eher wagen ihm unter die Augen zu treten, bis er ein Ergebnis vorweisen konnte.

Er ließ sich ein Foto des Toten von der Spurensicherung schicken und leitete es an die Presse und an die regionalen Fernsehanstalten weiter. Ein Dutzend Kopien verteilte er an seine Kollegen, mit dem Auftrag, sich bei der Bevölkerung umzuhören. Er selbst marschierte auch mit einem Foto bewaffnet los und wollte den Bereich um den Hafen überprüfen. Falls an der Theorie mit dem Fischer etwas dran war, versprach er sich hier am ehesten Erfolg, obwohl man in diesem Milieu nicht gerade sehr gesprächig ist, und mit der Polizei schon gleich überhaupt nicht.

Die Strada Nuova hinunter bis zu Fischmarkt befragte er an die zwanzig Leute, jedoch ohne Erfolg. Auch am Fischmarkt selbst und auf der Fondamenta wollte niemand den Toten gekannt haben.

Ghetti schien schon resigniert aufgeben zu wollen, als ihm einfiel, dass er seine Suche ja noch nach Porto Santa Margherita ausweiten könnte, wollte er nicht ohne zählbares Ergebnis vor den Maresciallo treten.

Er ließ sich von einem Wagen abholen, um dorthin zu fahren. Vorher wollte er noch zum *traghetto* Anleger an der Via Livenza.

Doch auch die Leute, die dort in der Sonne saßen und auf die Fähre warteten, erkannten den Mann auf dem Foto nicht. Als er schon wieder zurück zum Wagen ging, fielen ihm weiter vorne auf der Mole einige Angler auf. Ghetti bat seinen Fahrer noch einen Moment zu warten und schlenderte langsam die Mole entlang. Er wollte ein zu dienstlich wirkendes Auftreten vermeiden.

Vier ältere Männer hatten ihre Angeln ausgeworfen und zwei weitere saßen auf einer Bank hinter ihnen und unterhielten sich angeregt. Als sie den Brigadiere gewahr wurden, verstummten sie sofort, drehten sich ab und taten so, als hätten sie ihn nicht gesehen. Ghetti setzte sich neben die Angler auf die Mauer und sah ihnen eine Zeit lang wortlos zu. Nach einer Weile gegenseitigen Schweigens und nicht Beachtens gaben sie ihre Haltung auf und beschäftigten sich wieder mit ihrem Angelgerät. Auch die Zwei auf der Bank waren des Schweigens überdrüssig und setzten ihre Unterhaltung fort. Ghetti glaubte seine Chance gekommen und nahm langsam und bedächtig das Foto aus der Tasche.

„*Scusi*, darf ich Sie kurz stören?"

„Was gibt's?", fragte einer der Angler, ohne sich

umzudrehen.

„Es wäre sehr nett, wenn Sie sich dieses Foto einmal ansehen würden."

„Warum?"

„Ich müsste wissen, wer der Mann auf dem Foto ist, es ist sehr wichtig."

„Für wen?"

„Für mich und für seine Angehörigen, falls er welche hat."

Ghetti spürte, dass die Beiden von der Bank aufgestanden waren und jetzt hinter ihm standen.

„Das ist doch Carlo! Kommt mal her, der auf dem Foto ist Carlo", rief einer der Beiden hinter ihm, der über seine Schulter das Bild betrachtet hatte.

Die Angler ließen Angel, Angel sein und kamen herüber. Einer nach dem Anderen betrachtete nun das Foto und alle nickten übereinstimmend.

„Ja, das ist Carlo. Carlo Chiavelli. Aber er sieht nicht gut aus auf dem Bild. Was ist mit ihm? Warum wird er gesucht?"

„Es tut mir leid Signori, aber er wird nicht gesucht, er ist tot. Kannten Sie ihn gut?"

„Sicher kannten wir ihn. Er ist Fischer, wie wir früher auch. Wieso ist er tot? Was ist passiert?"

„Er wurde gestern ermordet aufgefunden. Können Sie mir sagen, wo er gewohnt hat und ob er Angehörige hatte?"

„Er wohnt … ich meine er hat am Campo San Marco gewohnt", sagte einer der Beiden von der Bank. „Er hat noch einen Sohn, aber der taugt nicht viel. Der hat's nur mit Weibern und dicken Autos. Macht nur Schulden. Der wird jetzt Carlos Haus auch gleich zu Geld machen. Carlos Frau ist vor ein paar Jahren gestorben. War ziemlich krank."

„Danke meine Herren, Sie haben mir sehr geholfen. Könnten Sie mir noch verraten, wo ich diesen missratenen Sohn finden kann und wie er heißt?"

„Stefano heißt er. Den finden Sie bestimmt in Mestre. Da verkehrt er in solchen Spelunken … sie wissen schon."

Der letzte Satz wurde noch mit einer eindeutigen Handbewegung untermalt.

Ghetti stand auf, bedankte sich nochmals und wollte schon gehen, als ihm einfiel, dass er ja noch kein Motiv für diesen skurrilen Mord hatte.

„Sagen Sie, hatte er Feinde oder wissen Sie, warum man ihn umgebracht haben könnte?"

Die Antwort war ein einheitliches Kopfschütteln. Dann wandten sie sich wieder ihrer Beschäftigung zu und der Brigadiere war vergessen. Er wusste, dass es keinen Sinn hatte, weiter zu bohren, denn aus diesen dickköpfigen alten Männern würde er, selbst unter Androhung von Folter, heute kein Wort mehr herausholen. Aber wenn diese Männer den Toten erkannten, hatten das bestimmt die Hälfte der Leute, die er vorher befragt hatte, auch und das machte ihn wütend. Er ließ sich wieder zurück zur Fondamenta Pescheria fahren. Kurz vor dem Fischmarkt schaltete er das Blaulicht ein und gab dem Fahrer Anweisung direkt vor der Halle zu halten. Ghetti sprang aus dem Wagen, ging direkt auf den erschrocken dreinblickenden Verkäufer zu und hielt ihm das Foto unter die Nase.

„Kennen Sie den Mann immer noch nicht?", schnauzte er ihn an.

Der Verkäufer hatte sich offenbar von dem ersten Schreck erholt und sah den Brigadiere trotzig an.

„Nein, das habe ich Ihnen doch vorhin schon gesagt", drehte sich ab und wollte sich wieder mit seinen Fischen beschäftigen.

„Dann geben Sie mir ihren Namen und die Adresse, unter der wir Sie erreichen können."

„Wozu? Ich habe doch gesagt, dass ich nichts weiß."

„Ich hatte auch nicht gefragt, ob Sie irgendetwas wissen, sondern ob Sie den Mann auf dem Foto erkennen. Sie bekommen von uns eine Vorladung und dann können Sie alles zu Protokoll geben, was Sie nicht wissen."

Die Farbe war aus dem Gesicht des Fischverkäufers gewichen.

„Das können Sie nicht machen. Ich habe Rechte. Ich habe nichts getan", jammerte er.

„Beschweren Sie sich doch", meinte Ghetti trocken. „Also Name und Adresse."

„Ich bin erledigt, wenn das rauskommt."

„Ich denke, Sie haben nichts getan? Dann haben Sie ja auch nichts zu befürchten. Also zum letzten Mal: Name und Adresse. Oder ich nehme Sie gleich mit wegen Behinderung der Justiz."

„Tassetti, Giovanni Tassetti, Via San Giuseppe", gab sich der Mann geschlagen.

„Heute Nachmittag um sechzehn Uhr melden Sie sich bei mir in der Caserma und machen eine Aussage. Und wenn nicht, lasse ich Sie abholen, ist das klar? Bis dann, Signor Tassetti."

Ghetti ließ den unglücklich dreinblickenden Fischverkäufer stehen.

Zurück im Büro tippte er einen kurzen Zwischenbericht, druckte ihn aus und brachte ihn zum Maresciallo.

„Gute Arbeit Brigadiere", lobte sein Vorgesetzter, nachdem er den kurzen Bericht gelesen hatte.

„Was ich schon von Anfang an gedacht hatte, wir müssen den Täter im Milieu des Opfers suchen. Vermutlich ein Racheakt unter Fischern oder etwas Ähnliches. Ich werde gleich dem Capitano Bericht erstatten und ihm sagen, dass der Fall kurz vor der

Aufklärung steht."

Ghetti sah ihn verdutzt an.

„Bei allem Respekt Maresciallo, aber wir wissen doch noch gar nichts, abgesehen vom Namen des Opfers. Wollen Sie nicht lieber warten, bis wir mehr Informationen gesammelt haben?"

Sein Vorgesetzter stellte sich breitbeinig in Positur, verschränkte die Hände hinter dem Rücken und sah seinen Untergebenen gönnerhaft an.

„Ich vertraue da lieber auf meinen Instinkt, junger Mann", dabei tippte er sich mit dem rechten Zeigefinger auf die Nasenspitze. „Bei meiner Erfahrung hat man so etwas im Gefühl. Da können Sie noch etwas lernen. So, und nun machen Sie weiter. Ich werde ihren Namen beim Capitano natürlich auch lobend erwähnen."

„Jawohl Maresciallo, danke."

Der Brigadiere salutierte und verließ sehr nachdenklich das Büro.

***

Punkt sechzehn Uhr erschien Tassetti im Büro des Brigadiere, das dieser sich mit zwei weiteren Kollegen teilen muss.

„Na, geht doch. Nehmen Sie bitte Platz, Signor Tassetti", empfing ihn Ghetti.

Er schaltete das Diktiergerät ein und stellte es vor seinen Besucher auf den Schreibtisch.

„Wozu das denn?"

Besorgt blickte Tassetti auf das kleine Aufnahmegerät.

„Keine Angst. Damit nehme ich nur Ihre Aussage auf, lasse sie abschreiben und lege sie Ihnen dann zur Unterschrift vor."

„Na gut, aber ich sage Ihnen gleich, dass ich nichts weiß."

„Vernehmungsprotokoll, Mittwoch, sechster Juni, sechzehn Uhr vier. Vernommen wird Signor Giovanni Tassetti, Via San Giuseppe. Die Vernehmung wird durchgeführt von Brigadiere Capo Michele Ghetti."

Er lehnte sich in seinen Stuhl zurück und fixierte sein Gegenüber.

„Signor Tassetti, ich hatte Ihnen heute Morgen ein Foto gezeigt und Sie gefragt, ob sie den Mann auf diesem Foto erkennen. Sie haben das verneint. Ich zeige Ihnen dieses Foto jetzt noch einmal."

Ghetti beugte sich vor und hielt Tassetti das Bild vor die Nase.

„Erkennen Sie diesen Mann?"

Tassetti betrachtete intensiv das Foto, tat so als müsste er überlegen und kratzte sich sein unrasiertes Kinn.

„Tja, also wenn ich … na ja, er sieht wie Carlo aus."

„Carlo wer?"

„Carlo Chiavelli."

„Und warum haben Sie das heute Morgen nicht gesagt?"

„Ich dachte mir, wenn die Bullen ihn suchen, hat er bestimmt ein Problem und bei uns wird niemand verraten. Das war schon immer so. Wenn das rauskommt, dass ich Carlo in die Pfanne gehauen habe, kann ich meinen Laden schließen; dann bin ich erledigt. Was hat er denn ausgefressen?"

„Carlo hat keine Probleme mehr, er ist tot."

Tassetti wurde kreidebleich und starrte den Brigadiere mit offenem Mund an.

„Wieso … ich meine was ist passiert? Hatte er einen Unfall?"

Die Nachricht hatte ihn sichtlich getroffen und Ghetti nahm ihm das auch ab.

„Er wurde ermordet."

Tassetti stand der Schreck, das Unverständnis ins Gesicht geschrieben und der Brigadiere versuchte, die Situation für sich zu nutzen.

„Wann haben Sie ihn das letzte Mal gesehen?"

„Am Montag, ich war mit ihm und noch einigen anderen etwas trinken. Er ist ziemlich früh gegangen. Angeblich hatte er noch einen Termin. Aber ich frage Sie, wer hat am heiligen Pfingstmontag schon einen Termin? Das war bestimmt wieder so eine Weibergeschichte."

„Hatte er öfter solche … Weibergeschichten?"

Tassetti grinste vielsagend.

„Carlo hat es … ich meine er hatte es faustdick hinter den Ohren. Besonders nachdem seine Frau gestorben war."

„Könnte da ein Motiv liegen? Ein gehörnter Ehemann?"

„Nein, das glaube ich nicht. Carlo war vorsichtig und außerdem waren es immer knackige Witwen, die er beglückte."

„So vorsichtig kann er ja nun auch wieder nicht gewesen sein, wenn Sie es wissen und einige andere auch. Warum haben Sie gedacht, dass er ein Problem haben könnte, als ich Ihnen das Foto zeigte? Hatte er öfter Probleme?"

„Na ja, er war halt öfter mal klamm", Tassetti rieb Daumen und Zeigefinger aneinander, um zu verdeutlichen, was er meinte, „Wettschulden. Und wenn er nicht zahlen konnte, machten ihm die Buchmacher nach. Dann tauchte er unter, bis er wieder flüssig war."

„Wäre das ein Motiv? Wie hoch wettete er?"

„Kann ich mir nicht vorstellen, dass die wegen der paar hundert Euro jemanden umbringen lassen. Ein gebrochener Finger oder ein blaues Auge ja, aber Mord? Nein, bestimmt nicht. Außerdem hat er ja immer seine Schulden bezahlt."

„Ist er vielleicht doch einmal bedroht worden? Denken Sie bitte gut nach."

„Nein, nicht dass ich wüsste ...", Tassetti hielt kurz inne, „... mmh, nur ... aber das war nur Spaß."

„Was war nur Spaß? Jetzt reden Sie schon. Jede Kleinigkeit kann wichtig sein", hakte Ghetti nach.

„Ich möchte niemanden da mit hineinziehen, verstehen Sie doch", jammerte Tassetti.

„Sie sind verpflichtet alles zu sagen, was Sie wissen. Wenn Sie sich weigern, kriege ich Sie dran, wegen Behinderung der Justiz."

„Schon gut, schon gut", gab er sich geschlagen und hob abwehrend die Hände.

„Also ...", drängte der Brigadiere, der langsam die Geduld verlor.

„Vor ein paar Monaten, das muss so im letzten Herbst gewesen sein, gab es in einer Kneipe eine Schlägerei. Keiner wusste eigentlich wieso. Dabei hat Carlo einem Anderen ein paar Zähne ausgeschlagen. Der hat dann geschrien, dass er ihn dafür kalt machen würde. Aber das war natürlich nicht so gemeint, sonst hätte er es ja viel früher schon gemacht. Hab ich nicht recht?"

„Hat dieser Jemand auch einen Namen?"

„Muretti, Antonio Muretti."

„Und wo wohnt er?"

„In der Via Eraclea."

„Wer war damals noch dabei, der das unter Umständen bestätigen kann?"

„Das ist so lange her. Ach doch, der Gustavo war dabei, Gustavo Pucelli. Der hat seinen Kahn an der Fondamenta liegen. Die Santa Maria. Sonst fällt mir keiner mehr ein."

„Gut danke, das wäre es fürs Erste. Vernehmung beendet um sechzehn Uhr zehn."

Ghetti nahm das Band aus dem Diktiergerät.

„Ich lasse das hier jetzt abschreiben. Wenn Sie so nett wären, hier zu warten. Sie müssen sich das Protokoll dann noch durchlesen und unterschreiben."

Eine halbe Stunde später klopfte der Brigadiere mit dem Protokoll in der Hand an der Bürotür des Maresciallo.

„*Avanti*", donnerte eine Stimme von innen.

„Ich hoffe, Sie bringen erfreuliche Nachrichten", herrschte ihn sein Vorgesetzter an, als Ghetti zaghaft das Büro betrat.

„*Si*, Maresciallo. Wir haben den Toten jetzt eindeutig identifiziert und es gibt möglicherweise einen Verdächtigen."

Schlagartig veränderte sich der Gesichtsausdruck von Maresciallo Dorio.

„Nehmen Sie doch Platz Brigadiere", forderte er Ghetti mit aufgesetzter Freundlichkeit auf. „Erzählen Sie."

Ghetti reichte seinem Vorgesetzten das Protokoll, der es überflog während der Brigadiere von der Vernehmung berichtete.

„... deshalb ist Muretti zwar verdächtig, muss aber wegen der Zeitspanne zwischen Drohung und dem Mord nicht zwangsläufig der Täter sein", beendete er seinen Bericht und sah Maresciallo Dorio erwartungsvoll an.

„Ach was, der war's. Ich hatte wieder einmal den richtigen Riecher. Was habe ich Ihnen gesagt, der Mörder kommt aus diesem Milieu. Ich werde gleich den Capitano informieren und einen Haftbefehl besorgen. Sie, mein lieber Ghetti, bringen mir diesen Muretti hierher, gleich. Ich werde schon einmal eine Presseerklärung vorbereiten. Sehr gute Arbeit Brigadiere, der Capitano wird äußerst zufrieden sein. Der erste Mordfall seit Jahrzehnten und in zwei Tagen gelöst. Das hätten die von der Kriminalpolizei nicht so schnell geschafft. Wieder einmal ein Beweis für die Fähigkeiten der Carabinieri."

„Sollten wir nicht lieber warten ob Muretti wirklich der Täter ist, bevor wir an die Öffentlichkeit gehen?", warf der Brigadiere vorsichtig ein, denn ihm war gar nicht wohl dabei.

„Nichts da, der Fall ist gelöst und Sie bringen mir umgehend diesen Muretti. Nehmen Sie ein paar Männer mit, der könnte gefährlich sein. Wir wollen

157

nichts riskieren."

Da Ghetti merkte, dass jede Form von Zweifel an der Täterschaft Muretti's seinen Vorgesetzten nur wütender machte, gab er es auf, verließ das Büro und ging hinunter in den Bereitschaftsraum. Zwei der jungen Polizisten, die dort Karten spielten, nahm er mit und machte sich mit einem Einsatzwagen auf den Weg in die Via Eraclea um die die vom Maresciallo angeordnete Festnahme durchzuführen. Seine Bedenken an der Richtigkeit dieser Maßnahme interessierten niemanden. Er hatte seine Befehle und die galt es, zu befolgen.

12

Marek erwachte ungewohnt früh, als das erste Licht des Tages durch die Ritzen der Fensterläden schien. Er streckte sich kurz und stellte dabei fest, dass er im Gegensatz zu früheren Zeiten, keinerlei Beschwerden mehr hatte. Er fühlte sich topfit und voller Tatendrang. Das Klima hier schien ihm zu bekommen. Beschwingt stand er auf, öffnete die Läden und streckte seinen Kopf in die frische Morgenluft. Es versprach, wieder ein schöner und sonniger Tag zu werden. Und selbst wenn dem nicht so wäre, egal, hier war jeder Tag ein schöner Tag.

Er ging in die Küche, füllte die Caffettiera und stellte sie bei kleinster Flamme auf den Herd. Dann ging er ins Bad und nahm eine schnelle Dusche. Aufs Rasieren verzichtete er, wie so häufig seit er hier lebte. Silvana hatte sich auch schon über seinen Dreitagebart beschwert, der ihre Haut reizen würde und ihm angedroht, ihn nie mehr küssen zu wollen, wenn er unrasiert bei ihr auftauchen würde.

Er zog schnell eine leichte, helle Baumwollhose, ein kariertes Leinenhemd mit kurzen Ärmeln und seine leichten, hellbraunen Slipper an.

In der Küche war gerade der Caffè durchgelaufen. Er schenkte sich eine Tasse ein, löffelte großzügig

Zucker hinein und setzte sich, mangels Balkon, mit Caffè und Zigarette an den Tisch am Küchenfenster. Heute würde er im Roma frühstücken und von dort aus seine weiteren Aktivitäten planen.

Als Marek im Roma vor seinem Caffè und den zwei Cornetti saß, die er sich gegönnt hatte, fiel ihm ein, dass er vergessen hatte, den Brigadiere anzurufen. Er holte sein Handy aus der Tasche und wählte die Nummer, die er von Ghetti bekommen hatte.

„*Buon giorno, Brigadiere*, hier ist Marek. Ich wollte mal hören, ob ihr schon irgendwelche Erfolge verbuchen konntet."

„*Ah, buon giorno signor Marek.* Ja, es gibt Neuigkeiten. Der Maresciallo gibt heute eine Presseerklärung heraus."

„Machen Sie es nicht so spannend. Ich bin neugierig. Was ist passiert?"

„Kann ich Ihnen so nicht sagen, nicht am Telefon. Der Maresciallo würde mich vierteilen."

„Sie können mir doch vertrauen, Ghetti."

„Ich habe heute frei. Können wir uns treffen? Wo sind Sie gerade?"

„Ich sitze hier im Roma und frühstücke. Kommen Sie her, ich lade Sie zum Frühstück ein."

„Nein, das geht nicht. An der Piazza patrouillieren meine Kollegen öfter vorbei. Das wäre schlecht, wenn man uns zusammen sieht, besonders da der

Maresciallo Sie wohl nicht leiden kann. Kommen Sie in einer halben Stunde zum Seiteneingang des alten Friedhofs in der Via della Sacheta. Wissen Sie, wo das ist?"

„Ja, kenne ich. Also bis dann ... und danke."

Marek verspeiste genüsslich seine, mit Vanillecreme gefüllten Cornetti, rauchte noch eine Verdauungszigarette und machte sich dann auf den Weg zum Treffpunkt. Der Platz war gut gewählt, wenn man nicht unbedingt gesehen werden will. In die kleine Gasse am Rand der Altstadt verirrten sich höchstens am Abend ein paar Touristen. Tagsüber jedoch war hier alles still, wie auf dem angrenzenden Friedhof.

Ein paar Minuten später bog der Brigadiere von der anderen Seite in die Gasse ein. Er trug Zivilkleidung und schob eine Vespa neben sich her. Als er Marek erkannte, stellte er seinen Motorroller ab, ging auf ihn zu und zog ihn in den Seiteneingang des Friedhofs.

„So schlimm?", fragte Marek.

„Noch schlimmer. Wir dürfen im Moment auf keinen Fall zusammen gesehen werden, sonst bin ich meinen Job los. Sie kennen ja meinen Chef."

„Seien Sie mir nicht böse, aber Ihr Chef ist ein Arschloch. Genauso borniert wie mein ehemaliger Chef. Von mir wird niemand etwas erfahren. Aber

161

vielleicht kann ich Ihnen ja sogar etwas behilflich sein. So, nun spannen Sie mich nicht weiter auf die Folter. Ich platze ich vor Neugier."

Sie setzten sich auf die niedrige Umrandung einer Grabstätte und der Brigadiere erzählte Marek in aller Ausführlichkeit, was sich am Tag vorher alles ereignet hatte, bis hin zu der erzwungenen Verhaftung des, wenn es nach Maresciallo Dorio ginge, bereits überführten Täters. Marek, der sich den Bericht genau angehört hatte, war erst einmal sprachlos.

„Der ist ja noch dümmer, als ich angenommen hatte", polterte er los.

„Pssst ... nicht so laut. Sonst hört uns noch jemand", der Brigadiere hatte den Zeigefinger auf die Lippen gelegt. „Wer?"

„Wer was?"

„Wer ist noch dümmer als Sie erwartet hätten?"

„Ihr Chef natürlich. Wenn der heute damit an die Presse geht, blamiert er sich bis auf die Knochen."

„Sie glauben also auch nicht, dass Muretti der Mörder ist?"

„Was ich glaube, ist erst einmal egal, aber es gibt ja offensichtlich keine Beweise. Noch nicht einmal Indizien, wenn man mal von der Drohung wegen der ausgeschlagenen Zähne absieht. Gibt es dafür wenigstens außer dem Fischverkäufer noch einen Zeugen, der das bestätigen kann?"

162

„Ja, ich habe diesen Pucelli befragt. Der konnte sich noch daran erinnern, meint aber auch, dass Muretti deshalb niemanden umbringen würde. Außerdem sei es ja auch schon so lange her."

„Das heißt im Klartext, ihr habt nichts und damit will der Maresciallo Anklage erheben lassen. Was hat der Muretti denn ausgesagt? Wer hat ihn verhört?"

„Der Maresciallo hat ihn die ganze Nacht verhört, aber Muretti hat am Anfang seine Unschuld beteuert und danach nur noch geschwiegen. Wenn heute kein Haftbefehl ergeht, was ich wegen der fehlenden Beweise ehrlich gesagt auch nicht glaube, müssen sie ihn sowieso wieder laufen lassen. Wie stehe ich dann da?"

„Sie brauchen sich keine Vorwürfe zu machen, Ghetti. Sie haben gute Arbeit geleistet und das gemacht, was dieser Idiot Ihnen befohlen hat. Was halten Sie davon, den Fall selbst aufzuklären? Ich helfe Ihnen dann dabei. Wäre bestimmt auch gut für Ihre Karriere."

Dass dieses Angebot aus purem Eigennutz geboren war um selbst ermitteln zu können, erwähnte Marek natürlich nicht.

„Na, was sagen Sie?", drängte er den jungen Polizisten, der ihn immer noch ungläubig anstarrte.

„Es war schon riskant mich mit Ihnen zu treffen, wenn das aber herauskäme, könnte ich mich gleich vom Campanile stürzen."

„Keine Angst. Es wird nicht herauskommen. Und unsere konspirativen Treffen finden dann bei mir in der Wohnung statt. Da sind wir sicher."

„Na gut. Ich vertraue Ihnen. Sie sollen ja in Deutschland sehr erfolgreich gewesen sein. Warum haben Sie eigentlich aufgehört, wenn ich fragen darf?"

„Ist eine lange Geschichte. Erzähle ich Ihnen später, versprochen. Aber woher wissen Sie das?"

„Der Capitano hat sich in Deutschland nach Ihnen erkundigt, da Sie ja mit Berufsbezeichnung im Protokoll wegen des Leichenfundes standen."

„Na wenigstens der hat seinen Job gemacht. Übrigens, ich heiße Robert oder Roberto, wie hier alle sagen. Ich hoffe du hast nichts dagegen, wenn wir uns duzen, Kollege?"

Ghetti lief rot an vor Verlegenheit.

„Nein, Commissario. Im Gegenteil, es ist mir eine Ehre. Michele, ich heiße Michele."

„Und mir, mein lieber Michele, ist es eine Freude mit einem jungen Kollegen zusammenzuarbeiten, der was im Kopf hat und der sich was traut. In Frankfurt hatte ich nur solche jungen Schleimscheißer um mich, die außer ihren Paragrafen und ihrer Karriere nichts im Kopf hatten."

„Danke Commissario. Mit was fangen wir an?"

Der Brigadiere schien mittlerweile vom Jagdfieber Mareks angesteckt.

„Als Erstes müssen wir in die Pathologie. Kannst du das arrangieren?"

„Einer der Pathologen im Ospedale ist ein Freund meines Onkels. Der kann bestimmt etwas arrangieren."

„Ok, kannst du das gleich für heute veranlassen. Wir dürfen keine Zeit verlieren. Gibt es eigentlich schon einen Autopsie Bericht?"

„Nein, es wurde keine veranlasst."

„Was? Bei Mord muss doch eine durchgeführt werden."

„Ja, eigentlich schon, aber erstens ist das hier der erste Mord seit Menschengedenken und zweitens haben wir hier keine richtige Gerichtsmedizin wie in den großen Städten. Die Nächste wäre in Venedig. Das Ospedale Civile in Portogruaro nimmt diese Aufgaben wahr, ist aber damit etwas überlastet. Deshalb wartet man eben auf einen Auftrag."

„Gut, dann mach für uns einen Termin beim Pathologen für, sagen wir ein Uhr. Um halb eins holst du mich in der Via Gramsci ab."

„Aber Commissario, das ist in der Mittagszeit. Da wird das ganze Krankenhaus Pause machen."

„Eben, mein Lieber. Dann fallen wir auch nicht auf", lachte Marek, stand auf und ging zum Tor.

„Lektion Nummer eins", rief er noch Ghetti zu und verschwand.

Punkt halb eins, erschien Ghetti mit seiner Vespa vor Mareks Haustür. Der stand schon neben seiner Ente und wartete ungeduldig. Als Ghetti das Auto sah, blieb er abrupt stehen und zeigte mit ausgestrecktem Arm auf den 2CV.

„Sie ... ich meine du willst doch nicht etwa damit nach Portogruaro fahren? Das sind über zwanzig Kilometer", fragte er erschrocken.

„Natürlich, warum nicht? Hast du was gegen mein Auto?"

„Ich meine, das sieht etwas altersschwach aus. Am Ende kommen wir gar nicht an."

„Los, einsteigen!", grollte Marek, der es überhaupt nicht leiden konnte, wenn jemand etwas gegen seine geliebte Ente sagte. „Dieses Prachtstück ist über zwanzig Jahre alt und hat mich noch nie im Stich gelassen. Damit bin ich jedes Jahr von Frankfurt hierher und wieder zurückgefahren. Und immer ohne Probleme. Das ist noch richtige mechanische Technik und nicht so ein Elektronikschrott wie die Prolo Kisten von heute, bei denen dauernd irgendetwas ausfällt. Mein Goldstück ist schon gefahren, als du noch im Kindergarten warst und es wird noch fahren, wenn du in Rente bist", belehrte er seinen jungen Kollegen.

Der fügte sich wortlos in sein Schicksal, stieg ein und betete innerlich zur heiligen Maria und sonstigen Schutzheiligen, dass alles ein gutes Ende nehmen möge und er heil wieder nach Hause kommt.

***

Kurz vor ein Uhr bogen sie in die Einfahrt des Ospedale Civile ein. Ghetti hatte sich während der Fahrt etwas entspannt, obwohl dieses Gefährt weder über ABS, ESP oder Airbags, noch über einen CD-Spieler verfügte und sich in den Kurven bedrohlich zur Seite neigte.

An der Anmeldung fragte Ghetti nach der Pathologie. Die Schwester zeigte, ohne den Kopf von ihren Listen zu heben, den Flur entlang auf die Türe zum Treppenhaus. Er bedankte sich und bedeutete Marek ihm zu folgen. An der großen Glastür, die zum Treppenhaus führte, hing ein Schild mit dem Hinweis, dass sich die Pathologie im Kellergeschoss befindet und der Zutritt nur berechtigten Personen gestattet sei. Je tiefer sie hinunter stiegen, umso kühler kam es Marek vor. Auch Ghetti fröstelte. Durch eine Stahltür betraten sie den Flur zum Reich der Toten. Der Boden war grau, die Wände in einem hellen Grün gefliest. Alles war peinlich sauber aber es stank nach einer Mischung aus Formalin und Reinigungsmitteln. Nichts für schwache Mägen. Aus einer Türe weiter vorne drang grelles Neonlicht in den Flur. Da

167

sonst niemand zu sehen war, gingen sie zielstrebig darauf zu. Vor der Tür blieb Ghetti wie angewurzelt stehen, sodass Marek direkt auf ihn auflief.

„Was ist denn?", fluchte er.

Ghetti schluckte schwer, trat einen Schritt beiseite und zeigte in den Raum. Marek sah nur zwei Seziertische aus Edelstahl und einige Rollwagen mit medizinischen Instrumenten, sonst war nichts zu entdecken. Er drehte sich fragend um.

„Ich habe so etwas noch nie gesehen", meinte Ghetti entschuldigend.

„Stell dich nicht so an. Die hierein kommen beißen nicht mehr."

„Stimmt genau …", sagte plötzlich eine Stimme hinter ihnen und Ghetti erschrak so, dass er den Boden unter den Füßen verlor und auf seinem Hinterteil landete.

„… obwohl manche Leute das Gegenteil behaupten. Willkommen in meinem Reich. *Ciao Michele*, du kannst ruhig wieder aufstehen."

Marek hatte sich umgedreht und sah einen kleinen, etwa fünfzigjährigen Mann mit Halbglatze, die von einem schwarzen Haarkranz eingerahmt wurde. Der Mann trug einen grünen OP-Kittel, passend zu der Farbe der Fliesen im Flur und um seinen Hals hing eine weiße Mundschutzmaske. Seine freundlich blickenden Augen wirkten durch die dicken Brillengläser unnatürlich vergrößert und im Mundwinkel klebte eine qualmende Zigarette, die er auch beim Sprechen nicht herausnahm.

„Commissario, das ist Dottore Lovati."

Ghetti hatte sich zwischenzeitlich wieder berappelt.

„Marek, Robert Marek. Freut mich Sie kennenzulernen, Dottore."

Marek schüttelte dem Pathologen die Hand, der einen angenehm festen Händedruck hatte.

„Ganz meinerseits, Commissario. Womit kann ich ihnen helfen?"

Der Dottore zündete sich mit seinem Zigarettenstummel die nächste an.

„Ich bin im Ruhestand", stellte Marek richtig.

„Ach was, einmal Bulle, immer Bulle, stimmt's? Sonst wären Sie wohl auch nicht hier."

Der Mann wurde Marek immer sympathischer.

„Ich dachte in Krankenhäusern darf nicht mehr geraucht werden", meldete sich Ghetti, immer noch ein wenig blass um die Nase, zurück. „Ist das nicht ein EU-Beschluss?"

„Ich lasse mir doch von diesen Sesselfurzern aus Brüssel hier nichts vorschreiben. Das hier ist mein Revier!", grollte der Dottore. „Wenn mir einer von denen hier über den Weg läuft, dann schaffe ich ihn sofort dort drüben auf den Tisch", dabei zeigte er mit seinem nikotingelben Zeigefinger auf den ersten Seziertisch.

Ghetti lief bei dieser Vorstellung ein Schauder über den Rücken und er nahm sich vor lieber den Mund zu halten, um den Doc nicht noch mehr zu reizen. Marek konnte sich ein Grinsen nicht verkneifen und steckte sich auch eine Zigarette an.

„So Commissario, ihr seid wahrscheinlich wegen des Toten aus der Mülltonne hier. Einen Moment, ich hole ihn."

Der Dottore verschwand im Kühlraum, der neben dem Seziersaal lag, und kam eine Minute später wieder. Dabei schob er eine Bahre vor sich her, auf der sich unter einem blassgrünen Tuch unverkennbar die Umrisse eines Menschen abzeichneten. Er stellte die Bahre vor Marek ab und schob das Tuch zurück, sodass der Tote bis zur Brust zu sehen war. Marek rief nach Ghetti und winkte ihn über die Schulter zu sich. Als der nicht kam, drehte er sich um und sah den Brigadiere, der mittlerweile eine Gesichtsfarbe wie die des Leichentuches angenommen hatte, an die Wand gelehnt mit aufkommender Übelkeit kämpfen.

„Dottore, haben Sie irgendwo eine Flasche? Der klappt mir noch zusammen", fragte Marek, der sich daran erinnerte, dass sein Freund Stengl immer irgendwo eine Flasche Obstler in der Gerichtsmedizin stehen hatte.

„Sicher doch. Michele, da in der Schreibtischlade neben dir steht noch eine Flasche Vecchia Romana. Trink mal einen ordentlichen Schluck, aber kotz mir den Boden nicht voll."

Damit wandten sie sich wieder der Leiche zu.

„Der hat ja einen Y-Schnitt. Ich dachte es wäre keine Autopsie gemacht worden", wunderte sich Marek.

„Es ist von denen keine beantragt worden", lachte der Dottore und wies mit seinem Daumen nach hinten auf den auf einem Stuhl kauernden Brigadiere, der gerade einen tiefen Schluck Weinbrand aus der Flasche nahm.

„Bei gewaltsamem Tod mache ich aber immer eine, nur den Bericht bekommen die erst auf Antrag."

„Super, Dottore. Da können Sie mir bestimmt ein paar Fragen beantworten. Mein junger Kollege ist wohl im Moment nicht einsatzfähig. Er hat nur angedeutet, dass der Maresciallo den Fall als gelöst betrachtet."

„Dorio ist ein Schwachkopf", schimpfte der Dottore. „Der würde nicht mal einen Täter finden, selbst wenn der direkt vor ihm steht und mit einem unterschriebenen Geständnis winkt. Tun Sie mir bitte auch einen Gefallen Commissario und haben Sie ein Auge auf den Kleinen da hinten, damit er nicht von diesem Volltrottel versaut wird."

171

„Versprochen, Dottore. Der Junge hat eine gute Auffassungsgabe, da kann was draus werden."

„Danke. So nun zu unserem Freund hier. Weiß man mittlerweile, wer er ist?"

„Ja, Michele hat es herausgefunden. Sein Name ist Carlo Chiavelli, Beruf Fischer."

„Dachte ich mir schon. Sehen Sie seine Hände an. Das sind Hände eines körperlich schwer arbeitenden Menschen. Er hatte deshalb auch keinen leichten Tod. Wobei halt ein gewaltsamer Tod nie leicht ist, aber ich meine, dass er um sein Leben gekämpft haben muss."

„Michele sagte mir, dass er erstochen wurde. Als ich ihn fand, konnte ich nur den Rücken sehen und da war kein Einstich."

Der Dottore zog das Laken noch ein Stück weiter zurück. Eine schmale Stichwunde wurde sichtbar.

„Fällt Ihnen was auf?"

Marek beugte sich tief über den Toten und fuhr mit dem Finger über die Wunde.

„Die Wundränder sind nicht ausgefranst. Muss wohl eine sehr massive, scharfe Klinge gewesen sein. Aber dafür ist der Einstich wiederum sehr schmal."

„Richtig. Aber es ist zweifelsfrei eine einschneidige Klinge gewesen. Muss sich also um ein verdammt gutes Messer handeln. Keins aus dem Supermarkt. Dafür spricht auch die Tatsache, dass die Klinge, obwohl sie direkt auf einen Rippenbogen aufkam, nicht abgebrochen ist, sondern vom Knochen einfach ein Stück abgesäbelt wurde. Der Stoß wurde also auch mit enormer Kraft geführt."

„War der Stich tödlich?"

„Nein, nicht direkt. Die Klinge hat die Lunge durchbohrt. Dadurch kam es zu heftigen Einblutungen und der arme Kerl ist quasi an seinem eigenen Blut erstickt."

„Was ist mit dem Einstichkanal? Gibt es da Aufschlüsse?"

„Interessant, dass Sie danach fragen. Ja es gibt etwas Auffälliges. Der Stich war sehr professionell geführt – leicht von unten nach oben. Wäre er ein paar Zentimeter weiter rechts gewesen, hätte das zum sofortigen Tod des Opfers geführt. Er hätte nicht einmal mehr schreien können. So aber hat das Opfer sich noch zur Seite weggedreht und der Stich hat das Herz verfehlt. Er muss seinem Angreifer gegenübergestanden haben."

„Er hat hier am Bauch überall Blutergüsse, hat er sich gewehrt?"

„Das sind postmortale Einblutungen. Die sind beim Transport oder beim Ablegen in den Müllcontainer entstanden. Aber er hat sich gewehrt. Das zeigen die Druckstellen an den Handgelenken und diese Stelle hier im Gesicht."

Dottor Lovati zeigte auf eine kaum sichtbare Schwellung unterhalb des linken Jochbeins.

„Das stammt vermutlich von Schlageinwirkung. Außerdem haben wir unter seinen Fingernägeln kleinere Spuren von Blut und Hautpartikel gefunden. Es könnte durchaus sein, dass er seinen Mörder verletzt hat."

„Reicht das für eine DNA-Bestimmung? Das könnte ja dann den Verhafteten entlasten, denn ich glaube nicht, dass Dorio den Richtigen eingebuchtet hat. Was sagst du dazu, Michele."

Ghetti hatte sich wieder etwas erholt.

„Ich glaube auch nicht, dass Muretti es war, aber er hat kein Alibi für Montagabend."

„Können Sie mir den genauen Todeszeitpunkt sagen, Dottore?"

„Als Sie ihn gefunden haben, war er etwa acht, maximal zehn Stunden tot."

„Also ist er Montag gegen Mitternacht ermordet worden. Für diese Zeit habe ich auch kein Alibi, aber bin ich deshalb ein Mörder? Sagen Sie Dottore, bei dieser Verletzung muss er wohl stark geblutet haben, oder?"

„Ja. Dadurch, dass der Stich sein Ziel verfehlt hat und die Lunge vollgelaufen ist, muss es eine schöne Sauerei gewesen sein."

„Am Fundort war kein Tropfen, nicht einmal in

dem Müllcontainer war etwas zu sehen. Fassen wir zusammen, was wir haben. Das Opfer hat mit Sicherheit seinen Mörder gesehen, vielleicht sogar gekannt. Das Opfer hat sich beim Angriff noch abgedreht, dadurch hat der Stich das Herz verfehlt. Er hatte sogar noch genügend Kraft sich zu wehren, hat den Angreifer vielleicht sogar verletzt. Der Mörder schlug das Opfer nieder, das daraufhin verstarb. Ich glaube nicht, dass er sich nach dem Niederschlag noch hätte wehren können. Geben Sie mir da recht, Dottore?"

„Absolut. Ist sowieso ein Wunder, dass er sich überhaupt noch so wehren konnte."

„Geben Sie mir auch recht, wenn ich sage, dass der Täter mindestens ebenso groß wie das Opfer ist und dazu noch sehr kräftig … und Rechtshänder."

„*Assolutamente!* Hör gut zu Michele, hier kannst du was lernen."

„Aber wie kommst du darauf? Ich meine mit der Größe und dass er Rechtshänder ist", meldete sich der völlig verwirrte Brigadiere.

„Trink noch'n Schluck und dann komm her."

Ghetti setzte noch einmal die Flasche an und kam dann zögernd an die Bahre. Marek zeigte mit dem Finger auf die Wunde.

„Du siehst hier den Einstich. Wäre er drei Fingerbreit weiter rechts, hätte er sofort zum Tod geführt und es wäre kaum Blut geflossen, wie wir vom Dottore gehört haben. Außerdem haben wir erfahren, dass der Stichkanal von unten nach oben verläuft. Das alles legt den Schluss nahe, dass es sich um einen Profi handelt. Da dieser Stoß mit großer Kraft ausgeführt wurde, musste er wahrscheinlich aus der Hüfte geführt werden, um genügend Druck dahinter zu bekommen. Das geht aber nur, wenn der Täter mindestens die Größe des Opfers hatte, wenn wir davon ausgehen, dass beide gestanden haben. Ansonsten wäre der Stoß gestreckt ausgeführt worden und hätte mit ziemlicher Sicherheit nicht den Knochen abgespalten, wenn der Dottore mir da zustimmt."

„Ich hätte es nicht treffender formulieren können. Es gibt tatsächlich noch Bullen mit Hirn", freute sich der Pathologe und steckte sich die nächste Zigarette an.

„Und wie kommst du auf den Rechtshänder?", fragte der völlig verdutzt dreinblickende Ghetti.

„Wenn ich vor dir stünde und mit einem Messer in der rechten Hand auf deine Herzgegend zielen würde, wie würdest du reagieren?"

Der Brigadiere überlegte kurz.

„Ich würde versuchen dich abzuwehren." Dabei drehte er sich leicht nach links und hob abwehrend den rechten Arm.

„Siehst du, genauso hat es das Opfer gemacht. Der

Stich kam von seiner Seite aus gesehen von links, also von der rechten Seite des Angreifers und er drehte sich nach links, dem Angreifer zu, um ihn mit dem rechten Arm abzuwehren. Damit dürfte klar sein, dass der Täter Rechtshänder ist."

Marek beugte sich auf einmal tief über den Kopf der Leiche und teilte vorsichtig das Kopfhaar des Toten mit Daumen und Zeigefinger.

„Hätten Sie mal eine Lupe und eine Pinzette für mich, Dottore?"

„Aber natürlich, was haben Sie denn entdeckt?"

Dottor Lovati ging zu einem Edelstahlschrank und brachte Marek das Gewünschte.

„Ich weiß es noch nicht, aber das hier sollten wir auch untersuchen lassen. Michele, ich brauche eine kleine Tüte oder was Ähnliches, wo wir das hineintun können."

Ghetti sah Lovati fragend an, der eilte sofort zu seinem Schreibtisch und kam mit einer kleinen Plastiktüte wieder, wie sie auch von der Spurensicherung benutzt wird. Marek legte seinen Fund mit der Pinzette hinein und reichte sie dem Brigadiere. Lovati und Ghetti beugten sich sofort über die Tüte.

„Sieht aus wie irgendwelches Grünzeug. Stammt wahrscheinlich von der Stelle, wo er gefallen ist."

„Genau Michele, und deshalb lässt du das bitte untersuchen. Damit bekommen wir wahrscheinlich

Rückschlüsse auf den Tatort", und an Lovati ge-
wandt, „Dottore, könnten Sie noch von den Blut- und
Hautpartikeln, die Sie gefunden haben, eine DNA-
Bestimmung machen?"

„Klar, wird aber eine Weile dauern, weil ich die
Proben einschicken muss. Wir sind hier leider nicht
dafür ausgerüstet. Und Dorio bekommt erst etwas,
wenn er es anfordert. Ich dürfte das eigentlich nicht
machen, denn die Laboruntersuchung kostet Geld
und soll nur auf polizeiliche Anweisung durchgeführt werden."

„Keine Sorge, von mir erfährt sowieso niemand
etwas und Michele wird auch den Mund halten. Ach,
und noch etwas. Könnten Sie eventuell eine kleine
Probe für mich aufbewahren, man weiß nie."

„Sehr gerne Commissario. Ist mir ein Vergnügen.
Wenn Sie irgendetwas brauchen, jederzeit. Und
wenn Sie mir auch einen Gefallen erweisen könnten
– nehmen Sie den Kleinen unter ihre Obhut. Wenn
der Schwachkopf Dorio mit diesem Fall auf die
Schnauze fällt, und das wird er, soll Michele wenigstens nicht mit fallen. Der Capitano ist in Ordnung,
aber er hat wahrscheinlich noch keine Ahnung, was
für ein Trottel sein Maresciallo ist."

„Versprochen Dottore. Vielen Dank für Ihr Entge-
genkommen."

Damit verabschiedeten sie sich und verließen das

Ospedale.

„Mir ist schlecht", sagte Ghetti, als sie im Auto saßen.

„Du hast zu viel gesoffen, deswegen. An den Anblick da unten wirst du dich gewöhnen müssen. Das wird dir in deiner Karriere noch öfter vorkommen. Gehen wir etwas essen, damit du wieder zu dir kommst. Kennst du eine gescheite Trattoria?"

***

Als sie kurze Zeit später im Garten einer Trattoria saßen, bestellte sich Marek einen Teller gegrillten Zackenbarsch mit Brot und einen halben Liter Verduzzo. Ghetti wollte nur eine Pizza mit Salami und eine Flasche Wasser und trotz aller Proteste von Marek blieb er dabei.

Nachdem sie schweigend gegessen, und der Brigadiere wieder eine gesündere Gesichtsfarbe bekommen hatte, bestellte Marek noch zwei Caffè und zündete sich eine Zigarette an. Über den Rauch hinweg fixierte er seinen jungen Kollegen.

„Was hältst du davon?"

„Also ich weiß nicht recht. Auf der einen Seite glaube ich auch, dass Muretti unschuldig ist, aber ich kann es nicht begründen, es ist ein Bauchgefühl. Andererseits spricht schon einiges gegen ihn. Er hat Chiavelli gedroht, auch wenn es schon lange her ist. Er hat kein Alibi und er entspricht deiner Täterbeschreibung, was Größe und Kraft angeht."

„Ist er Rechtshänder?"

„Keine Ahnung. Ich habe ihn nur festgenommen und zum Verhör zu Dorio gebracht."

„Lektion zwei: Wenn du mit Verdächtigen zu tun hast, musst du jede Bewegung beobachten. Es könnte dir immer einmal irgendeinen Hinweis auf etwas geben, das du bei einer Ermittlung gebrauchen kannst. Habt ihr bei Muretti ein Messer gefunden?"

„Ja, es ist bei der Spurensicherung."

„Was für eine Art Messer ist das?"

„So eines wie die Fischer es alle haben. Ziemlich scharf. Und eine schmale Klinge hat es auch."

„Ihr werdet an diesem Messer, außer ein paar Fischschuppen, nichts Brauchbares finden. Außerdem wirst du feststellen, dass die Klinge und die Stichwunde nicht zusammenpassen. Obendrein wäre diese Klinge auch abgebrochen, wie du dich überzeugen wirst. Damit habt ihr nur die vage Drohung und das fehlende Alibi. Ziemlich dürftig, was?"

„Stimmt. Was machen wir jetzt?"

„Du bringst unseren Fund zur Spurensicherung. Die sollen auch Chiavellis Kleidung genauer untersuchen. Wenn Dorio dich deswegen anmacht, gehst du zum Capitano. Du hast schließlich nur deine Pflicht getan und im Gegensatz zu ihm gründlich recherchiert."

„Gut. Die werden ihm nichts sagen. Die können ihn auch nicht ausstehen. Und was machst du?"

„Ich gehe mir eine Umhängetasche kaufen."

Als er Ghettis verdutzten Blick sah, musste er lachen.

„Da ich in nächster Zeit wohl nicht mehr ohne einige Utensilien auskommen werde und ich bei diesen Temperaturen keine Jacke trage, brauche ich halt eine Tasche um alles zu verstauen."

***

Zurück in Caorle verabschiedeten sie sich, und noch bevor Ghetti seine Vespa besteigen konnte, musste er Marek versprechen, am Abend noch anzurufen und das Ergebnis von der Untersuchung der Probe mitzuteilen. Marek selbst rief umgehend Silvana an und informierte sie in kurzen Worten über die Verhaftung Murettis, die fehlenden Beweise und die Presseerklärung Dorios.

Silvana bestätigte, dass die Erklärung schon eingegangen sei und sie ihren Artikel schon fertig geschrieben hatte, dass sie ihn vor der Drucklegung aber noch einmal überarbeiten würde. Für den Abend lud sie ihn zum Essen zu sich ein.

***

Während des Essens, es gab *Cannelloni al forno* mit einer köstlichen Füllung aus Ricotta, Asiago und Spinat, informierte Marek Silvana ausführlich über die Ereignisse des Tages.

„Und du bist wirklich sicher, dass es dieser Muretti nicht gewesen ist?" wollte Silvana wissen.

„Todsicher."

„Gut. Dann bin ich beruhigt, dass ich den Artikel gegen den Willen des Redakteurs noch umgeschrieben habe. Der schmeißt mich raus, wenn sich herausstellt, dass dieser Maresciallo – wie heißt er doch gleich – wenn der Recht haben sollte."

„Du kannst mir vertrauen. Dorio ist ein Idiot. Der will nur seinen schnellen, persönlichen Erfolg. Dabei sieht er nicht einmal über seine Schreibtischkante hinaus. Dein Redakteur wird dir noch vor Dankbarkeit die Füße küssen. Bildlich gesehen hoffe ich nur", gab er den Eifersüchtigen.

Dann klingelte sein Handy.

„*Pronto*", er hatte diese, in Italien übliche Form des sich Meldens schon verinnerlicht.

„*Buona sera, Roberto*", meldete sich Ghetti, „tut mir leid, dass es so spät ist, aber du wolltest doch noch ein Ergebnis."

„Dafür kannst du mich auch nachts aus dem Bett holen. Hast du was erfahren?"

„Ja. Ich kenne einen der Jungs ziemlich gut. Der ist auch überhaupt nicht gut auf meinen Chef zu sprechen. Der hat ihn mal vor einiger Zeit bei der Untersuchung eines Einbruchs vor versammelter

Mannschaft fertiggemacht. Zu Unrecht, wie sich herausstellte. Als ich ihm dann erzählte, um was es geht, hat er sich sofort an die Arbeit gemacht. Das, was du in den Haaren des Opfers gefunden hast, sind gewöhnliche Grünalgen, wie sie überall hier in den Kanälen oder in der Lagune Venedigs vorkommen."

„Sehr gut, mein Junge. Hast du denen gesagt, dass sie die Kleidung überprüfen sollen?"

„Ja, hab ich. Aber ich wusste nicht nach was sie speziell suchen sollen. Deshalb werden wir erst morgen ein Ergebnis haben ... vielleicht."

„Auch wenn sie nichts finden, ist das ein Ergebnis, das uns weiter hilft", dozierte Marek, „aber ich wette, dass sie auch in den Kleidern diese Algen finden werden."

„Was macht dich da so sicher?"

„Bauchgefühl, oder nenn es, wie du willst. Du wirst morgen einen kurzen Bericht schreiben, in dem nur steht, dass man Pflanzenspuren am Opfer gefunden hat. Dann wirst du zu Dorio gehen und ihm den Bericht aushändigen."

„Aber ich dachte ... ", Ghetti verstand jetzt gar nichts mehr.

„Michele überleg doch mal. Wenn du ihm das sagst und er reagiert nicht, dann fällt er alleine auf die Schnauze und du bist fein raus, da du ja korrekt ermittelt, und die Ergebnisse deinem Vorgesetzten mitgeteilt hast. Reagiert er darauf, kann dir sowieso nichts passieren. Klar? Ruf mich morgen an, sobald du Zeit hast. *Buona notte.*"

Silvana war zwischenzeitlich hinausgegangen, stand jetzt mit einem Hauch von nichts in der Tür und winkte Marek zu sich.

13

Wie jeden Morgen, seit fast nunmehr acht Jahren, verließ Paolo Canaletti sein kleines Häuschen in der Calle Gallo, mitten im Herzen des Centro Storico, und machte sich auf den Weg zu seiner Arbeitsstelle, dem Museo Liturgico, wo er seinen Dienst als Museumswächter versah. Wie jeden Morgen winkte er seiner Frau noch einmal zu, die wie jeden Morgen am Küchenfenster hing und, nachdem ihr Mann in die Calle Lunga eingebogen war, auf ein Schwätzchen mit vorbeikommenden Nachbarn wartete.

Als Canaletti vor fast acht Jahren in den Ruhestand ging, er hatte zeitlebens bei der Stadtverwaltung gearbeitet, bot man ihm diesen Posten als Museumswächter an. Da seine Rente nicht so üppig ausfiel, wollte er dieses Zubrot gerne mitnehmen und sagte zu. Außerdem entging er so dem ständigen Genörgel seiner Angetrauten und lernte andere Menschen unterschiedlicher Herkunft kennen. Zugegeben, es waren nicht so viele, die sich in das Museum verirrten, aber den wenigen Interessierten konnte er dann die dort ausgestellten Insignien der Bischöfe von Caorle erklären. Er hatte es auch nicht sehr weit, ein paar Hundert Meter bis zum Museum, dass in einem Anbau des Duomo, dem Dom von Caorle, einem Bau aus dem elften Jahrhundert an der Piazza Vescovado, untergebracht ist. Wie jeden Morgen, von März bis Oktober, außer sonntags, schloss er das schwere Holztor in der Einfriedungsmauer auf, durch das man in den Garten der Kirche gelangte. Ein paar Meter weiter links kam man dann über eine Treppe zum eigentlichen Eingang des Museums.

Als Canaletti am Fuß der Treppe angekommen war, traute er seinen Augen nicht. Oben, direkt vor der Eingangstüre saß ein Mann auf der Schwelle und schien zu schlafen.

„Wieder so ein besoffener Tourist, der seinen Rausch ausschläft", schimpfte er.

Aber wie kam der hier herein? Er hatte doch das Tor gestern abgeschlossen und die Mauer ist ziemlich hoch. Zu hoch für einen Betrunkenen. Wie dem auch sei, er würde den Kerl jetzt wecken und rausschmeißen. Als er langsam nach oben stieg, beschlich ihn ein ungutes Gefühl. Irgendetwas stimmte hier nicht. Nachdem er dann neben dem Mann stand, sah er auch, was hier nicht stimmte. Der Mann schlief nicht. Er hatte die Augen geöffnet. Aber diese Augen sahen nichts mehr, ihr Blick war gebrochen, der Mann war tot.

So schnell es seine alten Beine zuließen, eilte Paolo Canaletti die Treppe runter und hinüber zum Laden der Signora Clementi. An der Theke schnappte er sich, unter Protest der Signora, die sich dort mit einer frühen Kundin unterhielt, das Telefon, wählte den Notruf der Carabinieri und meldete seinen Fund. Ihm wurde aufgetragen, sich sofort wieder zum Fundort zu begeben und auf das Eintreffen der Polizei zu warten.

Die beiden Damen hatten natürlich alles mitgehört und die sensationelle Nachricht sofort in der Nachbarschaft publiziert. Aus vielen Häusern kamen jetzt pflichtbewusste Bürger und wollten von Canaletti alles ganz genau und aus erster Hand erfahren. Doch der hörte gar nicht zu und ging, gefolgt von einer Menschentraube, wieder zu seinem Museum.

Als er gerade den Garten betreten wollte, hörte er von innen einen spitzen Schrei, dann kam schon eine sehr füllige Frau in Leggins und einem T-Shirt, auf dem mit glitzernden Pajetten der Name eines italienischen Edeldesigners aufgestickt war, auf ihn zu gewalzt und schrie hysterisch: "He's dead, he's dead."

Dabei fuchtelte sie mit einer kleinen Videokamera in der Luft herum. Sofort lösten sich einige aus der Menschenmasse, die immer größer wurde, und liefen ihr nach, um eventuell auf dem Display ihrer Kamera etwas von diesem geheimnisvollen Fund zu sehen. Sie hatte doch hoffentlich gefilmt bevor sie die Nerven verlor.

Canaletti hatte wohl vergessen die Türe zu schließen, als er zum Telefon eilte, und musste nun Schwerstarbeit zu verrichten, um die Menge vom Betreten des Gartens abzuhalten. Er schickte ein Stoßgebet gen Himmel, als er endlich die Sirenen der nahenden Einsatzfahrzeuge vernahm.

Mit quietschenden Reifen kamen die Wagen auf der Piazza zum Stehen, die Türen flogen auf und einige Uniformierte sprangen heraus. Beim letzten der drei Wagen stieg nur der Fahrer aus, öffnete den hinteren Schlag und salutierte.

Maresciallo Corrado Dorio stieg aus, zog seine tadellos sitzende Uniformjacke stramm, setzte seine Mütze auf und ging, sich seines auffälligen Auftretens bewusst, gemächlich auf die Menschenansammlung vor dem Eingang zum Kirchgarten zu.

„Schaffen Sie gefälligst die Leute hier weg!", brüllte er seine etwas unschlüssig herumstehende Mannschaft an.

Mit verschränkten Armen sah er dem fast aussichtslosen Kampf seiner Leute gegen die immer wieder vordringende und ständig anwachsende Schar der Neugierigen zu. Dann winkte er Brigadiere Ghetti heran, der sich etwas abseits des Trubels mit einem älteren Mann unterhielt und dabei fleißig Notizen machte.

„Kriegen Sie raus, wer das Opfer gefunden hat

und bringen denjenigen sofort zu mir."

„Das ist der ältere Mann dort vor dem Eingang, mit dem ich gerade gesprochen habe. Ich habe seine Aussage schon zu Protokoll genommen, Maresciallo."

„Gut Brigadiere, aber ich will ihn trotzdem sprechen. Also bringen Sie ihn her", herrschte er Ghetti an.

„Jawohl, Maresciallo, sofort."

„Sie haben den Toten also gefunden?", fing Dorio seine Befragung an. „Wie heißen Sie?"

„Canaletti, Paolo Canaletti. Ich habe doch schon alles dem jungen Mann hier erzählt", dabei zeigte er auf den Brigadiere.

„Dann erzählen Sie es mir noch einmal", fuhr ihn Dorio an und der eingeschüchterte Mann wiederholte alles, was Ghetti schon notiert hatte.

Der Brigadiere ging unterdessen zum Eingang des Museums um den Toten in Augenschein zu nehmen, denn um den hatte sich bisher noch niemand gekümmert und sein Vorgesetzter schien mehr an seinem Auftritt als an Ermittlungsarbeit interessiert zu sein. Der Tote saß mit der rechten Schulter gegen die Tür gelehnt und hatte die Beine leicht angewinkelt. Sein starrer Blick drückte ungläubiges Erstaunen aus. Aber das Auffälligste war das kleine Loch oberhalb der Nasenwurzel. Ghetti sah sich um, und da er niemanden entdecken konnte, die Spurensicherung war wohl noch unterwegs, nahm er schnell sein Handy aus der Tasche und wählte eine abgespeicherte Nummer.

„*Pronto*", meldete sich die mittlerweile vertraute Stimme Mareks am anderen Ende.

„Commissario, ganz schnell, bevor jemand kommt. Wir haben einen weiteren Toten vor dem Eingang zum Museo Liturgico. Der Maresciallo spielt sich wieder auf, hat aber den Toten bis jetzt nicht einmal gesehen. Wie es aussieht, wurde das Opfer erschossen."

„Danke Michele, ich komme gleich rein zufällig vorbei. Hast du deinen Fotoapparat dabei?"

„Nein, leider nicht und mein Handy hat auch keine Kamera."

„Macht nichts. Mach dir genaue Notizen oder auch Skizzen. Alles, was du siehst, auch wenn du es nicht für wichtig hältst. Wenn die Spurensicherung da ist, sollen die alles genau fotografieren. Ich denke, du bekommst auch Abzüge. Bis gleich."

Ghetti hatte gerade sein Handy eingesteckt, als die Leute von der Spurensicherung den Garten betraten. Er bat sie um eine umfassende Fotodokumentation. Dann zückte er sein Notizbuch und begann alles detailliert aufzuschreiben und, wenn auch etwas unbeholfen, zu skizzieren. Als er fast fertig war, erschien der Maresciallo.

„Was tun Sie hier, Brigadiere?"

„Ich mache mir Notizen vom Fundort, Maresciallo."

„Blödsinn, dafür sind die da", dabei zeigte er auf die Leute der Spurensicherung, die gerade dabei waren, den Bereich um den Toten herum gründlich zu untersuchen.

„Gehen Sie lieber raus und helfen ihren Kollegen die Schaulustigen fernzuhalten. Um alles Weitere kümmere ich mich, verstanden?"

„Jawohl Maresciallo", erwiderte der Brigadiere artig und trollte sich.

Kurze Zeit später rollte Marek in seinem Taubenblauen 2CV an der Piazza vorbei, fand einige Meter weiter einen Parkplatz, wo er seine Ente abstellte, und schlenderte langsam zurück.

Die Carabinieri waren damit beschäftigt, die immer größer werdende Menge zurückzuhalten. Ghetti war auch dabei, und als der Brigadiere ihn entdeckte, wies er kaum merklich mit dem Kopf auf eine Bank an der Mauer. Marek folgte seinem Blick und nickte. Auf der Bank saß ein in sich zusammengesunkener, älterer Mann und starrte Löcher in den Boden vor sich. Marek ging langsam hinüber und setzte sich neben ihn.

„*Buon giorno*. Was ist denn hier geschehen?"

„Ach", stöhnte der Mann, „warum passiert das ausgerechnet mir?"

„Was ist ihnen denn passiert?"

„Ich habe da drin einen Toten gefunden", dabei zeigte er mit dem Daumen hinter sich.

„Direkt vor meinem Museum saß er. Ich habe gedacht er wäre vielleicht betrunken, aber nein, er war tot."

„Das war ziemlich schlimm für Sie", heuchelte Marek Anteilnahme. „Und dann?"

„Dann bin ich schnell darüber in den Laden gelaufen und habe die Polizei angerufen. Als die dann endlich kamen, hat mich ein junger Brigadiere ausgefragt. Ein sehr netter Kerl und sehr höflich."

„Und dann?", drängte Marek, denn er wollte keinesfalls mit dem Maresciallo zusammentreffen.

„Als der junge Mann alles aufgeschrieben hatte, musste ich zu seinem Chef. Ein fürchterlicher Mensch. So arrogant und selbstgefällig. Wie der auch seine Leute behandelt. Ja und dem musste ich alles noch mal erzählen. Alles, was der junge Mann schon aufgeschrieben hatte. Dabei hat er mich dauernd angebrüllt. Ich bin ganz fertig. Ich habe doch nichts falsch gemacht, oder?"

„Nein, mit Sicherheit nicht. Mich hat er auch so behandelt."

„Sie? Sie kennen ihn? Was haben Sie denn mit

dem gehabt?"

„Ich war derjenige, der am Dienstag den Toten in dem Müllcontainer gefunden hat."

„Oh! Dann wissen Sie ja, von was ich rede. Das geht einem schon an die Nieren."

„Ich bin so was von Berufswegen gewohnt. Ich war fünfundzwanzig Jahre bei der Kriminalpolizei in Deutschland. Aber Sie haben recht, der Maresciallo ist ein eingebildeter Idiot."

Die Augen des alten Mannes fingen an zu leuchten.

„Genau, aber ich habe mich nicht getraut, so was über jemanden von der Obrigkeit zu sagen."

Dieses Gefühl der Untertänigkeit vor Uniformen oder Titeln hatte Marek in der Vergangenheit schon oft bei älteren Menschen festgestellt, auch bei seinen Eltern war es tief verwurzelt. Wenn er früher in der Schule etwas angestellt hatte, und seine Mutter zum Direktor bestellt wurde, kroch sie fast auf allen Vieren in dessen Büro – bildlich gesprochen.

„Wie haben sie ihn denn gefunden? Sie sagten vorhin *vor Ihrem Museum*. Wie meinten Sie das, wenn ich fragen darf, Signor …?"

„Canaletti, Paolo Canaletti, wie der Maler nur mit i am Ende", stellte er sich vor und kicherte. „Ich bin der Museumswächter. Ich wollte das Museum gerade öffnen und da saß er vor der Tür."

„Wo ist der Eingang?"

„Erst hier durch dieses Tor, dann nach links die Treppe hoch. Oben vor der Tür hat er gesessen."

„Ist das Tor hier nicht verschlossen?"

„Doch, ich schließe es abends immer ab. Heute Morgen habe ich es ja auch wieder aufgeschlossen."

„War das Schloss beschädigt?"

„Nein, alles war wie immer."

„Ist ihnen irgendetwas aufgefallen?"

„Nein, was sollte mir denn aufgefallen sein? Außer dem Toten ist mir nichts aufgefallen."

„Vielleicht irgendetwas, was hier nicht hingehört? Wie war das, als sie telefonieren gingen? Haben Sie das Tor hinter sich geschlossen?"

„Nein, das hatte ich vor lauter Aufregung offen gelassen. Aber jetzt wo Sie fragen, als ich zurückgekommen bin, kam mir eine schreiende Frau entgegen. Die hat den Toten wohl auch gesehen."

„Können Sie die Frau beschreiben? Wie sah sie aus? Hat sie etwas gesagt?"

„Sie war eine Touristin. Ziemlich dick. Und geschrien hat sie und mit ihrer Kamera rumgefuchtelt."

„Woher wissen Sie, dass es eine Touristin war?"

„Weil eine Italienerin mit so einer Figur sich nicht so anziehen würde. Sie hatte hautenge Hosen an, die nur bis zum Knie gingen und ein Hemd oder eher so ein Trikot mit kurzen Armen mit Stickereien drauf.

Jedenfalls war das Hemd viel zu eng. Sie sah aus wie eine Mortadella. Außerdem konnte ich sie nicht verstehen."

Marek musste bei diesem Vergleich lachen.

„Was hat sie denn gesagt oder geschrien?"

„Keine Ahnung. Hörte sich an wie *hestet* oder *histet* oder so ähnlich."

Marek hatte zwischenzeitlich sein Notizbuch aus seiner neuen Umhängetasche geholt und sich kurze Notizen gemacht.

„Vielen Dank, Signor Canaletti. Ich werde diese Informationen an den jungen Brigadiere weiterleiten. Aber keine Angst, der Maresciallo wird von unserer Unterhaltung nichts erfahren."

Als er wieder zurück zu seinem Auto ging, zeigte er Ghetti im Vorbeigehen verdeckt sein Handy und der Brigadiere nickte kaum merklich.

***

Auf dem Rückweg hielt Marek an einer Pasticceria, kaufte sich ein Pfund Cannoli und im Zeitungsladen den Gazzettino.

Zu Hause setzte er die große Caffettiera auf den Herd, denn er brauchte jetzt jede Menge Caffè. Die Platte mit den Cannoli brachte er in sein Arbeitszimmer und stellte sie auf einen Beistelltisch neben seinen Sessel. Und bevor der Caffè fertig durchgelaufen war, deponierte er noch seinen größten Aschenbecher, ein Feuerzeug und eine frische Packung *MS* auf seinem Schreibtisch. Er musste jetzt nachdenken.

So saß Marek eine Weile in seinem Sessel, stopfte eine Gebäckrolle nach der anderen in sich hinein, trank Caffè und ging dabei gewissenhaft seine Notizen durch. Nachdem er das letzte Stück vertilgt hatte, zündete er sich eine Zigarette an, inhalierte tief und sah dabei aus dem Fenster auf einen unbestimmten Punkt.

So sehr er sich auch bemühte, er fand weder einen Anhaltspunkt, der ihn weiter bringen konnte, noch eine Verbindung zwischen dem ersten Mord und diesem hier. Vielleicht wusste Ghetti schon mehr. Verdammt, er hätte sich auch schon melden können. Marek wollte gerade aufstehen, um das Telefon zu holen, als sein Blick noch einmal auf die Aussage des alten Canaletti fiel, die er notiert hatte.

„... *hestet* oder *histet* oder so ähnlich ...", stand da.

„Was zum Teufel bedeutet das?", brummte er vor sich hin.

Dann spielte er in Gedanken das ganze Szenario noch einmal durch. Canaletti ist im Laden, um zu telefonieren. Das Tor zum Garten ist offen. Mindestens eine Person betritt den Garten in dieser Zeit, nämlich die dicke Frau. Sie sieht zwangsläufig den Toten. Dann rennt sie zum Tor und begegnet dort Canaletti. Sie will sich ihm mitteilen und schreit etwas … ja aber was? Sie schreit, was sie gesehen hat, allerdings in einer Sprache, die der alte Mann nicht verstand. Sie ist also keine Italienerin. Das hat Canaletti ja auch betont, als er sie beschrieb, vielmehr ihr Erscheinungsbild beschrieben hat.

Marek blätterte eine Seite zurück und las die Beschreibung der Frau. Wer läuft so rum? Eine Deutsche oder Österreicherin? Davon gibt es während der Urlaubszeit hier viele. Was hätten sie gerufen? *Da liegt ein Toter* oder *er ist tot*. Aber das klingt anders. Das hätte auch Canaletti gemerkt. Doch wenn es …

„Mann bin ich blöd!"

Marek schlug sich mit der flachen Hand auf die Stirn.

„Natürlich. Was heißt *er ist tot* auf Englisch … *he is dead*."

Das ist es, was Canaletti gehört hat. Es war eine Engländerin oder eine Amerikanerin. Wobei die Beschreibung der Klamotten eher auf Letztere zutreffen würde. „*He is dead* oder *he's dead* hat sie geschrien und mit ihrer Kamera rumgefuchtelt", las er noch mal.

„Verdammt, diese Frau müssen wir finden. Vielleicht hat sie etwas gefilmt was wir gebrauchen können", sagte Marek zu sich selbst, stand auf und griff zum Telefon.

„Michele, ich bin's. Wie weit seid ihr?"

„Dorio's Galaauftritt ist beendet. Ich war gerade auf der Suche nach einem sicheren Platz um dich anzurufen. Was hältst du von der Geschichte?"

„Noch nicht viel, aber ich habe was für dich. Du musst unbedingt versuchen eine dicke Amerikanerin oder Engländerin finden, die den Toten gesehen hat, während der Alte, der ihn gefunden hat, telefonieren war. Fang mit der Amerikanerin an. Das ist wahrscheinlicher."

„Was hat die damit zu tun? Woher weißt du das?"

„Der Alte hat es mir erzählt. Und was die damit zu tun hat ... die hat eine Videokamera in der Hand gehabt und hat vielleicht den Tatort gefilmt. Du musst unbedingt an den Film kommen. Geh alle Hotels durch und ruf mich an, wenn du sie hast."

„*Mama mia*, das sind ja unendlich viele. Wo soll ich da anfangen? Und wenn sie in einer Ferienwohnung wohnt, oder nur eine Tagestouristin war?"

„Besorg dir ein paar Leute und geh von der Piazza San Antonio parallel die Viale Santa Margherita und die Viale Guglielmo Marconi durch. Da dürfte die Chance am größten sein. Wenn sie da nicht aufzutreiben ist, erweitere die Suche auf die großen Anlagen mit Ferienwohnungen. Wenn sie nur zu einem Kurzbesuch hier war, haben wir Pech gehabt. So und nun los. Viel Glück!"

„*Ciao Roberto*. Ach übrigens, der Fundort war

nicht der Tatort. Wie bei deinem Toten."

„Interessant. Wir treffen uns spätestens um vier Uhr am Friedhof, wenn du bis dahin die Frau nicht gefunden hast. *Ciao*."

***

Der Fundort war nicht der Tatort. Gab es da eventuell eine Verbindung zwischen den beiden Toten? Beide wurden irgendwo ermordet und an einer exponierten Stelle abgelegt. Aber sonst? Der eine war Fischer und bei dem anderen muss man erst einmal abwarten, bis er identifiziert ist.

Marek stand auf und ging zu seinem Schreibtisch und hängte alle Bilder ab, die darüber an der Wand hingen. Dann schrieb er Stichpunkte aus seinen Notizen auf verschiedene Zettel, sortierte sie, befestigte sie dann mit Klebestreifen an der Wand, steckte sich noch eine Zigarette an und setzte sich davor. Aber so sehr er sich auch anstrengte, es sprang ihm nichts ins Auge, was ihm weiterhelfen könnte. Außer der Tatsache, dass Tatorte und Fundorte nicht identisch waren und das beide Opfer morgens gefunden wurden. Dies wiederum ist ja nicht weiter verwunderlich, denn wenn jemand einen Toten entsorgen will, macht er das bestimmt nicht tagsüber. Er stützte seinen Kopf auf die Hände und fing an Löcher in die Wand zu stieren, als sein Handy klingelte. Es war Ghetti.

„Commissario, wir haben die Frau tatsächlich gefunden. Sie wohnt im Hotel Splendid. War auch die einzige Amerikanerin, die wir bis dahin ausfindig gemacht haben. Eine Kellnerin hat für uns übersetzt."

Marek wurde langsam ungeduldig.

„Hat sie gefilmt? Erzähl schon", drängte er.

„Hat sie. Sie hat gesagt, dass sie, da das Tor offen stand, in den Garten gegangen sei und dabei hat sie die ganze Zeit die Kamera laufen lassen. Auf einmal hätte sie im Sucher den Mann sitzen gesehen. Sie sei zu ihm gegangen um ihn zu fragen, ob das Museum schon geöffnet hat. Dabei hätte sie dann gesehen, dass er tot war. Dann wäre sie weggelaufen. Den Film wollte sie uns nur gegen Bezahlung überlassen, denn sie meinte, dass solche Aufnahmen bei Fernsehsendern oder Zeitungen viel Geld einbringen. Also musste ich ihn beschlagnahmen."

„Dann komm damit sofort zu mir, denn wenn du ihn beschlagnahmt hast, erfährt das auch Dorio und der wird ihn kassieren, auch wenn er damit nichts anfangen kann. Bring auch die Kamera und ein Überspielkabel mit, dann können wir den Film auf den PC laden und ansehen. Du hast doch die Kamera?"

„Mmh, nein, daran habe ich nicht gedacht, aber ich besorge eine. In einer halben Stunde bin ich bei dir. *Ciao.*"

Marek steckte sich eine weitere *MS* an und tigerte ungeduldig in der Wohnung hin und her. Kurze Zeit später erschien Ghetti mit einer geliehenen Videokamera. Marek verband sie mit seinem Laptop und dann saßen sie beide gespannt vor dem Bildschirm.

Zuerst sah man die Promenade, dann einen Schwenk aufs Meer und um hundertachtzig Grad zurück auf den Glockenturm. Dann fuhr die Kamera langsam auf die Piazza zu. Die Bilder waren dabei ziemlich verwackelt. Die Frau musste, während sie lief, ununterbrochen gefilmt haben.

„Da! Hast du das gesehen?", rief Marek plötzlich, stoppte den Film und ließ ihn ein Stück zurücklaufen.

„Was denn? Was meinst du?"

Er startete den Film wieder. An einer bestimmten Stelle stoppte er und zeigte mit dem Finger auf den Monitor.

„Das ist der alte Canaletti. Der geht da wahrscheinlich gerade telefonieren."

Die Kamera fuhr langsam auf das offene Tor zu, hielt kurz inne und fuhr dann weiter in den Garten. Jetzt hörten die Bilder erst einmal auf, zu wackeln. Die Amerikanerin machte jetzt von einer fixen Position aus ein Schwenk nach rechts und dann langsam nach links, bis im Hintergrund die Treppe zu sehen war. Ein tief hängender Ast verdeckte noch den Toten. Dann setzte sich die Kamera wieder in Bewegung und fuhr auf die Treppe zu. Die Bilder fingen wieder an zu wackeln aber jetzt war der Mann auf der Treppe zu sehen. Auf einmal machte die Kamera einen abrupten Schwenk nach unten, dann nach rechts und wieder nach oben, bevor sie zur Treppe zurückfuhr. Die Frau musste gestolpert sein und hat dabei weiter gefilmt. Langsam fuhr die Kamera auf den Toten zu. Man sah jetzt deutlich die weit aufgerissenen Augen, den vom Erstaunen offenen Mund und das Einschussloch. Dann wurde die Kamera nach oben gerissen und auf dem Monitor waren in schneller Folge nur noch Äste eines Baumes, blauer Himmel, die Spitze des Glockenturms zu sehen, dann wurde es dunkel, die Kamera war aus.

„Ist dir irgendetwas aufgefallen?", fragte Marek.

„Was meinst du? Der Tote lag genauso da, als ich ihn gesehen habe."

„War alles genauso oder war irgendein kleines Detail anders als auf dem Film? Denk genau nach."

„Ich müsste es noch mal sehen und mit meinen Notizen und Skizzen vergleichen. Hast du etwas entdeckt?"

„Kann sein. Ich habe da so ein unbestimmtes Gefühl. Ich kann nur noch nicht sagen, was es war."

Marek ließ den Film noch einmal von der Stelle an

laufen, als die Amerikanerin den Garten betrat. Ghetti hatte seine Notizen aufgeschlagen und verglich Szene für Szene. Auf einmal sprang Marek auf.

„Da! Da war etwas. Hat die Kamera auch eine Zeitlupe?"

Ghetti war vor Schreck ebenfalls aufgesprungen und sah sich jetzt die Kamera an.

„Ja, die hat Zeitlupe und Standbild."

„Prima. Lass den Film ab da laufen, wo die Frau gestolpert ist. Und zwar gleich in Zeitlupe."

Man sah jetzt wieder die Treppe, Schwenk nach unten, nach rechts, nach oben …

„Stopp! Noch mal ein Bild zurück. Stopp. Standbild."

Marek stand jetzt ganz dicht vor dem Bildschirm.

„Da ist es. Hier hinter dem Strauch ist jemand. Siehst du? Mich laust der Affe. Die Dicke hat wahrscheinlich den Mörder gefilmt, oder zumindest den, der den armen Kerl auf die Treppe gelegt hat."

„Was ist mit dem Affen?", Ghetti verstand jetzt gar nichts mehr.

„Ach, das sagt man so bei uns. Habt ihr einen Computerspezialisten?"

„Wir nicht, aber ich kenne jemanden bei der Polizei in Portogruaro, warum?"

„Michele fang langsam an, zu denken. Bevor der Film zu euren Asservaten kommt, wirst du davon

Vergrößerungen machen lassen. Ich will eine von dem Toten, auch eine Nahaufnahme vom Gesicht und eine von unserem Unbekannten hier. Die sollen das Bild aufbereiten so gut es geht, vielleicht kann man was erkennen. Kann man sich auf deinen Bekannten verlassen?"

„Der hält dicht. Dann mache ich mich gleich auf den Weg."

„Wenn du was hast, kommst du gleich wieder und bringst noch die Fotos von der Spurensicherung mit. Und pass auf, dass dein blöder Chef nichts mitbekommt. So, jetzt ab mit dir und beeil dich. Wir müssen etwas Wasserdichtes für dich in der Hand haben."

***

Nachdem Ghetti gegangen war, rief Marek Silvana an und berichtete ihr, was sich an diesem Morgen alles ereignet hatte.

„Siehst du da irgendeinen Zusammenhang?", wollte sie wissen.

„Kann ich noch nicht sagen. Wollen wir heute Abend zusammen essen? Vielleicht weiß ich bis dahin mehr."

„Gerne. Ist acht Uhr recht?"

„Ja. Treffen wir uns im Roma. Bis dann."

***

Mittlerweile war es schon spät am Mittag und

Marek hatte Hunger bekommen. Da er keine Lust hatte, großartig zu kochen, bereitete er sich eine Portion *spaghetti alle olio* mit ordentlich Knoblauch. Man sagt ja, dies sei gut fürs Gehirn und das musste jetzt auch funktionieren.

Er hatte gerade den Caffè aufgesetzt und seine Verdauungszigarette angesteckt, als sein Telefon klingelte. Es war Ghetti.

„Was gibt's, Michele? Hast du schon was?"

„Ich bin gerade bei meinem Bekannten von der Spurensicherung gewesen. Die haben auf der Kleidung von Chiavelli die gleichen Grünalgen gefunden wie du in seinen Haaren. Sagt dir das jetzt etwas?"

„Es ist zumindest mal die Bestätigung, dass er in der Nähe vom Wasser – Kanal oder Meer – gefallen sein muss. Mit hoher Wahrscheinlichkeit auch da ermordet wurde. Gibt es sonst noch was?"

„Ich habe die Fotos von dem Toten am Museum. Soll ich damit gleich kommen?"

„Nein, schreib erst einmal einen Bericht über die Algen auf der Kleidung und bring den zu Dorio. Damit kannst du deine Besuche bei der Spurensicherung erklären. Der wird ihn sowieso nur zu den Akten legen. Ist Muretti eigentlich wieder frei?"

„Nein, Dorio hat es geschafft den Staatsanwalt zu überzeugen und hat einen Haftbefehl bekommen."

„So ein Idiot! Was ist mit dem Video?"

„Ach ja. Mein Bekannter bei der Polizei in Porto-gruaro hat eine neue Bildbearbeitungssoftware. Er meint damit könnte er einiges rausholen. Allerdings ist das seine eigene Software und ich wollte dich vorher fragen, ob ich ihm trotzdem das Video über-lassen soll."

„Natürlich. Hauptsache wir haben ein optimales Ergebnis und er hält die Klappe."

„Dafür verbürge ich mich. Da ich wusste, dass du das sagst, habe ich ihm das Video schon überlassen."

Marek musste schmunzeln.

„Du lernst schnell, mein Junge. Da das mit dem Video dann noch etwas dauert, kommst du mit den Fotos schon einmal zu mir, wenn du deinen Bericht abgeliefert hast."

***

Ghetti klopfte an der Tür seines Vorgesetzten, und da er von innen nichts hörte, öffnete er vorsichtig die Türe.

„Permesso."

Der Maresciallo saß an seinem Schreibtisch und schien in das Studium einer Akte vertieft, die vor ihm lag.

„Ah, Ghetti. Kommen Sie herein. Was gibt es?"

„Ich wollte Ihnen nur diesen Bericht über das Er-gebnis der Spurensicherung zum ersten Mordfall bringen."

„Geben Sie her", sagte der Maresciallo unwirsch, „Sie wissen ja, dass der Fall abgeschlossen ist."

„Jawohl, Maresciallo. Ich dachte nur, es komplettiert die Akte."

Dorio legte den Bericht achtlos auf die Seite.

„Gut, gut. Sie können jetzt gehen."

Ghetti verließ erleichtert die Caserma und fuhr direkt zu Marek.

„Und wie ist es gelaufen?", begrüßte ihn dieser.

„Wie du es vorhergesehen hast. Er hat den Bericht ohne zu lesen einfach beiseitegelegt."

„Prima. Damit bist du fein raus. So, nun zeig mal die Fotos."

Ghetti breitete die Bilder auf dem Tisch in der Küche aus und Marek stürzte sich sofort darüber. Nach ein paar Sekunden tippte er mit dem Finger auf eine Nahaufnahme vom Kopf des Toten.

„Das ist es!", schrie er triumphierend. „Hier, siehst du es?"

So sehr Ghetti auch überlegte, er sah nur den Kopf des Toten.

„Nein, was sollte ich sehen?"

„Erinnere dich an das Video. Als die Frau nahe genug an ihm dran war, was haben wir da gesehen? Das Einschussloch, die aufgerissenen Augen und …"

„Ja richtig. Den vor Erstaunen offenen Mund. Und hier auf den Bildern ist der Mund fast geschlossen."

„Genau! Unser Freund aus der Hecke muss, nachdem die Frau weggelaufen ist, noch einmal zurückgekommen sein. Würde mich unheimlich interessieren, warum er versucht hat den Mund zu schließen und warum das so wichtig war, dass er sogar riskierte, erwischt zu werden."

„Aber vielleicht ist der Mund von alleine zugegangen", warf Ghetti vorsichtig ein.

„Nein. In der Regel geht der Mund bei Toten höchstens auf und muss fixiert werden, bis die Leichenstarre eingetreten ist.

Ich gehe mal davon aus, dass der Tote auch ins Ospedale nach Portogruaro gebracht wurde. Ruf gleich Dottore Lovati an und bitte ihn den Mund des Toten genau zu untersuchen."

Der Dottore versprach umgehend nachzusehen, nur mit der Obduktion müssten sie sich noch etwas gedulden.

Marek und der Brigadiere versanken über die Fotos gebeugt ins Grübeln bis plötzlich Ghetti's Handy klingelte.

„Es ist Dottor Lovati. Er will dich sofort sprechen."

Marek nahm Ghetti das Handy aus der Hand.

„Was gibt's Dottore?"

„Haben Sie den siebten Sinn, Commissario? In der Mundhöhle des Toten habe ich einen alten Tausend-

Lire-Schein gefunden. Was zum Teufel hat jetzt das wieder zu bedeuten?"

„Donnerwetter! Früher hat man gekauften Verrätern Münzen in den Mund gelegt, nachdem man sie umgebracht hatte. Quasi als Warnung."

„Du lieber Himmel! Das wird ja immer abenteuerlicher. Na dann viel Vergnügen."

„Danke Dottore und sagen Sie uns bitte Bescheid, wenn Sie obduzieren."

„Selbstverständlich. Bis dann ..."

Ghetti wartete schon ungeduldig. Natürlich wollte er auch sofort wissen, was der Dottore zu berichten hatte.

„Was hat er gesagt? Hat er was entdeckt?"

„Ja mein Freund, das kann man sagen. Wir hatten recht. Jemand hat sich zwischen dem Video und den Bildern der Spurensicherung an dem Toten zu schaffen gemacht. Lovati hat in seinem Mund einen Geldschein gefunden."

„Was?", fragte Ghetti ungläubig. „Was hat das denn zu bedeuten? Ich verstehe bald überhaupt nichts mehr. Ein Toter hängt halb in einem Müllcontainer, ein anderer liegt morgens vor dem Museum und hat einen Geldschein im Mund. Was soll das werden? Blickst du da noch durch?"

„Das sind alles Hinweise oder Warnungen, die der Täter jemandem hinterlässt. Das ist wie ein Puzzle, langsam wird daraus ein Bild. Ich weiß nur noch nicht genau wie. Vielleicht kommen wir weiter, wenn wir wissen, wer der Tote ist. Kannst du dich darum kümmern? Und dann komm um sechs zum Friedhof. Geht das?"

„Ja, ich habe um fünf Schluss."

***

Als Marek am Friedhof eintraf, wartete Ghetti bereits.

„Gibt es was Neues?"

„Wir haben den Toten identifiziert. Es handelt sich um einen gewissen Angelo Albanese, achtunddreißig Jahre alt, stammt aus Triest und arbeitet seit sechs Jahren hier bei der Stadtverwaltung."

„Aber dann hätte der alte Canaletti ihn doch erkennen müssen, der hat doch auch da gearbeitet."

„Nein, nicht unbedingt. Canaletti ist seit acht Jahren im Ruhestand und Kontakt hatte er nur gelegentlich mit Kollegen, mit denen er noch selbst zusammengearbeitet hatte."

„In welchem Resort hat dieser Albanese da gearbeitet?"

„Er war im Kataster beschäftigt und mit zuständig für die Vergabe von Baugenehmigungen. Außerdem hatte er die Einhaltung der, von der Stadtverwaltung festgelegten Bebauungspläne zu überwachen, um der hier immer noch üblichen wilden Bebauung Einhalt zu gebieten."

„Na das ist ja interessant."

Marek war plötzlich ganz hellhörig geworden. In seinem Hinterkopf setzten sich langsam einige der Puzzlesteinchen zusammen.

„Das könnte ein ganz anderes Licht auf die Geschichte werfen."

„Wie meinst du das?"

„Erzähl ich dir später, wenn ich mir selbst ein genaueres Bild gemacht habe. Ich will dich nicht unnötig verwirren."

„Vielen Dank", meinte Ghetti sarkastisch, „ich verstehe jetzt schon nichts mehr."

„Keine Angst, du wirst bald verstehen, sehr bald. Vorausgesetzt ich habe recht mit meiner Vermutung. Und falls ich recht habe, sind wir hier einem Riesending auf der Spur. Eigentlich zu groß für euch und so einen idyllischen, kleinen Ort."

„Mir ist nicht ganz wohl bei dem, was du da andeutest."

„Keine Angst, ich lasse dich nicht hängen. Außerdem werden die Ermittlungen dann bestimmt bald von der Kriminalpolizei übernommen, wenn euer Capitano Dorio nicht bald von dem Fall abzieht. Aber was macht denn das Video?"

„Ach so, mein Bekannter hat angerufen. Er hat schon brauchbare Vergrößerungen, will aber versuchen noch mehr Details rauszuholen. Eines ist aber sicher sagt er, das was du entdeckt hast ist ohne Zweifel eine männliche Person. Wahrscheinlich bekomme ich am Wochenende mehr."

„Prima, sag Bescheid sobald du was hast und wenn es mitten in der Nacht ist, ok? Außerdem müssen wir nächste Woche zu Lovati. Machst du bitte einen Termin aus."

„Ist gut, mache ich. Dann bis bald."

„Bis dann und pass auf dich auf."

***

Marek stand vor seinem Schreibtisch, notierte die neuesten Informationen und heftete sie an die Wand. Dann setzte er sich davor und ging alles der Reihe nach durch. Doch ein Bezug zwischen den beiden Morden zeichnete sich noch immer nicht ab. Wenn man mal davon absieht, dass beide sehr bizarr erschienen. Aber was hat ein toter Fischer mit einem toten Angestellten der Stadtverwaltung zu tun?

Da kam ihm noch eine Idee. Er griff zum Telefon und wählte die Nummer von Ghetti.

„Pronto."

„Michele, Robert hier. Ich hab noch etwas vergessen. Kannst du dich bitte in Triest nach diesem Albanese erkundigen?"

„Nach was soll ich mich erkundigen?"

„Ob er dort schon einmal auffällig geworden ist,

was er dort gemacht hat und warum er von dort nach Caorle gewechselt ist."

„Gut, soll ich das offiziell machen?"

„Ja, aber erst werten wir die Informationen aus. Dann schreibst du einen weiteren Bericht für Dorio. Wie hält er sich denn jetzt mit dem zweiten Mord?"

„Er ist ruhiger geworden, liest sogar Akten. Ich habe das Gefühl, dass er fest hängt und nicht mehr weiter weiß."

„Halt mich bitte auf dem Laufenden. *Ciao*."

Marek sah auf seine Uhr. Es war schon nach sieben. Jetzt musste er sich aber beeilen, wollte er nicht zu spät zu seiner Verabredung mit Silvana kommen. Er stieg schnell unter die Dusche, zog frische Sachen an und marschierte los.

Als er beim Roma ankam, saß Silvana schon vor einem Glas Prosecco und winkte ihm zu.

„*Ciao Roberto*. Lass uns vor dem Essen zuerst noch etwas zusammen trinken. Und du berichtest mir, was heute passiert ist."

Marek bestellte sich einen Spritz und erzählte Silvana, was sich an diesem Tag alles ereignet hatte.

„Was hältst du davon? Siehst irgendwelche Zusammenhänge?"

„Zusammenhänge noch nicht, aber ein vages Muster. Ich warte noch auf ein paar Informationen, die Ghetti gerade besorgt, dann sehe ich vielleicht etwas klarer."

„Was kann ich davon morgen bringen?"

„Alles, was nicht auf Ghetti oder mich deutet. Also auch nicht, was wir von Dottore Lovati oder der Spurensicherung haben."

„Da bleibt nicht mehr viel übrig", schmollte Silvana. „Mein Chef hat mich schon gerüffelt wegen des umgeschriebenen Artikels beim ersten Mord. Wir waren die einzige Zeitung, die darüber vorsichtig und distanziert geschrieben hat."

„Ich habe dir doch gesagt, dass er es dir noch danken wird. Du bekommst alles exklusiv."

„Dein Wort in Gottes Gehörgang. Ich vertraue dir."

***

Kurze Zeit später schlenderten Silvana und Marek Hand in Hand Richtung Altstadt zu ihrem Stammlokal. Als sie gerade an der Rio Terra delle Botteghe vorbeikamen, fiel Marek auf, dass das Tor in dem Bauzaun offen stand, der den ganzen Block umgab. In der Baustelleneinfahrt standen einige Personen in teuren Anzügen, die so gar nicht nach Bauarbeitern aussahen. Neugierig geworden blieb er stehen.

„Was ist?", fragte Silvana, die noch nichts bemerkt hatte.

„Sieh mal da drüben. Was geht da vor?"

„Vielleicht treffen sich die Bauherrn und die Architekten."

„Ich dachte es gibt einen Baustopp."

„Wahrscheinlich wurde der aufgehoben. Was weiß denn ich. Du fängst an, Gespenster zu sehen. Komm jetzt, ich hab Hunger."

„Wahrscheinlich hast du recht und ich fange wirklich an, zu spinnen."

Doch als sie gerade weitergehen wollten, hielt eine schwarze Nobelkarosse direkt vor dem Tor.

„… oder vielleicht doch nicht", ergänzte Marek. „Warte bitte noch einen Moment."

Auch Silvana sah jetzt gespannt hinüber. Der Fahrer, ein grobschlächtiger Kerl mit fast kahl rasiertem Schädel, stieg aus und öffnete den hinteren Wagenschlag. Eine imposante Erscheinung stieg aus der Limousine. Der Mann war etwa Anfang vierzig, hatte schwarze, perfekt gestylte Haare und trug einen wohl sündhaft teuren, cremefarbenen Leinenanzug. Sein scharf geschnittenes Gesicht war sonnengebräunt. Auffallend seine hellen Augen.

Marek und Silvana hatten inzwischen die Straßenseite gewechselt um das Treiben besser beobachten zu können, während die anderen Passanten achtlos vorübergingen.

„Diese Visage kommt mir bekannt vor", meinte Marek und deutete auf den Fahrer, „ich weiß nur nicht woher."

„Woher solltest du den denn kennen? Aber der Andere ist interessant."

„Hey, langsam", tat Marek eifersüchtig.

„*Stupido*", lachte Silvana, „ich meine es ist interessant ihn hier zu sehen."

„Wer ist das denn?"

„Das ist Walter Bonetti. Er ist Chef des italienischen Zweigs einer internationalen Investmentfirma. Ich bin bei meinen Recherchen zu den Bauskandalen im Alto Adige und in Padova immer wieder auf seine Firma gestoßen, konnte aber nie einen Zusammenhang herstellen und die Beteiligten oder Betroffenen schweigen. Es ist wohl zu gefährlich, sich mit ihm anzulegen. Man munkelt, dass die Unfälle, von denen ich dir erzählt hatte, von ihm beauftragte Warnungen waren. Aber wie gesagt, es gibt keine Beweise."

„Das ist wirklich interessant. Und der ist jetzt auf einmal hier auf einer Baustelle, die von den Behörden erst einmal stillgelegt wurde. Und so ein großer Manager lässt sich von solch einem Schlägertyp chauffieren. Ich glaube, ich werde mich mal mit Paolo unterhalten müssen."

„Wer ist Paolo?"

„Das ist der Neffe von Angelina. Ich hatte dir von ihr erzählt. Ihr gehört die Wohnung in der Via Isarco, in der ich während meines Urlaubs gewohnt hatte.

Paolo lebt hier mit seiner Familie und arbeitet für die Bürgerinitiative."

„Ah, ich glaube langsam du hattest recht mit deiner Vermutung, dass diese Bauvorhaben hier im Altstadtbereich etwas mit der Geschichte in Padova zu tun haben könnten."

„Sieht langsam wirklich danach aus. Wenn ich nur wüsste, wo ich diesen Kerl schon einmal gesehen habe."

Silvana zog Marek am Arm und drängte ihn zu gehen.

„Ja, gehen wir essen. Ich habe Hunger wie ein Wolf."

***

Als Vorspeise wählten beide *prosciutto di San Daniele con fichi*. Diesen köstlichen, mild-würzigen und mindestens zehn Monate gereiften Schinken, dessen feiner Geschmack hervorragend mit den süßen Feigen korrespondiert.

Danach gab es *fegato di vitello alla veneziana*. Zarte, geschmorte Kalbsleber mit Zwiebeln auf Polenta.

Beim Dessert mussten sie dann passen und nahmen nur noch etwas Obst und bei Caffè und Grappa lenkte Marek die Unterhaltung wieder zu der seltsamen Versammlung an der Baustelle, die sie vorhin beobachtet hatten.

„Walter ist ein ziemlich ungewöhnlicher Name für

einen Italiener."

„Wie kommst du jetzt darauf?", wollte Silvana wissen, die nach dem gemütlichen Essen von dieser Frage überrascht wurde.

„Ich meine diesen Typ vorhin an der Baustelle. Diesen Walter Brunetti, so hieß er doch, oder?"

„Ach der. Bonetti, Walter Bonetti. Brunetti ist eine Figur aus einem Kriminalroman von Donna Leon. Übrigens auch ein Commissario. Die Bücher sind nicht schlecht. Solltest du vielleicht mal lesen."

„Gut, dann halt Walter Bonetti. Trotzdem ist Walter ein seltsamer Name für einen Italiener", beharrte er.

„Bonetti stammt, soviel ich weiß, aus Bozen und da oben sind Vornamen aus dem deutschsprachigen Raum durchaus nicht unüblich. Außerdem darfst du nicht vergessen, dass wir hier auch eine österreichische Vergangenheit haben. So, jetzt vergiss mal diese Geschichte und lass uns zu mir gehen. Vielleicht haben wir ja dann noch Lust auf einen Nachtisch."

14

An diesem Abend, gegen ein Uhr, verließ Rudolf Kraftzyk mit drei Bekannten eine vorwiegend von deutschen Touristen besuchte Hotelbar. Sie hatten den ganzen Abend dort Skat gespielt und, wie sich das seiner Meinung nach für einen Männerabend gehörte, kräftig getrunken. Kraftzyk stammte aus Herne und hatte die drei Landsleute aus Bochum am Strand kennengelernt. Nun trafen sie sich regelmäßig zum Skat, während ihre Angetrauten auf Shoppingtour gingen.

Lautstark palavernd gingen sie die Viale Santa Margeritha entlang bis zum Hotel, in dem die Drei aus Bochum abgestiegen waren. Vor dem Eingang rauchten sie noch eine und verabredeten sich für den kommenden Vormittag in der Strandbar des Hotels. Kraftzyk selbst musste noch ein ganzes Stück diese Straße, die sich fast durch ganz Caorle zog, entlang bis zu seinem Hotel laufen.

Außer dem *klapp, klapp, klapp* seiner Badeschlappen war weit und breit nichts zu hören ... oder doch?

Er meinte hinter sich ein klatschendes Geräusch zu vernehmen oder bildete er sich das nur ein? Irgendwie wollte er es gar nicht wissen. Er schüttelte den Kopf und trottete weiter.

Patsch, patsch, patsch ... das Geräusch wurde rhythmisch und kam näher. Kraftzyk blieb schnaufend stehen, sah sich um und ... und er sah etwa fünfzig Meter hinter sich einen Mann, der ebenfalls stehen geblieben war. Der Mann blickte unentwegt in seine Richtung und schlug sich mit einem Stock oder einer Stange auf seine Handfläche ... *patsch, patsch* ...

Kraftzyk sah sich um. Sein vom Alkohol vernebeltes Gehirn registrierte noch, dass er und sein Verfolger die einzigen Lebewesen weit und breit waren.

Die Saison hatte erst angefangen. In ein paar Tagen würde es hier um diese Uhrzeit noch von Menschen wimmeln. Aber jetzt war zu so später Stunde alles ausgestorben.

Ein Gefühl der Angst stieg in ihm auf und sein Herz fing an zu rasen. Nur weg hier, zum Hotel ist es nicht mehr weit, dachte er. Er wollte fliehen, doch seine schweißnassen Adiletten, seine enorme Körperfülle und sein hoher Blutdruck hinderten ihn daran. Schnaufend verfiel er in einen leichten Trott. Sein Verfolger schien Spaß dabei zu empfinden, denn er schloss nur langsam auf.

An der Einmündung der Via Meduna, einer kleinen, unbeleuchteten Seitenstraße, direkt vor dem Hotel in dem Kraftzyk wohnte, hatte er ihn eingeholt. Er fühlte sich wie ein, von seinen Jägern in die Enge getriebenes Wild. Sein Herz pochte wie ein

Schmiedehammer und der Schweiß rann ihm in Bächen aus allen Poren.

„Was wollen Sie von mir?", fragte er schnaufend. „Ich habe kein Geld bei mir. Nur ein paar Euro."

Patsch, patsch sagte der Baseballschläger, als er rhythmisch in die Handfläche seines Besitzers geschlagen wurde.

„Haben Sie Feuer?" fragte der Fremde.

Kraftzyk verstand erst gar nichts mehr. Doch dann, als die Frage zu ihm durchgedrungen war, machte sich ein Gefühl der Erleichterung bei ihm breit.

„Ja, ja, natürlich", sagte er und begann in den Taschen seiner geblümten Bermudashorts nach seinem Feuerzeug zu suchen.

Dann ging alles sehr schnell. Der Fremde versetzte ihm einen kräftigen Stoß, der ihn in die dunkle Via Meduna taumeln ließ. Ein dämonisches Grinsen war das Letzte, was Kraftzyk auf dieser Welt sah. Ein kurzes Gefühl von Schmerz, dann umfing ihn wohlige Dunkelheit.

***

Am nächsten Morgen brachte Olivia Grapelli, wie jeden Morgen, den Müll des Hotels, in dem sie schon seit seiner Eröffnung als Putzfrau arbeitete, durch den Hinterausgang zum Müllcontainer in der Via Meduna. Als sie gerade im Begriff war den Deckel zu öffnen, sah sie, dass sie in einem roten Rinnsal stand. Um seine Herkunft festzustellen, ging sie um den Container herum.

Ihr spitzer, gellender Schrei weckte Nachbarn und Hotelgäste. Fensterläden flogen auf und neugierige Köpfe reckten sich aus den Fenstern. Im Nu waren auch die Balkone bevölkert.

Olivia Grapelli schrie unentwegt weiter. Ihren Müllsack hatte sie fallen gelassen. Er war aufgeplatzt und sein Inhalt hatte sich dekorativ um das, was früher mal ein Mensch gewesen sein mochte, verteilt.

„Man muss die Polizei rufen", stellte jemand fest.

„Dann machen Sie es doch", meinte ein Anderer, „ich kenne mich hier nicht aus."

Glücklicherweise kam zufällig ein Wagen der Polizia Comunale vorbei. Die junge Polizistin auf dem Beifahrersitz stieg aus, um den Grund dieses Menschenauflaufs zu ergründen. Als sie sich einen Weg durch die Menge gebahnt hatte, sah sie die Signora Grapelli, die mittlerweile aufgehört hatte zu schreien und nur noch mit wirrem Blick ins Leere starrte. Und dann sah sie neben dem Müllcontainer die von Unrat eingerahmte Leiche. Da, wo früher einmal der Kopf gewesen sein musste, war nur noch eine blutige Masse. Ihr wurde speiübel. Sie hielt sich an der Hauswand fest, um nicht umzufallen. Dann nahm sie langsam ihr Funkgerät aus der Tasche am Gürtel und informierte ihren Kollegen, der im Auto geblieben war. Nachdem er die Carabinieri verständigt hatte, versuchte er die Menge vom Ort des Geschehens zu vertreiben, während seine Kollegin sich der der völlig apathischen Signora Grapelli annahm.

***

Einige Minuten später rasten zwei Einsatzfahrzeuge mit Blaulicht und Sirene die Viale Santa Margeritha entlang, wendeten mit einem abenteuerlichen Manöver in einer Unterbrechung des Grünstreifens, der die Straße mittig teilte, und hielten mit quietschenden Reifen in der Einmündung der Via Meduna. Aus dem ersten Fahrzeug stiegen vier Uniformierte, unter ihnen Brigadiere Ghetti. Dem zweiten Wagen entstieg Maresciallo Dorio in gewohnter Pose. Während Ghetti die Kollegen der Polizia Comunale anwies die Gaffer zurückzudrängen und den ganzen Bereich mit einem rot-weiß gestreiften Plastikband absperrte, stand der Maresciallo mit verschränkten Armen an seinen Wagen gelehnt und beobachtete die ganze Szenerie.

Der Brigadiere wollte den Anblick der Leiche möglichst lange verschieben oder am besten ganz verdrängen. So half er seinen Kollegen bei der Aufnahme der Zeugenaussagen. Als aber eine Viertelstunde später die Spurensicherung eintraf und sein Chef noch immer keine Anstalten machte, den Tatort zu besichtigen, blieb ihm nichts anderes übrig. Er musste sich den Toten ansehen. Als er die eingetrocknete Blutlache vor dem Müllcontainer sah, wurde es ihm schon mulmig, aber als er dann das sah, was früher einmal der Kopf des Opfers gewesen sein musste, war es vorbei mit seiner Beherrschung. Er stürzte auf die andere Straßenseite, stützte sich an der Hauswand ab und übergab sich, bis er das Gefühl hatte, seine Eingeweide herauszuwürgen.

„Geht's wieder? Kein schöner Anblick was?"

Der junge Arzt, der den Toten untersucht hatte, stand jetzt neben Ghetti und klopfte ihm aufmunternd auf die Schulter.

„Entschuldigung, aber das war zu viel für mich. So etwas Grauenvolles habe ich noch nie gesehen. Wer tut so etwas?"

„Sie brauchen sich nicht zu entschuldigen. Selbst für uns ist das nicht einfach. So was habe ich auch noch nie gesehen."

„Können Sie mir schon sagen, was da passiert ist? Mein Chef wird von mir gleich einen Bericht erwarten."

„Ist das der da vorne?", fragte der Arzt und wies mit seinem Kopf in die Richtung des Maresciallo, der gerade die beiden Kollegen der Polizia Comunale in der Mangel hatte.

„Ja, der verkneift sich den Anblick."

„Also, der Tote ist männlich, das Alter im Moment schwer zu bestimmen, aber von der Physiognomie her bestimmt über fünfzig. Der Schädel ist zertrümmert. Wahrscheinlich von vorne mit einem schweren, runden Gegenstand erschlagen. Ich würde auf ein Rohr oder eine Stange tippen. Genaueres wird die Untersuchung im Ospedale ergeben. Der Schlag oder die Schläge wurden mit enormer Wucht ausgeführt. Wahrscheinlich war der erste Schlag schon tödlich. Anhand der Blutspur sieht es so aus, dass er dort vorne erschlagen, dann hierher gezogen und hinter dem Container abgelegt wurde. So, mehr habe ich jetzt nicht … ach so, die Kollegen von der Spurensicherung haben in seinen Taschen ein Portemonnaie gefunden mit zehn Euro und etwas Kleingeld. Außerdem ein Feuerzeug, Zigaretten und, und das ist sehr interessant, einen Hotelschlüssel für dieses Hotel hier an der Ecke. *Ciao Brigadiere.*"

„Danke Dottore, *ciao.*"

Ghetti ging zu seinem Vorgesetzten und berichtete ihm, was er bisher ermitteln konnte.

„Gute Arbeit, Brigadiere. Bis heute Mittag möchte ich Ihren Bericht auf meinem Schreibtisch. Ich werde jetzt zurückfahren, um die Ermittlungen einzuleiten."

Ghetti fragte sich, was er da einleiten will. Die weiteren Ermittlungen fanden ja doch eher hier vor

225

Ort und im Hotel statt.

„Jawohl, Maresciallo", sagte er gehorsam und war froh ihn endlich los zu sein. Dann zog er sein Handy aus der Tasche und wählte Mareks Nummer. Dabei sah er auf die Uhr. Es war erst kurz nach acht. Er würde bestimmt noch schlafen.

***

Silvana wurde von den ersten Takten der Carmina Burana geweckt. Ärgerlich schüttelte sie den friedlich und fest neben ihr schlummernden Marek, bis der endlich die Augen öffnete und verschlafen in die Gegend blinzelte.

„Was ist denn?", brummte er.

„Dein blödes Handy klingelt ununterbrochen. Kannst du nicht wenigstens nachts den Ton abstellen?"

Da war Marek auf einmal hellwach.

„Pronto."

„Buon giorno, Roberto. Tut mir leid, dass ich so früh störe, aber wir haben hier schon wieder einen Toten. So etwas Ekelhaftes habe ich noch nie gesehen."

„Ich hab doch gesagt, dass du mich jederzeit anrufen kannst. Wo ist das?"

„Ganz in deiner Nähe. Via Meduna."

„Ich bin gerade nicht zu Hause. Bist du noch vor Ort? In zehn Minuten bin ich da. Bis gleich."

Er sprang aus dem Bett, raffte seine Klamotten zusammen und ging ins Bad.

„Ich muss weg. Sie haben schon wieder eine Leiche gefunden. Ich erzähl dir alles später. *Ciao*", rief er noch im Hinausgehen.

Silvana hatte sich das Kissen über den Kopf gestülpt und kommentierte das Ganze mit einem Brummlaut.

***

Marek kam fünfzehn Minuten später völlig außer Atem und nass geschwitzt in der Via Meduna an. Er hatte nicht mehr daran gedacht, dass er am Abend zuvor ohne Auto unterwegs war, und hatte nun den ganzen Weg mehr oder weniger im Dauerlauf zurückgelegt. Vorsichtig spähte er über die Absperrung, denn er wollte keinesfalls mit dem Maresciallo kollidieren. Aber er sah nur noch das Team der Spurensicherung und Ghetti, der die anderen Polizisten wohl schon weggeschickt hatte. Als der Brigadiere ihn erblickte, winkte er ihn bei, stellte ihn den Leuten der Spurensicherung vor und führte ihn dann zu dem Toten.

Selbst Marek, ein sonst sehr hart gesottener Polizist, musste bei diesem Anblick erst einmal schlucken. Als er die Leiche dann näher betrachtete, stutzte er.

„Ich glaube, den habe ich schon einmal gesehen."

„Wie willst du das denn sehen? Es ist doch nichts

mehr da, woran man ihn erkennen könnte", meinte Ghetti.

„Doch, diese schicken Hosen. An die erinnert man sich immer."

„So, und wo hast du ihn schon gesehen?"

„Am Dienstag. Bevor ich den anderen Kerl in der Mülltonne fand, war ich doch einkaufen, und da standen er und seine Alte vor mir an der Kasse und haben einen Aufstand verursacht. Das ist ein deutscher Tourist."

„Wir haben bei ihm einen Schlüssel von dem Hotel hier gefunden."

Marek drehte sich um und sah an der Fassade hoch. Auf den Balkons drängten sich neugierige Gäste um vielleicht einen Blick auf das Geschehen zu erhaschen. Glücklicherweise lag der Tote hinter dem Container vor den Blicken verborgen.

Sie betraten die leere Hotelhalle. Auch die Rezeption war verlassen. Als sich auch auf ihr Rufen niemand zeigte, stapfte Marek wütend nach draußen.

„Ist irgendjemand für den Laden hier zuständig?", brüllte er in die Menge.

Eine Frau mittleren Alters löste sich widerstrebend aus der Schar der Schaulustigen und kam zu ihm herüber.

„Was gibt's denn?"

„Wohnt bei ihnen ein deutsches Ehepaar, so um

die Mitte fünfzig, sie ziemlich korpulent mit blonden Haaren und er mit einem dicken Bauch und dünnen Beinen?"

Sie sah ihn einen Moment lang fragend an, bevor sie antwortete.

„Ja, das könnten die aus einhundertzwei sein. Hat das da draußen etwas mit denen zu tun?"

Marek ignorierte die Frage und lies sich das Gästebuch zeigen. Unter der Zimmernummer war ein Ehepaar Kraftzyk aus Herne eingetragen.

„Sind sie in ihrem Zimmer?", wollte Ghetti wissen.

„Wahrscheinlich. Der Schlüssel ist nicht da und da draußen habe ich sie auch nicht gesehen."

Marek zeigte ihr den Schlüssel, den sie bei dem Toten gefunden hatten.

„Was ist das denn für ein Schlüssel? Da steht keine Zimmernummer drauf."

„Wo haben sie den denn her?", fragte sie erstaunt. „Der ist für die Haupteingangstür. Den bekommen die Gäste, wenn sie abends erst sehr spät ins Hotel zurückkommen."

Marek und Ghetti stiegen die Treppe zum ersten Stock hinauf und am Ende des Flurs fanden sie das gesuchte Zimmer. Der Brigadiere klopfte an die Tür – keine Antwort. Er klopfte etwas fester – noch immer keine Reaktion.

„Scheint niemand da zu sein", meinte er.

Da hämmerte Marek mit der Faust gegen die Tür, dass die ganze Wand wackelte.

„Wat is denn Rudi, die Tür ist doch offen", hörten sie nun von innen eine verschlafene Stimme.

„Was hat sie gesagt?", fragte Ghetti.

„Dass wir reinkommen sollen", antwortete Marek trocken und stieß die Tür auf.

Im Bett saß aufgeschreckt die Walküre aus dem Supermarkt. Das Erkennen war gegenseitig.

„Was wollen Sie? Ich kenn' Sie doch. Was …"

Sie brach ab, als ihr Blick auf Ghetti`s Uniform viel. Dann sah sie kurz auf die Stelle neben sich, wo normalerweise ihr Mann liegen sollte. Langsam zog sie sich zwei gelbe Schaumstoffstöpsel, der Grund warum sie bisher von dem ganzen Krach rund um das Hotel nichts mitbekommen hatte, aus den Ohren.

„Wat is mit meinem Rudi?", schrie sie auf. „Is ihm wat passiert? Verstehen sie mich überhaupt?"

„Ja, ich verstehe Sie", versuchte Marek sie zu beruhigen. „Ich übersetze für meinen Kollegen hier."

Doch sie wollte sich nicht beruhigen lassen und er wurde langsam ungeduldig. Unzählige solcher Situationen, mit den unterschiedlichsten Reaktionen hatte er in seiner Laufbahn schon erlebt, doch bis zum heutigen Tag konnte er noch nicht damit umgehen. Fehlendes Feingefühl hatte man ihm immer wieder vorgeworfen.

„Jetzt beruhigen Sie sich doch bitte und beantworten uns ein paar Fragen", versuchte er es erneut. „Wir müssen uns auch erst ein Bild machen, bevor wir etwas sagen können."

„Wat wollen Sie wissen?"

„Ihr Name ist Kraftzyk. Ist das richtig?"

„Ja, Heidi Kraftzyk. Mein Mann is der Rudi, ich meine er heißt Rudolf."

„Ist ihr Mann gestern Abend alleine weggegangen?"

„Nee, der hat sich mit die drei Kumpels aus Bochum zum Skat getroffen."

„Und Sie? Was haben Sie gestern Abend gemacht?"

„Ich war mit denen ihren Frauen im Städtchen – shoppen, wenn Sie verstehen, wat ich meine."

„Ich verstehe, was Sie meinen. Und bis wann waren Sie weg? Wann kamen Sie zurück ins Hotel?"

„Och, dat war so gegen zwölf. Wir haben noch 'nen Absacker getrunken und dann bin ich ins Bett. Mir haben die Füße so wehgetan."

„Und Ihr Mann war noch nicht da?"

„Nö, wenn die Skat spielen wird es immer spät. Der gricht dann 'nen Schlüssel für unten, damit er rein kann."

„Was hatte ihr Mann an, als er wegging?"

„So'n Polohemd und seine Bermudas. So eine mit Blumen drauf. Und seine Adiletten."

Das war wohl die Bestätigung, die sie brauchten und er wusste auch was jetzt kommen würde. Er hasste es.

„Frau Kraftzyk, ich glaube wir haben eine schlechte Nachricht für Sie. Ihr Mann ist mit großer Wahrscheinlichkeit Opfer eines Verbrechens geworden. Wir müssen Sie bitten der Polizei für weitere Auskünfte zur Verfügung zu stehen."

Sie sah ihn mit aufgerissenen Augen an und im Augenblick des Verstehens sackte sie in sich zusammen und fing an zu schreien. Der Tonfall erinnerte Marek daran, als zu seiner Jugendzeit in Frankfurt die Sirenen der Luftschutzbunker getestet wurden. Das war zu viel. Fluchtartig verließ er den Raum und ließ den armen Brigadiere mit der schreienden Frau alleine. Unten im Foyer traf er die Frau an der Rezeption wieder, die ihn neugierig ansah.

„Könnten Sie sich bitte um die Frau aus einhundertzwei kümmern? Es war ihr Mann, der hier in der Seitenstraße tot aufgefunden wurde. Und schicken Sie mir bitte den Brigadiere runter. Danke."

Marek setzte sich auf die Stufen vor dem Eingang und zündete sich eine Zigarette an. Was war hier eigentlich los? Die Woche war noch nicht ganz rum und schon gab es drei Tote, die alle Opfer eines Gewaltverbrechens wurden. Soviel in so kurzer Zeit hatte er ja selbst in Frankfurt nur sehr selten erlebt. Aber hier in dieser idyllischen Kleinstadt? Unvorstellbar.

Ghetti trat neben ihn und er erhob sich. Dabei fiel sein Blick auf das Haus schräg gegenüber. Genauer gesagt auf den Balkon im ersten Stock. Noch genauer auf das, was auf dem Balkon stand.

„Was ist das da drüben, Michele?"

„Das ist ein Kleiderladen. Gehört Chinesen. Die verkaufen Billigklamotten an die Touristen."

„Nein, das da oben. Für was hältst du das?"

Ghetti's Blick folgte Mareks ausgestrecktem Arm.

„Sieht aus wie eine Kamera auf einem Stativ."

„Richtig. Und siehst du auch, wohin das Objektiv zeigt. Genau hier auf das Hotel. Und mit ein bisschen Glück …"

„Oh nein. Du glaubst doch nicht, dass jemand den Mord gefilmt hat, ohne etwas davon zu merken."

„Überleg doch mal. Wofür hat jemand seine Videokamera über Nacht auf einem Stativ auf dem Balkon stehen?"

„Du weißt doch gar nicht, ob sie überhaupt über Nacht da stand. Vielleicht wollte jemand hier dieses Spektakel filmen …"

„… und verschwindet, ohne das Ende abzuwarten", ergänzte Marek. „Nein, der Besitzer dieser Kamera schläft wahrscheinlich noch."

„Wie kommst du denn darauf?"

„An den kleinen Fenstern – wahrscheinlich Küche oder Bad - sind die Vorhänge noch zugezogen und an der Balkontür ist der Fensterladen noch zu. Das sind doch Ferienwohnungen. Ich wette mit dir, dass es ein Spanner ist, der Mädchen oder Frauen beim Ausziehen filmt. Komm den Film holen wir uns."

„Ich kann doch nicht einfach da hereinspazieren und einen Film beschlagnahmen, nur weil du glaubst, dass es ein Spanner ist", jammerte Ghetti.

„Nein, du wirst den Film beschlagnahmen, weil darauf vielleicht ein Verbrechen zu sehen ist. Jetzt komm schon."

***

Die Haustüre war nur angelehnt. Sie betraten das Haus und stiegen in die erste Etage. Dort suchten sie nach der Tür, die zur Lage der gesuchten Wohnung passen musste. Der Brigadiere drückte auf die Klingel, aber ganz wohl war ihm noch immer nicht. Erst nach dem dritten Versuch wurde die Tür einen Spalt geöffnet und der zerzauste Kopf eines vielleicht zwanzigjährigen jungen Mannes wurde sichtbar. Ghetti brachte auf Italienisch sein Anliegen vor.

„Nix capito, sprechen's deutsch wenn's was wolln", sagte der junge Mann im unverkennbar breiten österreichischen Akzent.

„Damit können wir auch dienen", schaltete sich Marek ein, der sich bis dahin verborgen gehalten hatte, und baute sich vor dem Jungen auf.

Der wich erschrocken zurück und Marek nutzte die Gelegenheit, stieß die Tür auf und betrat die Wohnung. Dabei gab er Ghetti ein Zeichen ihm zu folgen.

„Was wolln's von mir? Ich hab nix gemacht", blaffte der Junge und setzte dabei eine gewaltige Alkoholfahne frei.

„Das reicht für einen Kameradschaftsabend der Polizei", dachte Marek.

„Sie haben auf ihrem Balkon eine Videokamera stehen."

„Na und? Ist das etwa verboten?"

„Nein, wir würden aber gerne wissen, was Sie damit filmen."

Der Junge lief rot an und wurde unsicher. Volltreffer.

„Ich … ich filme Sterne, ja Sterne, den Nachthimmel, weil hier so wenig Wolken sind."

„Schönes Hobby."

„Ja, find ich auch. War`s das jetzt?"

„Müsste die Kamera nicht nach oben ausgerichtet sein, wenn man den Nachthimmel filmt? Diese Kamera da draußen ist aber auf das Hotel gegenüber gerichtet."

„Dann ist sie halt runtergeklappt. Kann doch sein, oder?"

Marek wurde jetzt sauer.

„Ich will dir sagen, was ist, Kleiner. Du bist ein verdammter Spanner und filmst irgendwelche Weiber beim Ausziehen. Wahrscheinlich geht dir dabei noch einer ab!", herrschte er ihn an. „Das ist uns aber scheißegal. Wir haben nur Interesse an dem Film von heute Nacht."

Dem Jungen war die Farbe aus dem Gesicht gewichen und er lehnte wie ein Häufchen Elend an der Wand.

„Sie erzählen doch hoffentlich nix weiter, oder?"

„Das hängt von dir ab. Also hab ich recht?"

Der Junge nickte und sah dabei verschämt auf den Boden.

„Ab wann lief die Kamera und wie lange kann sie aufnehmen?"

„Wir kamen so um ein Viertel nach zwölf zurück und die da drüben auch. Da hab ich sie gleich angestellt. Sie müsste dann so ein bis eineinhalb Stunden gelaufen sein, mehr Platz war nicht mehr drauf."

„Wer ist *wir* und wer sind die da drüben?"

„Na wir san meine Kumpel und ich und das da drüben san die Madln aus der Kneipe wo wir woan."

„Ok, dann gehen wir jetzt mal auf den Balkon und sehen uns die Kamera an."

Die Batterien waren fast leer, aber es reichte noch, um die Einstellung der Kamera zu überprüfen. Trotz des Zooms war noch ein Teil der Via Meduna zu sehen.

„Was habt ihr gemacht, als die Kamera aufgebaut war?"

„Ins Bett san mer. Die Anderen schlafen ja noch."

„Ihr habt also nichts Ungewöhnliches bemerkt oder gehört?"

„Naa, eh net."

„Die Kamera nehmen wir erst einmal mit, du bekommst sie später wieder. Wir bringen sie dir sogar selbst zurück. Den Film aber werden wir wahrscheinlich behalten müssen. Als Beweismaterial."

„Beweis? Für was?"

„Gegenüber ist ein Verbrechen geschehen und es wäre denkbar, dass auf dem Film etwas drauf ist."

„Whow! Aber die andere Gschicht bleibt unter uns, versprochen?"

„Ich hab doch schon gesagt, dass uns das einen Scheiß interessiert. So, wie gesagt, die Kamera bekommst du spätestens morgen wieder. Ach so, hast du ein Überspielkabel?"

„Ja, drinnen."

Marek ließ sich noch das Kabel geben und verließ zusammen mit Ghetti das Haus.

„Was hast du mit ihm gesprochen, wieso wurde

er auf einmal so weich?"

„Ich habe ihm gesagt, dass er ein gottverdammter Spanner ist. Das war wohl ein Volltreffer. Die Kamera bringe ich ihm später zurück. Wo ist denn eigentlich in dem kleinen Ding der Film drin?"

„Da ist kein Film drin ...", weiter kam er nicht.

„Was?", brauste Marek auf. „Wir haben eine leere Kamera mitgenommen? Warum sagst du das nicht gleich?"

„... du lässt mich ja nicht ausreden. Das Ding nennt man Camcorder. Da ist entweder eine SD-Karte drin, so ein Chip, oder ..."

„Und darauf kann man Filme aufnehmen?"

„... ja, aber nicht so lange, höchstens fünfzig Minuten etwa ..."

„Der Junge hat aber was von einer bis eineinhalb Stunden gesagt."

„... oder es ist ein Camcorder mit Festplatte. Wie bei einem Computer wird der Film auf die Festplatte aufgenommen und gespeichert."

„Ich bin zu alt für diese Welt", seufzte Marek resigniert.

„Was machen wir nun?", wollte Ghetti wissen. „Der Maresciallo wird schon auf den Bericht warten."

„Jetzt gehen wir erst einmal zu mir und sehen uns den Film an. Dann gehst du und schreibst deinen

Bericht. Aber nur das, was Dorio erwartet. Kein Wort von dem Film."

***

Der Brigadiere hatte den Camcorder an Mareks Laptop angeschlossen und nun saßen sie beide gespannt vor dem Bildschirm.

Das Objektiv war auf die äußere rechte Balkontür im ersten Stock des Hotels gerichtet, doch ein Stück des Gehwegs und die linke Seite der Via Meduna konnte man auch sehen. Zuerst ist noch alles dunkel. Man erkennt vereinzelte Personen, die die Straße entlanggehen und nur kurz, im Lichtschein des Hoteleingangs, zu erkennen sind. Ein paar Autos fahren vorbei. Dann geht in dem Hotelzimmer, auf das die Kamera gerichtet ist, das Licht an und zwei junge Frauen, so um die zwanzig sind zu sehen. Die Balkontür stand offen und die Vorhänge waren zurückgezogen. Die Zwei kamen auf den Balkon und rauchten. Die Straße war mittlerweile wie ausgestorben.

„Spul mal weiter vor, Michele. Solange die da auf dem Balkon sind, kann ja unten nichts passiert sein."

Ghetti schaltete den Schnellvorlauf an bis zu dem Punkt, an dem die Frauen ins Zimmer zurückgingen. Aufreizend langsam zogen sich die beiden aus, tänzelten noch ein, zwei Mal an der Balkontür vorbei, dann wurde es dunkel.

„Hast du das gesehen, Michele? Diese Weiber

239

wussten, dass sie beobachtet wurden. Wahrscheinlich sogar von wem. So, ab jetzt wird es aber für uns interessant."

Gebannt starrten sie auf den Bildschirm, aber es passierte erst einmal nichts. Den Schnellvorlauf wollte Marek jetzt nicht nutzen, aus Angst etwas zu verpassen.

Nach qualvoll langen zwanzig Minuten kam plötzlich von links eine Gestalt ins Bild. Der Mann sah sich mehrfach um.

„Stopp!", brüllte Marek. „Das ist unser Mann. Diese bescheuerten Hosen gibt es wohl nur einmal."

„Der sieht sich dauernd um. Ob sein Mörder da schon hinter ihm her war?"

Ghetti ließ den Film weiterlaufen und sogleich tauchte ein anderer Mann auf. Beide standen nun vor der Einmündung zur Via Meduna und Marek hoffte inständig, dass sie nicht weitergingen und somit aus dem Bild verschwinden.

„Was hat der da in der Hand?", fragte Ghetti.

„Sieht aus wie ein Baseballschläger. Da …"

Seine Hoffnung wurde sofort erfüllt. Der zweite Mann stieß den mit der bunten Hose in die Seitenstraße. Jetzt waren sie außerhalb des beleuchteten Bereichs und nur noch schemenhaft zu erkennen. Doch noch genug, um zu sehen, wie der zweite Mann den Baseballschläger hoch über den Kopf hob und zuschlug. Als das Opfer schon zusammengebrochen war, schlug der Andere ein zweites Mal zu. Dann zog er den Toten aus dem Bild.

„Verdammte Scheiße!", entfuhr es Marek, doch als er gerade weiter sprechen wollte, erschien der Mörder wieder. Er stand vor dem Hotel, sah sich kurz um und wischte den Schläger mit einem Lappen ab. Dann verschwand er nach vorne aus dem Bild. Das hieß, er musste die Viale Santa Margeritha überquert haben. Ghetti stoppte den Film.

„Was hältst du davon, Michele? Das war niemals ein rein zufälliger Mord. Das Opfer war vielleicht zufällig zum Opfer geworden, aber das Ganze, die Tat an sich, scheint mir vorbereitet gewesen zu sein."

„Wie meinst du das denn?", Ghetti sah Marek überrascht an.

„Wenn so eine arme Sau wie der Kraftzyk, der solche bescheuerten Hosen und Badeschlappen trägt, nachts auf der Straße überfallen wird, dann kriegt er eins über die Rübe, man klaut sein Geld und lässt ihn liegen. Jedenfalls wird er nicht so brutal erschlagen. Was habt ihr bei ihm gefunden?"

„Den Hotelschlüssel, ein Portemonnaie mit rund zehn Euro, Zigaretten und ein Einwegfeuerzeug."

„Siehst du, es wurde nichts gestohlen. Lass den Film noch mal zurücklaufen, bis man den Kerl sieht. Vielleicht kann man ihn ja erkennen."

An der Stelle, als der Mörder wieder aus der Via Meduna herauskam, ließ Marek stoppen.

„Ich glaube hier ist er am deutlichsten zu sehen und irgendwie kommt mir die Erscheinung bekannt vor."

„Jetzt sag nur noch, dass du ihn kennst und der Fall gelöst ist", witzelte der Brigadiere.

„So ist es nun auch wieder nicht. Trotzdem, etwas an dem kommt mir bekannt vor. Ich weiß nur nicht was. Fällt dir an ihm etwas auf?"

„Hm, nun ja, er trägt einen Anzug, wie es aussieht. Anzug und Baseballschläger passen irgendwie nicht zusammen."

„Sehr gut mein Freund", lobte Marek, „sehr gut beobachtet. Du machst dich. Genau das ist der Grund meiner Theorie, dass das Opfer zwar Zufall, aber der Mord als reine Tat geplant war. Du gehst jetzt deinen Bericht schreiben und gibst ihn Dorio. Dann bringst du die Kamera zu deinem Kumpel. Er soll versuchen etwas herauszuholen. Frag ihn auch gleich, was mit den anderen Vergrößerungen ist."

„Und was machst du?"

„Ich denke nach. Und dann gehe ich ins Roma und denke beim Frühstück weiter nach. Wann hast du Schluss?"

„So wie es aussieht, kann ich heute durchmachen."

„Dann treffen wir uns um vier am Friedhof. Geht das?"

„Wird gehen. Bis dann Commissario."

„Bis dann ... ach so, kannst du für mich bei Dottore Lovati schon für heute Mittag einen Termin ausmachen? Danke. *Ciao Michele*."

***

Marek machte sich Notizen und heftete sie wieder an die bereits ziemlich volle Wand. Dann setzte er sich davor, stützte den Kopf auf die Hände und grübelte vor sich hin. Drei Morde in einer Woche. Alle drei mit völlig unterschiedlichen Merkmalen. Die Opfer konnten Unterschiedlicher kaum sein; ein Fischer, ein Beamter und jetzt ein deutscher Tourist. Und doch sagte ihm sein Gefühl, dass es da einen Zusammenhang gab. Man musste ihn nur finden. Drei Morde innerhalb dieser kurzen Zeitspanne in diesem idyllischen Nest, das konnte kein Zufall sein. Verdammt, wo war der Anfang des roten Fadens? Und wer war der Typ auf dem Film? Irgendwie kam er ihm bekannt vor. Aber woher? Fragen über Fragen und noch immer keine Antworten. Er griff nach dem Telefon und rief Silvana an.

„*Pronto*", meldete sich eine verschlafene Stimme.

„*Ciao* Silvana, ich bin's ..."

„Ich hoffe es ist wichtig. Du weckst mich an meinem freien Tag schon zum zweiten Mal."

„Tut mir leid, aber es gab schon wieder einen Toten. Und diesmal eine richtige Schweinerei."

Sie war auf einmal hellwach.

„Erzähl. Was weißt du schon darüber? Was kann ich schreiben?"

„Wir treffen uns gleich im Roma. Ich muss etwas Frühstücken. Dann erzähle ich dir alles."

„Ich muss mich doch noch fertig machen."

„Du brauchst dich nicht zu schminken. Du bist auch so schön genug. Spring einfach in die Klamotten und komm rüber."

„Schmeichler. Bis gleich."

Bei Cappuccino und Cornetti erzählte Marek was sich an diesem Morgen alles zugetragen hatte und Silvana machte sich eifrig Notizen.

„Wenn ich nur wüsste, was mir an diesem Typ so bekannt vorkam", beendete er seinen Bericht.

„Das Gleiche hast du gestern Abend auch gesagt. Du wirst doch jetzt nicht anfangen komisch zu werden, oder?"

Marek überhörte die Spitze hinter diesen Worten.

„Wann gestern Abend?"

„Weißt du es nicht mehr? Bonetti's Fahrer. Da vorne an der Baustelle. Da sagtest du auch, dass er dir bekannt vorkäme."

„Genau das ist es", jubelte Marek etwas lauter als beabsichtigt, sprang auf und küsste Silvana auf die

244

Stirn.

„Was ist was?", fragte sie erstaunt.

„Der Typ auf dem Film hat verdammt viel Ähnlichkeit mit dem Fahrer von diesem Brunetti."

„Bonetti, er heißt Bonetti."

„Egal, von mir aus halt Bonetti. Jedenfalls hat sein Fahrer eine gewisse Ähnlichkeit mit dem Mann auf dem Film. Und diesen Fahrer habe ich bestimmt schon einmal irgendwo gesehen. Da täusche ich mich nicht."

„Aber warum sollte der Fahrer eines der Topmanager dieses Landes nachts einen harmlosen Touristen erschlagen? Das gibt doch keinen Sinn", beharrte Silvana.

„Keine Ahnung. Zugegeben, es klingt ja irgendwie verrückt. Wir werden sehen."

„Ich soll mich wahrscheinlich wieder zurückhalten, oder?"

„Nein, du kannst es so schreiben, als wärest du in der Menge am Tatort gewesen. Nur den Namen des Opfers kannst du erst veröffentlichen, wenn du ihn von der Polizei bekommst. Aber schieß ruhig ein bisschen gegen Dorio. Stoff dafür hast du ja genug. Drei Morde in einer Woche und keinerlei Fortschritte, und so weiter."

„Oh, wie großzügig. Wie kommt der Sinneswandel? Mein Redakteur wird sich freuen."

„Siehst du, dann hat jeder etwas davon. Du kannst deinen Chef zufrieden stellen und ich lenke den Fokus der Öffentlichkeit auf Dorio und hole damit Ghetti aus der Schusslinie."

***

Nachdem er sich von Silvana verabschiedet hatte, fuhr Marek nach Portogruaro. Dottore Lovati erwartete ihn bereits, die unvermeidliche Zigarette im Mundwinkel.

„Sie sorgen ja hier für Vollbeschäftigung, Commissario. Mein Kühlhaus reicht bald nicht mehr aus."

„Sie haben was gut bei mir, Dottore. Wenn das alles vorbei ist, gehen wir mal gemütlich etwas trinken."

„Einverstanden, ich nehme Sie beim Wort. Also, für den von heute Morgen hatte ich noch keine Zeit. Aber ich denke, das ist eindeutig. Sehen wir uns also Nummer zwei an. Ich habe ihn noch hier auf dem Tisch."

Lovati ging zum zweiten Seziertisch und schlug die Decke zurück.

„Das war aber ein sehr kleines Kaliber. Haben sie die Kugel oder ist sie wieder ausgetreten?"

„Sagen wir, was davon übrig ist", meinte der Dottore und hielt Marek eine kleine Edelstahlschüssel unter die Nase.

„Das ist ja eine Bleikugel. Kein Wunder, dass da-

246

von nicht mehr viel zu sehen ist. Dürfte sich um Kaliber zweiundzwanzig handeln."

„Sehen Sie hier, Commissario", Lovati zeigte mit dem Finger auf das Einschussloch, „der Schuss war aufgesetzt. Vermutlich mit einem Schalldämpfer. Ich habe einen entsprechenden Abdruck gefunden. Er war zwar sehr undeutlich, aber immerhin zu erkennen."

„Das war ja eine regelrechte Hinrichtung", konstatierte Marek, „aber es passt alles zusammen, gibt langsam ein Bild."

„Was gibt ein Bild?", hörten sie plötzlich die Stimme von Brigadiere Ghetti, der unbemerkt den Raum betreten hatte.

„Wo kommst du denn her?", wollte Marek wissen.

„Ich war gerade hier um den Film zu meinem Bekannten zu bringen, und da ich ja wusste, dass du hier bist, wollte ich dich überraschen", dabei hielt er ein großformatiges Kuvert in die Luft und wedelte damit herum.

„Zeig her. Was hast du da drin? Sind das die Vergrößerungen vom ersten Film?", Marek platzte vor Neugier.

„Gleich, aber erst erklär mir doch bitte was du vorhin gemeint hast. Was gibt ein Bild?"

„Würde mich auch interessieren", ergänzte der

Dottore.

„Na gut", gab sich Marek gönnerhaft und fing an zu dozieren: „Also hier haben wir die Kugel, oder das, was davon übrig ist, die Dottore Lovati aus dem Kopf des zweiten Opfers entfernt hat. Du siehst, es ist eine Bleikugel und ein sehr kleines Kaliber, wahrscheinlich zweiundzwanzig lang. Wie der Dottore festgestellt hat, wurde der Schuss aufgesetzt und mit größter Wahrscheinlichkeit hat der Mörder einen Schalldämpfer benutzt. Was sagt uns das?"

„Dieses Kaliber wird doch nur von Sportschützen benutzt oder von Bauern, die Kaninchen jagen", meinte Ghetti.

„Das stimmt nur teilweise, denn dieses Kaliber wird auch von Profis benutzt. Die zweiundzwanziger Munition wird in verschiedenen Ausführungen hergestellt und die von Sportschützen und Jägern benutzte Variante hat eine Geschossgeschwindigkeit, die knapp unter oder im Überschallbereich liegt. Eine solche Kugel wäre wahrscheinlich hinten wieder ausgetreten und hätte eine größere Schweinerei verursacht. Außerdem sind sie relativ laut, auch mit Schalldämpfer kann man einen Schuss hören. Profis verwenden die Z-Version. Diese hat eine extrem niedrige Geschwindigkeit, ist sehr leise, und wenn man einen Schalldämpfer benutzt, hörst du wirklich nur noch dieses *plopp, plopp,* wie im Kino. Damit kann man also sehr leise und unauffällig jemanden erschießen. Außerdem kann ein Ballistiker kaum noch Spuren an dem Geschoss finden, um Rückschlüsse auf die Waffe zu ziehen. Für Schüsse aus kurzer Distanz also bestens geeignet. Ich tippe auf eine Walther PP oder PPK. Die wird wegen ihrer Zuverlässigkeit gerne von Profis benutzt und wurde unter anderem auch für Kaliber zweiundzwanzig hergestellt."

Als Marek seinen Vortrag beendet hatte, herrschte erst einmal erstauntes Schweigen. Dottor Lovati zündete sich eine neue Zigarette an.

„Bravo! Bravo, Commissario! Erstklassige Schlussfolgerung."

Marek fühlte sich zwar geschmeichelt, tat aber nach außen hin so, als hätte er alltägliche Routineweisheiten von sich gegeben.

„Das lehrt einen die langjährige Erfahrung in diesem Geschäft. Das ist aber wahrscheinlich der Anfang des roten Fadens, den wir bisher vergeblich gesucht haben, Michele."

„Wie das denn?", wollte Ghetti wissen.

„Wir haben doch noch heute Morgen darüber gesprochen, dass wir zwar drei völlig unterschiedliche Morde haben, aber mein Gefühl mir sagt, dass es einen gemeinsamen Nenner geben muss. Der erste Mord war eine Warnung, arrangiert wie eines dieser modernen Kunstwerke auf der Biennale. Der Zweite ist eine Hinrichtung im besten Mafiastil, denk nur an den Geldschein im Mund des Opfers, und der Dritte sieht aus wie ein einfacher Raubmord, aber du hast selbst zugestimmt, dass das Opfer zwar Zufall, die Tat an sich aber geplant war. Du hast auch den Täter gesehen. Das war kein dahergelaufener Junkie. Zwischen den drei Morden spannt sich ein roter Faden, dessen Anfang wir wahrscheinlich jetzt in der Hand haben. Das heißt, wir haben es hier möglicherweise mit nur einem Täter in allen drei Fällen zu tun, und wenn dem so ist, kann das nur ein Profi sein. Wenn wir dem Faden weiter folgen, finden wir auch den Zusammenhang und damit ein Motiv."

„Ihr habt den Mörder gesehen?", fragte Lovati erstaunt.

„Ja, auf einem Video, dazu noch ziemlich undeutlich. Ein Spanner hatte seine Videokamera auf das Hotel ausgerichtet, neben dem der Mord von heute Morgen verübt wurde. Dabei hatte er den Täter mit auf dem Film."

„Dann wird dich das hier sicher umhauen", Ghetti legte triumphierend den Umschlag auf Lovatis Schreibtisch und entnahm ihm ein großformatiges Foto. Marek stieß einen lauten Pfiff aus, als er das Bild sah. Das Foto zeigte einen Mann mit fast kahl rasiertem Schädel, der hinter einer Hecke heraus di-

250

rekt in die Kamera blickte.

„Diese Visage kenn ich doch. Ich glaube, den habe ich gestern Abend hier in Caorle gesehen. Außerdem sieht er dem Mann auf dem Film von heute Morgen verdammt ähnlich. Dein Kumpel ist ein Genie. Wenn er von dem anderen Film auch so eine Vergrößerung herausbekommt, haben wir vielleicht den Beweis, dass der Mörder vom zweiten und dritten Opfer identisch ist. Siehst du jetzt den roten Faden, Michele?"

„Ja, du hattest recht. Aber was den Film angeht, muss ich dich leider enttäuschen. Mein Bekannter hat gesagt, dass die Aufnahmen im Mpeg3 Format gemacht wurden und dieses Format sich mit herkömmlichen Bildbearbeitungsprogrammen schlecht oder gar nicht bearbeiten lässt. Er versucht mit seiner neuen Software, was möglich ist, aber versprechen kann er nichts."

„Na ja, da kann man nichts machen. Aber richte ihm bitte trotzdem meinen Dank aus."

„Wo haben Sie den Kerl hier auf dem Bild denn gesehen?", fragte Lovati erstaunt.

„Gestern Abend ist er mit einer Luxuslimousine vor einer Baustelle vorgefahren. In dem Wagen saß noch so ein gelackter Managertyp – Brunetti oder Bonatti oder so ähnlich."

„Sie meinen doch nicht etwa Walter Bonetti?"

„Doch, genauso hieß er."

„Ich hoffe, Sie wissen, worauf Sie sich da einlassen. Das ist die Hochfinanz. Bevor Sie auch nur einen vagen Verdacht gegen einen der Ihren formuliert haben, steht schon eine Armee von Anwälten parat, um alles zu widerlegen. Und zum Schluss bekommen Sie noch eine Klage wegen Rufschädigung an den Hals. Dieser Bonetti soll eine ganz schleimige Type sein. Man munkelt, dass er seine Finger in allerlei dubiosen Geschäften haben soll, aber beweisen konnte es bisher niemand."

„Danke für den Tipp, Dottore. Ich werde Erkundigungen über ihn und seine Firma einholen. Wie heißt das Unternehmen eigentlich?"

„*Milavest-International Corporation*, das ist ein international operierendes Unternehmen und Bonetti leitet die italienische Niederlassung in Mailand."

„Na, dann an die Arbeit. Kommst du mit, Michele?"

„Ich muss gleich wieder zurück. Der Capitano tobt, weil Dorio nicht weiter kommt. Jetzt haben wir gleich eine Dienstbesprechung."

„Dann viel Glück. Das Treffen nachher um vier können wir ja dann ausfallen lassen. Wir sprechen uns spätestens morgen. Ach, bevor ich es vergesse, weißt du, wo das Büro der Bürgerinitiative ist?"

„Irgendwo in der Via Don Orione, glaube ich."

„Danke, Michele. *Ciao Dottore.*"

***

Marek fuhr zurück nach Caorle und dort direkt in die Via Don Orione. Hier parkte er seine Ente und schlenderte die Straße entlang, bis er die gesuchte Adresse fand. Er sah sich kurz um, dann drückte er auf den Klingelknopf.

„Ja bitte?" meldete sich eine Stimme aus der Sprechanlage.

„Mein Name ist Marek. Ich würde gerne mit jemandem von der Initiative sprechen."

Kurzes Schweigen.

„Wer hat Sie geschickt? Der Name ist mir nicht bekannt. Sie sind auch keiner von hier, oder?"

Marek, der langsam ungeduldig wurde und keine Lust verspürte, sich weiter mit einem Stück Messingblech zu unterhalten, musste sich zusammennehmen, um ruhig zu antworten.

„Ich bin ein pensionierter Kommissar aus Deutschland und wohne seit neun Monaten hier in Caorle. Außerdem bin ich ein Bekannter von Silvio Nardo, Paolos Vater. Paolo kann ihnen das bestätigen."

„Einen Moment bitte."

Kurze Zeit später hörte Marek den Türöffner summen und betrat das Haus. An einer Türe im Erdgeschoss erwartete ihn ein schlanker, ja fast dürrer

Mann, etwa in Mareks Alter, mit wirr abstehenden, lockigen aber schon reichlich dünnen Haaren. Er trug trotz der Hitze eine dunkle Breitcordhose, die um seine dünnen Beine flatterte und ein langärmeliges, weißes Hemd. Die runde Nickelbrille auf seiner Nase verlieh ihm zudem ein intellektuelles Aussehen.

„Signor Marek, bitte entschuldigen Sie, dass ich so unhöflich war und Sie draußen stehen ließ, aber wir können nicht vorsichtig genug sein. Mein Name ist Bozzato, Ugo Bozzato. Ich leite diese Initiative. Kommen Sie bitte herein."

Marek betrat einen langen, schmalen Flur, an dessen Wänden Plakate hingen. Auf dem Boden stapelten sich Kartons mit Handzetteln, die wahrscheinlich bei irgendwelchen ihrer Straßenaktionen verteilt werden sollen. Bozzato bat ihn in einen großen, als Büro ausgestatteten Raum, in dem es nicht sehr viel anders als im Flur aussah. An den Wänden übervolle Regale und Plakate und auf dem Boden Dutzende von Kartons, ähnlich denen, die er im Flur gesehen hatte. Auf der rechten Seite stand ein großer, altersschwacher Schreibtisch, auf dem sich auch Berge von Papier türmten. Davor stand ein roter Plastikstuhl. Den bot Bozzato ihm an.

„Bitte nehmen Sie doch Platz. Es ist nicht sehr komfortabel bei uns, aber für unsere Arbeit ausreichend", entschuldigte er sich. „Was kann ich für Sie tun?"

„Sie sagten vorhin, dass Sie nicht vorsichtig genug sein könnten. Vor was haben Sie denn Angst? Was haben Sie zu befürchten? Wenn ich das richtig verstehe, sind Sie doch eine Vereinigung besorgter Bürger dieser Stadt, die sich für den Erhalt der Altstadt in ihrer jetzigen Form einsetzen. Macht man sich damit etwa Feinde?"

„Und ob, Signor Marek. Sehr mächtige Feinde. Feinde, die für ihren Profit über Leichen gehen würden. Aber darf ich Sie fragen, was Sie eigentlich zu uns führt?"

„Oh, aber natürlich. Entschuldigen Sie. Wie ich schon erwähnte, bin ich ein pensionierter Kommissar. Ich war bei der Mordkommission in Frankfurt. Eine Bekannte von mir, die Tante von Paolo Nardo, hat mir im Urlaub ihre Wohnung in der Via Isarco zur Verfügung gestellt und ich habe mich in diesen Ort hier verliebt. So entschloss ich mich nach meiner Pensionierung hierher zu ziehen und lebe nun schon neun Monate hier. Vergangenen Dienstag fand ich morgens, nach meinem Einkauf im Supermercato, die Leiche von Carlo Chiavelli in einem Müllcontainer. Sie haben bestimmt darüber gelesen. Dadurch lernte ich einen jungen Brigadiere und den Maresciallo der Carabinieri kennen. Seither gab es noch zwei weitere Opfer und ich helfe dem Brigadiere bei seinen Ermittlungen. Verdeckt natürlich."

„Und wie kann ich ihnen da weiterhelfen?"

„Sehen Sie, mein Gefühl sagt mir, dass es zwischen diesen drei Verbrechen eine Verbindung gibt. Diese Verbindung suche ich, denn ich glaube, dass ich dadurch auch das Motiv finde. Gestern Abend, als ich mit meiner Freundin – einer Journalistin des Gazzettino – zum Essen gehen wollte, ..."

„Das ist doch nicht die schöne Silvana?", unterbrach ihn Bozzato.

„Doch. Sie kennen sie?"

„Aber natürlich. Sie war mit meinem Bruder gemeinsam auf der Universität. Aber entschuldigen Sie, ich habe Sie unterbrochen."

„.....also wir waren auf dem Weg zum Essen, als wir an der Baustelle an der Rio Terra delle Botteghe einen Wagen vorfahren sahen. Der Fahrer war so ein Schlägertyp mit kahl rasiertem Schädel, der andere Mann in dem Wagen war das genaue Gegenteil, wie so ein reicher Geschäftsmann eben aussieht. Silvana behauptete dieser Mann wäre ein gewisser Walter Bonetti. Sagt ihnen der Name etwas?"

Ugo Bozzatos Blick verdüsterte sich.

„Genau der ist der Grund für unsere Vorsicht. Er und seine Vasallen sind eigentlich auch der Grund für die Existenz dieser Bürgerinitiative."

„Können Sie mir das etwas genauer erklären? Ich

würde gerne die Zusammenhänge verstehen."

„Wenn Sie mir ehrlich sagen, was Sie mit ihm zu tun haben."

„Ich habe mit ihm überhaupt nichts zu tun. Ich habe ihn gestern das erste Mal gesehen. Mich interessiert auch mehr sein Fahrer. Es gibt Indizien, dass er zumindest mit zwei der drei Mordfälle in Verbindung steht."

„Würde mich auch nicht wundern. Dann kommen Sie bitte mit hier herüber."

Bozzato trat mit Marek vor einen an der Wand befestigten, großformatigen, offenbar handskizzierten Plan, der grob das Gebiet des Centro Storico wiedergab.

„Hier haben wir den Kern des Altstadtgebiets mit den angrenzenden Straßenzügen. Diese, hier rot dargestellten Zonen, sind aktuelle und entgegen des Bebauungsplans genehmigte Bauvorhaben. Einmal hier das von Ihnen bereits erwähnte, zwischen Via delle Cape und der Rio Terra delle Botteghe, an der westlichen Grenze zum Centro Storico und einmal hier an der Via Roma, unser ehemaliges neoklassizistisches Rathaus, im Süden. Alle diese Grundstücke wurden über Strohmänner aufgekauft, registriert und dann wieder veräußert. Die im Kataster eingetragenen Eigentümer sind alles Briefkastenfirmen, die aber nach unseren Recherchen allesamt von *Mila-*

vest-International Corporation kontrolliert werden und deren Geschäftsführer hier in Italien ist eben dieser Walter Bonetti. Selbst unserem Bürgermeister wurde Glauben gemacht, dass der Käufer des Areals mit dem alten Rathaus sich an den Bebauungsplan hält und das Gebäude, dessen Fassade unter Denkmalschutz steht, nur renoviert und nicht komplett abreißt. Als wir ihm dann unsere anderslautenden Recherchen vorgelegt haben, hat er sofort diesen Baustopp verfügt und wollte den oder die verantwortlichen Mitarbeiter zur Rechenschaft ziehen."

„Und einer dieser Mitarbeiter ist jetzt tot und kann nichts mehr erzählen."

„War das der Tote vor dem Museum?"

„Genau. Der hat beim Kataster gearbeitet und sollte die Einhaltung der Bebauungspläne kontrollieren."

„Dann stand dieser Mann wohl auf der Gehaltsliste von Bonetti."

„Möglich wäre es", räumte Marek ein, „aber Sie haben mir schon sehr geholfen Zusammenhänge zu erkennen, die für mich so nicht ersichtlich waren. Wenn ich jetzt noch einen Zusammenhang zwischen den drei Verbrechen finden könnte."

„Solche Zusammenhänge, wenn es denn welche gibt, liegen meistens an der Oberfläche und wir sehen darüber hinweg, da wir meinen im Verborgenen suchen zu müssen. Lassen Sie es uns versuchen. Wer waren die Opfer?"

„Das Letzte war ein deutscher Tourist. Man hat ihm vergangene Nacht den Schädel eingeschlagen. Da sehe ich kaum einen Zusammenhang ..."

„Warten Sie es ab. Vielleicht haben Sie ihn schon gesehen, aber nicht erkannt."

„Der zweite Tote war der Angestellte der Stadtverwaltung. Da könnte es eine Verbindung zu den Grundstückskäufen geben. Wir überprüfen ihn gerade. Möglicherweise bekommen wir bald den Beweis, dass der Täter im zweiten und dritten Fall identisch ist, obwohl beide Morde auf den ersten Blick völlig unterschiedlich erscheinen."

„Und was ist mit dem Ersten?"

„Da haben wir noch keinen Bezug zu irgendetwas. Das Opfer war ein Fischer hier aus Caorle."

„Haben Sie seinen Namen?"

„Ja, Carlo Chiavelli. Kannten Sie ihn zufällig?"

Bozzato überlegte einen Moment. Als er Marek wieder ansah, funkelten seine Augen hinter den runden Brillengläsern.

„Nein, das nicht, aber können Sie mir sagen, wo er wohnte?"

Marek zog sein Notizbuch aus der Umhängetasche, die er, seit er sie gekauft hatte, wie ein Kleidungsstück immer bei sich trug.

„Einen Moment bitte, ich hab's irgendwo notiert. Ah, hier steht's - Campo San Marco."

„Ja, mein lieber Commissario, da haben Sie möglicherweise Ihre Verbindung. Sehen Sie hier auf die Karte. Der Campo San Marco grenzt direkt an die Rio Terra delle Botteghe und an die eine Großbaustelle. Der Komplex um den Campo und die südlich angrenzenden Grundstücke zwischen Calle Lunga und Via Roma wären also strategisch äußerst wichtig für den Investor. Wenn er diese Grundstücke bekommt, steht er mit beiden Beinen im Centro Storico."

„Donnerwetter", entfuhr es Marek, „da hatte ich das die ganze Zeit vor der Nase und habe es nicht gesehen. Danke Signor Bozzato, sie haben mir sehr geholfen. Und bitte behandeln Sie die Informationen vertraulich."

Im Flur stieß Marek fast mit einem anderen Mann zusammen, der eine verblüffende Ähnlichkeit mit Ugo Bozzato hatte, nur etwas jünger und kräftiger von Statur.

„Oh, darf ich vorstellen, das ist mein Bruder Adriano", machte sie Ugo Bozzato bekannt.

***

Marek ging sehr nachdenklich zu seinem Auto zurück. Wenn sich diese Vermutungen bestätigen würden, hätten sie einen riesigen Fisch an der Angel.

Aber er dachte auch an die Warnung von Dottore Lovati und die Angst von Bozzato. Diese Leute gehen, wie man ja sehen kann, im wahrsten Sinne des Wortes, über Leichen. Vielleicht würden sie Unterstützung benötigen.

Er wollte Silvana am Abend zum Essen bei sich einladen. Dazu musste er erst einmal einkaufen. Er erstand trotz der späten Stunde noch ein Kilo Calameretti und im Supermarkt alles, was ihm sonst noch fehlte.

Zu Hause verstaute er zuerst seine Einkäufe, bevor er sich mit Caffè und Zigarette an seinen Schreibtisch setzte und Silvana anrief. Da sie nicht vor neun Uhr kommen konnte, hatte er noch genügend Zeit sich mit seinen Notizen zu befassen. Er nahm alle Zettel von der Wand und ordnete sie nun systematisch, stellte die ihm mittlerweile bekannten Verbindungen her. Dann betrachtete er zufrieden sein Werk. Gerade wollte er sich eine neue Zigarette anzünden, als sein Handy klingelte.

„Pronto."

„Ciao Commissario", meldete sich Ghetti, „ich wollte dich nur informieren, wie unsere Dienstbesprechung verlaufen ist. Es hat ganz schön geknallt."

„Schieß los. Ich habe auch eine interessante Neuigkeit."

„Der Bürgermeister hat den Capitano unter Druck

gesetzt. Es hätten sich schon mehrere Hotelbesitzer bei ihm beschwert, da einige Gäste nach dem Mord an dem Deutschen ihre Koffer gepackt haben. Und nun befürchten sie, dass noch mehr Touristen abreisen könnten, wenn der Mord erst in der Zeitung steht. Der Capitano ist sauer auf Dorio, da der nicht weiterkommt. Dorio verteidigte sich mit seinem Erfolg im ersten Fall, wobei Muretti trotz einer Woche Untersuchungshaft noch immer seine Unschuld beteuert. Dorio behauptete auch, dass alle drei Morde nichts miteinander zu tun hätten. Der Bürgermeister wollte schon die Kriminalpolizei einschalten doch der Capitano hat noch eine Schonfrist bekommen. Nur wenn sich nicht bald etwas tut, sind wir den Fall los."

„Du wirst bald Ergebnisse haben. Aber wahrscheinlich werden wir Hilfe benötigen. Die Sache wird wahrscheinlich für euch eine Nummer zu groß. Wenn die Ermittlungsergebnisse nicht einhundert Prozent wasserdicht sind, gehen der Täter und seine Hintermänner straffrei aus."

„Das hört sich so an als wüsstest du schon etwas mehr und was heißt, die Sache ist eine Nummer zu groß für uns?"

„Ich war vorhin bei Ugo Bozzato im Büro der Bürgerinitiative und der hat mich auf etwas gebracht, was ich die ganze Zeit gesucht habe, nämlich einen

Zusammenhang zwischen den drei Morden und vielleicht sogar ein Motiv. Aber das ist vorerst reine Spekulation."

„Kannst du mir schon etwas erzählen?"

„Ich will erst noch ein paar Dinge überdenken. Kannst du morgen zu mir kommen? Sagen wir so um drei Uhr? Ach so, bevor ich es vergesse, lass bitte unbedingt den Sohn von Chiavelli observieren. Setz einen guten und vor allen Dingen zuverlässigen Mann darauf an. Wir müssen wissen, mit wem er sich in der nächsten Zeit trifft."

„Gut, das lässt sich machen. Bis morgen. Ich bin schon neugierig. *Ciao*."

***

Jetzt war es Zeit das Essen vorzubereiten. Marek nahm die Calamaretti aus dem Kühlschrank, machte sie gründlich sauber und legte sie zum Abtrocknen auf ein großes Küchentuch. Dann ließ er klein geschnittene Peperoncini, Knoblauch, ein paar in Scheiben geschnittene schwarze Oliven und eine kleine gehackte Zwiebel in reichlich Olivenöl Farbe nehmen, bevor er die ganzen Calamaretti dazugab und alles zusammen scharf anbriet. Danach kamen noch gehäutete und gewürfelte Tomaten dazu. Das Ganze wurde noch mit Oregano, Salz und frischem schwarzen Pfeffer abgeschmeckt und für einige Minuten in den Ofen geschoben.

Als Silvana dann kam, servierte er dieses köstliche Gericht, dessen Rezept er noch von Gianluca in Frankfurt bekommen hatte, mit frischem Weißbrot und einer Flasche Trebbiano D'Abruzzo.

Nach dem Essen brachte er sie bei Caffè und Grappa auf den neuesten Stand der Ermittlungen.

„Roberto, ich habe Angst. Mit so etwas hatten wir hier noch nie zu tun. Du weißt, wozu diese Leute fähig sein können. Die schrecken auch vor der Polizei nicht zurück. Wie viele Polizisten und Staatsanwälte hat die Mafia schon auf dem Gewissen."

„Jetzt beruhige dich mal wieder. Erstens wissen wir ja noch gar nicht, ob es sich tatsächlich so verhält und zweitens ist das nicht die Mafia, obwohl ich zugeben muss, dass die Methoden sich ähnlich sind. Aber könntest du mir einen Gefallen tun und für die Montagsausgabe einen Artikel schreiben?"

„Was soll ich denn schreiben, wenn ich nie die Fakten bringen darf?"

„Du schreibst, was du willst. Du kannst im Prinzip alles verwenden was ich dir gesagt habe, nur eben nicht das, was einen Bezug zu mir, Ghetti oder der Spurensicherung herstellen lässt. Auch nicht das, was ich von Dottor Lovati habe. Wichtig ist nur, dass du erwähnst, die Polizei hätte womöglich eine neue Spur in den drei Mordfällen. Dorio soll aber keinesfalls damit in Zusammenhang gebracht werden. Du

kannst auch anmerken, dass es Hinweise auf die Täter des zweiten und dritten Mordes gibt. Wenn ihr
nach Quellen befragt werdet, müsst ihr die ja nicht
nennen."

„Meinst du nicht, dass die dann vorsichtiger werden oder ganz verschwinden?"

„Nein, die sind geschäftlich hier so verstrickt, dass
ein Rückzieher nicht in Frage kommt. Schon gar
nicht um einen ihrer Handlanger zu schützen. Eher
werden sie ihn opfern. Es geht hier um sehr viel
Geld. Da ist für diese Leute ein Leben nichts wert. Ich
hoffe aber, dass sie dadurch Fehler machen."

15

Als Silvana sich am nächsten Morgen nach dem Caffè verabschiedet hatte, verspürte Marek Lust auf einen kleinen Spaziergang. Es war noch nicht so heiß und die frische Luft am Wasser würde vielleicht seine kleinen, grauen Zellen wieder auf Trapp bringen. Er packte Notizbuch, Stifte, seinen kleinen Fotoapparat, das Handy und die Zigaretten in seine Umhängetasche und verließ die Wohnung. Am Ende der Via Gramsci gab es einen Aufgang zum Damm und genau dorthin wandte er seinen Schritt. Der Weg dort oben wurde kaum frequentiert, also genau das, was er jetzt brauchte. Er schlenderte langsam nach Osten in Richtung Stadtmitte. Dabei versuchte er nicht an die drei Morde zu denken sondern nur einen klaren Kopf zu bekommen. Den würde er jetzt brauchen.

Kurz bevor der Weg an der Einfahrt zum Darsena dell' Orologio endete, blieb er stehen und erfreute sich, wie jedes Mal, wenn er hier stand, an dem Bild, das sich ihm im Hintergrund bot, mit dem Fischerhafen zur Linken und dem alten Glockenturm zur Rechten. Er überlegte kurz, ob er den Damm über die Via del Leone verlassen, oder den Weg wieder zurückgehen sollte. Er entschied sich für Letzteres.

Gerade in dem Moment, als er sich umdrehen

wollte, sah er etwas aus den Augenwinkeln, was ihn sofort stoppen ließ. Unter halb des Weges traten drei dicke Metallrohre aus dem Damm in Richtung Kanal und verschwanden dann fast im rechten Winkel nach unten in einen Betonsockel. Was ihn aber stutzig machte, waren die großen, rostbraunen Flecken auf dem linken Rohr bis hinunter auf den Beton. Marek rutschte auf dem Hosenboden die Schräge hinunter, um sich die Sache genauer anzusehen. In seinem Kopf zeichnete sich schon eine Vermutung ab, was er hier gefunden haben könnte. Vorsichtig strich er mit den Fingern am Rohr entlang. Es war eine dickliche, eingetrocknete Flüssigkeit und er würde eine Monatsrente darauf verwetten, dass es Blut war. Er fingerte das Handy aus der Tasche und wählte Ghetti's Nummer.

„*Pronto*", meldete sich nach mehreren Versuchen eine verschlafene Stimme.

„*Buon giorno, Michele*. Was ist los? Hast du gestern gesoffen?"

„*Buon giorno, Commissario*. Nein, ich habe die ganze Nacht damit verbracht, Stefano Chiavelli zu beobachten."

„Wieso das denn? Sind euch die Leute ausgegangen?"

„Nein, aber für eine Observierung brauche ich die Genehmigung vom Maresciallo …"

„… die er dir aber nicht geben wird, da es nicht in eurem Zuständigkeitsbereich liegt."

„Genau. Und deshalb habe ich die erste Schicht übernommen und ein Kollege, der eigentlich heute frei hat, übernahm heute Morgen. Gegen Mittag kommt ein dritter Freiwilliger und heute Nacht bin ich wieder dran."

„Tut mir leid, an die Zuständigkeiten hatte ich nicht gedacht. Dann leiste ich dir heute Nacht Gesellschaft. Aber jetzt beweg deinen Arsch sofort hierher und bring die Jungs von der Spurensicherung gleich mit."

„Heute ist Sonntag. Die haben heute frei. Außerdem wohin und was ist eigentlich los?"

„Ich habe wahrscheinlich die Stelle gefunden, an der Chiavelli ermordet wurde. Oben am Damm am Ende der Via del Leone. Also mach hin."

Der Brigadiere war mit einem Mal hellwach.

„In fünfzehn Minuten sind wir da. Bis gleich."

Marek hockte sich auf den Betonsockel, steckte sich eine *MS* an und wartete.

***

Er hatte gerade seine Kippe in den Kanal geschnickt, als auf dem unbefestigten Platz jenseits des Damms ein Wagen geräuschvoll bremste und Ghetti mit zwei Leuten der Spurensicherung erschien.

„Kommt hier herunter. Hier seht euch das an. Ich

gehe jede Wette ein, dass dies das Blut von Chiavelli ist. Bitte untersucht das sehr genau und markiert jede Probe mit der genauen Fundstelle. So können wir vielleicht den Ablauf der Geschehnisse rekonstruieren."

„Wie hast du das gefunden?", wollte Ghetti wissen.

„Zufall. Eigentlich war ich nur spazieren, um einen klaren Kopf zu bekommen."

„Das würde auch das Grünzeug in seinen Haaren und auf der Kleidung erklären. Könntest du mir jetzt auch noch erzählen, warum wir diesen Stefano observieren müssen?"

„Gleich. Wenn du hier abkömmlich und nicht zu müde bist, gehen wir zu mir. Dann kann ich dir alles berichten, was ich herausgefunden habe und einen Caffè gibt's auch."

„Schlafen kann ich jetzt sowieso nicht mehr. Ich sage denen da drüben nur noch Bescheid, dann können wir gehen."

***

Auf dem Rückweg erzählte Marek dem Brigadiere, was in der Montagsausgabe des Gazzettino erscheinen würde und bereitete ihn darauf vor, dass es in Bälde zu einer Konfrontation mit dem Maresciallo kommen muss, falls dieser seine sture Haltung nicht aufzugeben gewillt ist.

„Wenn die Ergebnisse von den Blutproben da sind, schreibst du wieder einen Bericht und bringst ihn Dorio. Der Capitano wird ja hoffentlich mittlerweile Akteneinsicht nehmen. Wenn Dorio deine Ermittlungen wieder ignoriert und einfach ablegt, hast du gewonnen. Vor allen Dingen, wenn sich das bestätigt, was ich dir gleich zeigen werde."

***

Marek und Ghetti setzten sich vor den Schreibtisch und dem Brigadiere fiel gleich die neue Ordnung der Notizen an der Wand auf. Interessiert betrachtete er die Verbindungslinien, die Marek mit farbigem Isolierband einfach auf die Wand geklebt hatte. Wenn der Fall jemals abgeschlossen werden sollte, kann er neu streichen, dachte Ghetti.

„Wir haben jetzt den roten Faden in der Hand, Michele."

„Ich sehe ihn aber ehrlich gesagt noch nicht."

„Pass auf, gleich siehst du klarer. Wir haben immer nach einer möglichen Verbindung zwischen den drei Morden gesucht, aber keine gefunden. Sie sind auf den ersten Blick alle unterschiedlicher Natur. Was aber, wenn das so gewollt war? Klever gemacht, kann ich da nur sagen."

„Du meinst, das alles ist ein Plan um uns zu verwirren?"

„So ungefähr. Denk mal dran was wir gestern gesagt haben. Ein geplanter Mord mit zufälligem Opfer. Jetzt zu der Verbindung. Wir haben ein Foto vom vermeintlichen Mörder im zweiten Fall. Ich habe diesen Typ wahrscheinlich am Abend danach an der stillgelegten Baustelle an der Rio Terra delle Botteghe gesehen. Und zwar in seiner Eigenschaft als Fahrer eines Topmanagers namens Walter Bonetti. Dieser Bonetti wiederum steckt hinter den Grundstückskäufen am und im Centro Storico. Dazu kommt noch, dass der ermordete Albanese im Kataster beschäftigt war und was noch viel wichtiger ist, die Einhaltung der Bebauungspläne überwachen sollte, die Bonetti zu umgehen versucht. Im dritten Fall haben wir auch ein Bild des Täters, was zugegebener Maßen noch nicht verwertbar ist. Aber er hat verdammt viel Ähnlichkeit mit dem Typ auf dem anderen Foto. Falls sich das bestätigt, hätten wir damit die Verbindung zwischen Fall zwei und drei. Soweit alles klar?"

„Eigentlich schon. Das würde bedeuten, Albanese war gekauft und hat bei den Grundstückskäufen die Augen zugemacht. Dann hat er die Bauvorhaben von diesem Bonetti genehmigt und dafür die Hand aufgehalten. Aber warum wurde er dann von seinen Auftraggebern ermordet?"

„Jetzt kommen die neuen Aspekte ins Spiel, die ich gestern erfahren habe. Du erinnerst dich, dass man im Mund des Toten einen Geldschein gefunden hatte. Das war eine eindeutige Warnung in Richtung Stadtverwaltung. Wahrscheinlich ist noch mindestens eine Person bestochen worden für die diese Warnung galt. Albanese genehmigt also die Bauvorhaben und alles läuft nach Plan. Dann taucht diese Bürgerinitiative auf und rebelliert eben gegen diese Bauvorhaben. Anfangs bleibt das ungehört, bis Ugo Bozzato den Bürgermeister damit konfrontiert, dass einer seiner Mitarbeiter den Abriss des unter Denkmalschutz stehenden alten Rathauses genehmigt hat. Der Bürgermeister reagiert sofort und erlässt einen Baustopp.

Außerdem will er die involvierten Personen zur Rechenschaft ziehen. Albanese sieht sich an die Wand gedrückt und will bei Bonetti aussteigen, um seinen Job eventuell noch retten zu können. Bonetti ist natürlich keinesfalls darüber erfreut, dass ein von ihm geschmierter Mitarbeiter der Stadtverwaltung weiche Knie bekommt, und lässt ihn beseitigen, bevor er redet."

„Soweit ist alles klar und nachvollziehbar. Aber wenn der Mörder in beiden Fällen der Gleiche ist, was hat denn der Tourist damit zu tun? Und was ist mit Fall eins?"

„Michele! Mach mich nicht weich. Die erste Frage hatten wir doch schon beantwortet. Darüber haben wir doch eben erst gesprochen. Das war nichts weiter als ein Ablenkungsmanöver für euch. Ist das jetzt angekommen?"

Ghetti wurde etwas verlegen.

„Ja, entschuldige. Ich habe nur den Überblick verloren."

„So, nun zu Fall eins. Für diesen Mord haben wir keine Bilder, keine Zeugen und somit auch kein Motiv und ohne Motiv auch keinen Zusammenhang mit den anderen Fällen. Jetzt pass auf. Dieser Carlo Chiavelli hat ein Haus am Campo San Marco."

„Ja ich weiß. Da hat er ja auch gewohnt."

„Michele, das ist der Zusammenhang!" rief Marek triumphierend und entfaltete eine grobe Handskizze, die den Bereich der Altstadt wiedergab.

„Siehst du, hier ist die Baustelle an der Rio Terra delle Botteghe und hier ist der Campo San Marco. Genau gegenüber an exponierter Stelle. Hier unten ist die Baustelle am alten Rathaus an der Via Roma. Alles in einem Dreieck. Ich gehe jede Wette ein, dass Bonetti die Gebäude am Campo aufkaufen will und Chiavelli sich geweigert hat, oder zu viel wollte. Das ist auch der Grund, warum ihr diesen Stefano überwachen sollt. Falls eine Kontaktaufnahme stattfindet, haben wir sie."

„Das ist ja unglaublich, Commissario. Da wären wir wahrscheinlich in hundert Jahren nicht drauf gekommen. Wie geht's jetzt weiter?"

Marek lehnte sich zurück, zündete sich eine Zigarette an und überlegte kurz.

„Du gehst jetzt erst einmal schlafen. Wenn du wieder mit der Überwachung dran bist, holst du mich ab. Ansonsten warten wir ab, was die Kollegen in Triest über Albanese herausfinden und ob die DNA-Analyse etwas ergeben hat. Bis heute Abend. *Ciao Michele*."

***

Da sich mittlerweile ein leichtes Hungergefühl eingestellt hatte, bereitete sich Marek einen kleinen Imbiss aus Parmaschinken, Provolone, schwarzen Oliven und Tomaten. Dazu trank er den Rest Raboso, den er noch im Kühlschrank fand. Nachdem er alles vertilgt hatte, kochte er sich noch einen Caffè und setzte sich damit und einer Zigarette an das weit geöffnete Küchenfenster. Die Küche lag auf der Ostseite der Wohnung, und obwohl es nun schon nahe dreißig Grad sein mochten, wehte hier ein angenehm mildes Lüftchen und ließ die Blätter in den Bäumen vor dem Haus leise rascheln. Marek wurde schläfrig und beschloss einen kleinen Mittagsschlaf zu halten.

***

Tief in seinem Unterbewusstsein vernahm er einen Laut, einen wohlbekannten Laut, den er aber noch nicht einordnen konnte. Langsam öffnete er die Augen und versuchte sich zu orientieren. Feine, helle

Lichtstreifen zogen sich über die Decke. Er verfolgte die Streifen zurück zu ihrem Ausgangspunkt. Das Licht viel durch die schmalen Schlitze seines Fensterladens. Seines Fensterladens …? Im Nu war Marek hellwach. In diesem Moment ertönte wieder dieses Geräusch. Das Geräusch war seine Türklingel. Er sah auf die Uhr. Es war schon kurz vor Sieben. Er hatte den ganzen Nachmittag verschlafen. Sofort rannte er zur Tür und ließ den armen Brigadiere herein, der schon einige Minuten warten musste.

„Tut mir leid Michele, ich habe total verpennt. Setz dich, ich mache uns noch schnell einen Caffè."

„Macht nichts. Wir müssen erst um acht Uhr in Mestre sein."

***

Kurz vor acht rollte Ghetti's Fiat durch die Via Trento in Mestre. Gegenüber einem kleinen Hotel hielt der Brigadiere an und stellte den Motor ab.

„Keine tolle Gegend hier", meinte Marek und sah sich um.

„Nein, kann man nicht sagen. Stefano wohnt dort in dem großen Haus in der zweiten Etage." Ghetti zeigte auf ein auch nicht gerade einladend aussehendes Gebäude mit einer riesigen Leuchtreklame auf dem Dach.

„Ich sage nur noch meinem Kollegen Bescheid, dass er fahren kann. Er steht dort vorne mit dem weißen Golf."

***

Fast zwei Stunden warteten sie, ohne dass sich irgendetwas tat. Abwechselnd gingen sie in der Hotelbar einen Caffè trinken und Marek verschwand gelegentlich, um hinter einer Hausecke unbemerkt eine Zigarette zu rauchen.

Plötzlich öffnete sich die Haustüre und ein junger Mann, etwa Mitte zwanzig, in Jeans, Turnschuhen und einem karierten Hemd, betrat die Straße. Er sah sich kurz um und ging dann in entgegen gesetzter Richtung davon.

„Das ist er", sagte Ghetti und beide verließen das Auto.

In angemessener Entfernung folgten sie dem jungen Mann, der zielsicher weiter ging. In der Nähe des Bahnhofs betrat er eine kleine Spelunke. Marek und Ghetti bezogen gegenüber Posten. Über eine Stunde tat sich gar nichts.

„Das Gleiche wie gestern Abend", meinte Ghetti. „Irgendwann kommt er dann betrunken raus und läuft nach Hause."

„Ich geh mal rein und hole uns eine Cola. Mich kennt er ja bestimmt nicht."

Fünf Minuten später kam Marek mit zwei kleinen Cola Flaschen zurück.

„Der hockt da drin mit zwei billigen Nutten und

so einem klebrigen Typen und säuft sich zu. Der kann heute nichts mehr unternehmen."

„Was machen wir nun?"

„Wir warten noch, bis er rauskommt, um sicher zu sein, dass er auf dem Rückweg niemanden trifft."

Es war schon fast halb eins, als Stefano Chiavelli die Bar verließ und den Heimweg antrat. Auf dem ganzen Weg interessierte sich niemand für ihn, außer natürlich Marek und Ghetti, die aber, nachdem Stefano die Haustür hinter sich geschlossen hatte, auch die Heimfahrt antraten.

„Kannst du morgen jemanden hierher abstellen?"

„Ja, ab zwölf Uhr kommt ein Kollege aus dem Frei."

„Gut, das reicht ja. Vorher unternimmt der sowieso nichts mehr. Morgen Abend mache ich das hier alleine. Keine Widerrede. Du musst auch mal schlafen", würgte Marek den Protestversuch des Brigadiere gleich ab.

„Kannst du mir eventuell ein Auto besorgen? Mit meiner Ente falle ich wohl zu sehr auf."

„Kein Problem, du kannst meins haben. Ich bringe dir den Schlüssel vorbei. Aber nicht wieder verschlafen", lachte Ghetti.

16

Trotz fast durchwachter Nacht war Marek wieder früh auf den Beinen. Irgendwie hatte er das Gefühl, seine innere Uhr sei durcheinander gekommen. Seine Laune wurde auch nicht besser als er die Fensterläden öffnete. Das Wetter hatte umgeschlagen und der Himmel zeigte sich in einem schmutzigen Grau. Das Rauschen der Brandung drang bis zu ihm in die Küche, wo er sich gerade einen Caffè zubereitete.

Er nahm eine heiße Dusche, kleidete sich an und machte sich auf den Weg zur nächsten Pasticceria um sich ein paar Cornetti zum Frühstück zu kaufen. Die Temperatur war um mindestens zehn Grad gefallen, tief liegende Wolken zogen schnell über den grauen Himmel und ein unangenehmer Wind wehte ihm ins Gesicht. Weiter nördlich in den Bergen des Veneto regnete es bestimmt. Das passte alles zu der Stimmung, die aufgrund der Geschehnisse zurzeit in dieser sonst so idyllischen Kleinstadt herrschte.

Gerade als sich Marek mit seinem Einkauf auf den Heimweg machte, klingelte sein Handy.

„Pronto.“

„Buon giorno, Commissario“, meldete sich Ghetti, „ich hatte gerade einen Anruf vom Labor. Die DNA-Analyse hat kein Ergebnis gebracht.“

„So ein Mist, aber das hatte ich schon befürchtet. Die bewegen sich hier so sicher, als wüssten sie, dass man ihnen nichts nachweisen kann. Aber ich habe noch eine Idee. Kannst du mir die Nummer von Dottore Lovati geben? Nein, stopp, doch nicht jetzt. Ich habe nichts zu Schreiben dabei. Ich rufe dich an, wenn ich zu Hause bin. Bis gleich."

Nachdem er Lovatis Nummer bekommen hatte, rief er umgehend beim Dottore an.

„*Buon giorno, Dottore.* Hier ist Marek. Ich hoffe ich störe Sie nicht gerade."

„Keineswegs Commissario, meine Patienten haben Zeit. Die laufen mir nicht weg", lachte Lovati über seinen Scherz, bis er einen Hustenanfall bekam.

„Dottore, Sie hatten doch eine Probe für die DNA-Analyse aufgehoben. Kann ich sie mir heute abholen?"

„Natürlich, Sie können jederzeit vorbeikommen. Ich habe schon gehört, dass unser Test hier negativ war. Was haben Sie damit vor?"

„Ich möchte es einem Freund bei der Spurensicherung in Frankfurt schicken. Der kann es erst einmal durch seinen Computer jagen, und wenn das auch kein Ergebnis bringt, gibt es ja noch die Datenbanken von Europol oder Interpol. Der Typ muss irgendwo schon einmal auffällig geworden sein, sonst würde er mir nicht so bekannt vorkommen."

„Vorausgesetzt es handelt sich in diesem Fall auch um den gleichen Täter."

„Stimmt. Aber davon gehe ich mal aus. Gibt es hier irgendwo einen Kurierdienst?"

„Hier nicht. Da fahren Sie am besten zum Flughafen nach Venedig. Da geht es am schnellsten."

„Danke, Dottore. Ich komme dann gleich vorbei."

***

Marek warf einen sehsüchtigen Blick auf die Tüte mit den Cornetti, aber für ein gemütliches Frühstück war jetzt keine Zeit. Da fiel ihm ein, dass er Lovati noch etwas zeigen wollte. Er ging zurück in sein Arbeitszimmer und holte aus der Schreibtischschublade sein Klappmesser, das er vor Jahren einmal in Terracina erstanden hatte. Dann kletterte er in seine Ente und fuhr nach Portogruaro.

Der Dottore erwartete ihn auf einer Bank neben dem Eingang zum Ospedale, die unvermeidliche Zigarette zwischen den Lippen.

„*Ciao, Commissario*, Sie haben es aber eilig. Ich habe es Ihnen schon transportsicher verpackt."

Lovati übergab Marek ein kleines Päckchen.

„Vielen Dank, Dottore. Könnten Sie sich das hier mal ansehen?"

Marek gab Lovati sein Messer und der pfiff anerkennend durch die Zähne.

„Respekt, Commissario, ein original Fraraccio. Eines der besten Messer, die man hier bekommen kann. Wo haben Sie das her?"

„Das habe ich vor vielen Jahren bei einer kleinen Messerwerkstatt in Terraccina gekauft."

„Ja, die werden auch da unten hergestellt, genauer gesagt in Frosolone. Das dürfte so eine Stunde von Terraccina entfernt sein. Aber was wollen Sie mir damit zeigen?"

„Könnte so ein Messer die Tatwaffe beim ersten Mord gewesen sein?"

„*Assolutamente*. Länge und Form der Klinge stimmen. Scharf und robust genug ist es auch."

„Danke Dottore. Sie haben mir sehr geholfen. *Ciao*."

***

Marek machte sich mit seinem Päckchen auf den Weg zum Aeroporto Marco Polo. Dort verwies man ihn ins Frachtzentrum, wo er schließlich das Büro eines Kurierdienstes fand und sein Päckchen aufgeben konnte. Die junge Dame, die den Auftrag entgegen nahm, sicherte ihm zu, dass die Auslieferung garantiert in den nächsten achtzehn bis vierundzwanzig Stunden erfolgt. Bei dem Preis konnte man das ja auch erwarten.

Jetzt musste er nur noch Jakob Jung in Frankfurt anrufen und ihn vorwarnen.

„Hallo Jakob, hier ist Robert. Wie geht's dir? Mir

geht's blendend. Ich habe eine Bitte. Du bekommst morgen per Kurier ein Päckchen mit Blut- und Gewebeproben. Könntest du bitte eine Analyse machen? Ich muss unbedingt wissen, zu wem sie gehören."

„Wo bist du denn wieder reingeschlittert? Ich dachte du bist in Rente."

„Hier gab es drei Morde und ich helfe einem jungen Polizisten bei der Aufklärung, weil sein Chef ein unfähiges Arschloch ist. Ich erzähle dir später alles genau. Wann kommst du denn mal hierher?"

„Paul und ich wollten Ende August kommen, wenn es dir recht ist. Der Doc überlegt noch. Er hat Angst, dass er bei euch da unten kein gescheites Bier bekommt."

„Ihr seid jederzeit willkommen und dem Doc kannst du ausrichten, dass es hier sogar in einigen Kneipen deutsches Bier gibt."

„Ich ruf dich an, sobald ich was habe. Bis dann."

***

Jetzt konnte Marek nur noch abwarten. Also fuhr er zurück nach Caorle, wo immer noch die Cornetti auf ihn warteten.

Zu Hause angekommen, machte er sich einen großen Caffelatte, den er zusammen mit den Cornetti mit in sein Arbeitszimmer nahm. Er hatte sich gerade eine Zigarette angesteckt, als sein Telefon klingelte.

„*Pronto.*"

„*Ciao Roberto*", meldete sich Ghetti, „ich habe gerade den Bericht der Kollegen aus Triest bekommen. Albanese hat dort auch bei der Stadtverwaltung gearbeitet. Er hat seinen Job von sich aus gekündigt, um einer Untersuchung zu Korruptionsvorwürfen gegen seine Person aus dem Weg zu gehen. Danach hat man das Ganze unter den Teppich gekehrt und ihm ein brauchbares Zeugnis ausgestellt. Was sagst du dazu?"

„Passt genau ins Bild. Der Kreis schließt sich langsam. Ich habe heute die DNA-Proben, die Lovati für mich aufgehoben hat, nach Frankfurt geschickt. Spätestens übermorgen wissen wir hoffentlich, wie der Mörder von Chiavelli, und wahrscheinlich auch von den anderen beiden Opfern, heißt."

„Das sind ja gute Neuigkeiten. Dann muss Dorio den armen Muretti endlich freilassen. Ich bin so gegen sieben bei dir und bringe das Auto. *Ciao.*"

Bevor er sich hinlegte, um für die Nacht fit zu sein, rief er noch Silvana an.

„*Ciao* Silvana, ich habe eine erste kleine Story für dich. Das zweite Opfer, dieser Angelo Albanese, achtunddreißig Jahre alt, hat ja hier bei der Stadtverwaltung gearbeitet und war für Baugenehmigungen zuständig. Er stammt aus Triest und hat dort auch bei der Stadtverwaltung gearbeitet. Jetzt halte dich fest. Vor sechs Jahren hat er seinen Job aufgegeben, da ein Korruptionsverfahren gegen ihn eingeleitet werden sollte. Was sagst du dazu?"

„Das ist ein Ding. Kann ich das diesmal auch so verwenden oder muss ich wieder alles Mögliche weglassen?"

„Nein, diesmal kannst du es ausschlachten. Wäre gut, wenn du auch einen möglichen Zusammenhang mit Grundstücksspekulationen herstellen könntest."

„Und wenn das nicht stimmt?"

„Vertrau mir einfach. Es stimmt. Ich kann es nur noch nicht beweisen. Aber das kommt auch noch."

„Na gut. Danke Roberto. *Ciao*."

***

Um nicht wieder zu verschlafen, stellte Marek seinen Wecker auf sechs Uhr. Dann legte er sich auf sein Bett, rief Ghetti an und bat ihn, ein Nachtsichtglas mitzubringen. Kurz darauf fiel er in einen festen, traumlosen Schlaf.

Später, als der Brigadiere sein Auto brachte, erwartete ihn Marek schon vor dem Haus.

„Das Glas liegt im Handschuhfach und auf dem Beifahrersitz liegt noch eine Spiegelreflexkamera mit Teleobjektiv und Infrarotfilm."

„Danke. Wo hast du die denn her?"

„Hat mir mein Bekannter von der Spurensicherung geliehen."

„Ich melde mich, sobald ich zurück bin. *Ciao.*"

***

Marek parkte den Wagen wieder an der gleichen Stelle wie schon am Abend zuvor. Dann ging er zum Auto von Ghetti's Kollegen, der hier den ganzen Tag verbracht hatte.

„*Buona sera, Commissario.* Er hat die Wohnung nur einmal verlassen und war einkaufen. Sonst nichts Auffälliges."

„Danke, fahren Sie nach Hause. Vielen Dank, dass Sie ihre Freizeit dafür geopfert haben. Hoffentlich bringt es uns auch etwas."

Nachdem der junge Mann abgefahren war, machte es sich Marek in Ghetti's Wagen bequem; soweit man da von Bequemlichkeit sprechen konnte. Er hatte sich eine Thermoskanne Caffè mitgenommen, da er es nicht riskieren wollte, seinen Posten auch nur kurz zu verlassen, um in der Hotelbar gegenüber welchen zu holen. Er zündete sich eine Zigarette an und machte sich mit der Kamera vertraut. Dann blieb ihm nur noch übrig zu warten.

Es war fast zehn Uhr, er hatte gerade seine fünfte oder sechste Zigarette geraucht, da öffnete sich die Haustür und Stefano Chiavelli trat auf die Straße. Marek wollte gerade aussteigen, um ihm nachzugehen, als Stefano sich umwandte und schnellen Schrittes in seine Richtung ging. Hatte er ihn entdeckt? Das konnte eigentlich nicht sein, oder der Junge war ein ausgeschlafenes Kerlchen. Aber diesen Eindruck machte er bestimmt nicht. Marek ließ sich zurück auf den Sitz fallen und tat so, als würde er am Radio hantieren. Der Mann kam immer näher und ...... Entwarnung!

Marek atmete auf als Stefano am Auto direkt vor ihm stehen blieb und die Tür aufschloss.

„Jetzt geht's los", sagte er sich und ließ den Motor an. Dem anderen Wagen, einem alten, völlig verrosteten Alfasud, würde er trotz Dunkelheit gut folgen können, da das rechte Rücklicht nicht funktionierte. Langsam reihte er sich in den spärlichen Abendverkehr ein, immer darauf bedacht genügend Abstand zu halten. Ein paar Minuten später fiel Marek auf, dass sie ja den gleichen Weg nahmen, den er vor über zwei Stunden hierher gefahren war. Vorbei am Aeroporto Marco Polo ging die Fahrt auf der S.S.14 Richtung San Dona di Piave. Von dort aus fuhren sie über Eraclea nach Eraclea Mare und spätestens hier war Marek klar, dass es Richtung Caorle ging. Aber was zum Teufel hatte er um diese Zeit da vor? Auf der Höhe von Duna Verde, dem neuen Touristenzentrum, das aber zu dieser Zeit höchstens zu zwanzig Prozent ausgelastet war, bog der Alfasud plötzlich, und ohne den Blinker zu setzen, rechts ab. Wahrscheinlich funktionierte der auch nicht.

Durch dieses unerwartete Manöver war Marek mit einem Mal zu nah aufgefahren und konnte gerade noch abbremsen. Inständig hoffte er, dass der Andere nichts bemerkt hatte. Offenbar nicht, denn er fuhr mit unverminderter Geschwindigkeit weiter. Marek hatte die Scheinwerfer ausgeschaltet, da ein zweites Paar Scheinwerfer in dieser nächtlichen Einöde wohl jedem auffallen mussten. Die Straße war eine Sackgasse und endete am Parkplatz eines neuen Supermercato. „Geschickt gewählter Treffpunkt", dachte er. „Die Parkplatzbeleuchtung war noch nicht installiert und sonst gibt es hier nur Fledermäuse und sonst nichts."

Der Alfasud rollte auf den Parkplatz und Marek steuerte seinen Wagen zum Lieferanteneingang. Dann stieg er aus, nahm das Nachtglas und die Kamera und schlich sich im Schatten des Gebäudes nach vorne zum Parkplatz. Hier nahm er zuerst einmal das Nachtglas um sich zu orientieren, denn es gab weit und breit keine Lichtquelle, und da der Himmel noch immer wolkenverhangen war, konnte der Mond die Szenerie auch nicht erhellen. Er suchte den Platz ab und am hintersten Ende standen sie. Der verrostete Alfa und daneben ein dunkler BMW. Stefano war ausgestiegen und stand rauchend an sein Auto gelehnt. Von dem anderen Fahrer war noch nichts zu entdecken. Dann öffnete sich die

Fahrertür des BMW, ein Mann stieg aus und ging auf Stefano zu. Sie schüttelten sich die Hand und der Mann aus dem BMW zündete sich eine Zigarette an. Im kurzen Schein der Flamme war sein Gesicht einen Moment lang zu sehen.

„Ich glaub es nicht! Dieser Scheißkerl!", entfuhr es Marek.

Wohl etwas zu laut, denn die anderen Beiden sahen sofort in seine Richtung und der Mann aus dem BMW ging ein paar Schritte zur Seite, um die Straße besser einsehen zu können.

Marek legte sich flach auf den Boden und drückte sich an die Hauswand, behielt den Anderen aber stets im Auge, um notfalls reagieren zu können. Das hieß abhauen, wenn er entdeckt würde, denn erstens war er nicht bewaffnet und zweitens hatte er keinerlei Befugnis für das, was er hier tat.

Der Mann hatte sich aber offenbar wieder beruhigt und ging zurück zu Stefano. Es folgte eine angeregte Unterhaltung in deren Verlauf Marek einige Fotos schoss. Dann schüttelten die Beiden sich die Hände und bestiegen ihre Autos. Für ihn wurde es jetzt auch Zeit sich aus dem Staub zu machen. Er nahm Nachtglas und Kamera und beeilte sich zu seinem Wagen zu kommen. Nachdem die beiden an ihm vorbeigefahren waren, rollte Marek auch aus seinem Versteck. Die Scheinwerfer ließ er noch ausgeschaltet. Erst als er in einiger Entfernung die beiden Fahrzeuge in Richtung Eraclea verschwinden sah, schaltete er sie an und fuhr zufrieden nach Hause. Die Observierung hatte sich gelohnt. Insgeheim freute er sich schon darauf, Ghetti alles erzählen zu können. Das würde aber bis morgen warten müssen. Jetzt, mitten in der Nacht wollte er den Jungen nicht mehr stören. Der brauchte seinen Schlaf.

17

Nach ein paar Stunden Schlaf wacht Marek sehr früh am Morgen auf. Er fühlt sich fit und voller Tatendrang.

„…auf in den Kampf, die Schwiegermutter naht …", trällerte er gut gelaunt unter der Dusche nach der Musik aus Georges Bizets Oper Carmen, und noch während er sich seinen ersten Caffè bereitete, griff er zum Telefon und rief Ghetti an.

„*Buon giorno, Michele.* Gestern Abend war ein voller Erfolg. Du wirst nicht glauben, was ich erlebt habe."

„Mach's nicht so spannend. Ich muss bald zum Dienst."

„Kannst du gleich vorbei kommen? Du bekommst auch einen Caffè. Außerdem muss ich dir noch etwas mitgeben."

„Das Auto kann ich doch später noch holen."

„Es ist nicht dein Auto. Also komm schon, wenn du etwas erfahren willst."

„Ok. In zehn Minuten. *Ciao*."

Ein paar Minuten später hörte Marek Ghetti's Vespa die Straße entlang knattern und kurz darauf klingelte es auch schon. Der Brigadiere musste wohl geflogen sein.

„Setz dich schon einmal rein, ich hole dir deinen Caffè", begrüßte ihn Marek, und als beide dann versorgt waren, zündete er sich noch eine Zigarette an und informierte Ghetti ausführlich über das, was sich in der Nacht ereignet hatte.

„Und du bist dir ganz sicher, dass es der gleiche Mann war?"

„Absolut. Und damit du auch einen Beweis in der Hand hast, habe ich auch ein paar hübsche Fotos gemacht. Ich hoffe, sie sind was geworden. Der Film ist noch in der Kamera. Lass ihn gleich entwickeln."

„Gut, mach ich sofort. Wie gehen wir jetzt weiter vor?"

„Du rufst die Kollegen in Mestre an und bittest um Amtshilfe. Die sollen Stefano zum Verhör vorführen, bei dem du zugegen sein wirst. Siehst du darin irgendein Problem?"

„Das Problem wird der Maresciallo sein."

„Auf den können wir nun keine Rücksicht mehr nehmen, wenn die Morde aufgeklärt werden sollen. Du hast ja alles dokumentiert. Damit bekommst du mit Sicherheit Rückendeckung vom Capitano."

„Ich hoffe du hast recht. Nach was soll ich beim Verhör speziell fragen? Das ist mir noch nicht so ganz klar."

„Tu so als wüssten wir genau, warum er sich dort mit diesem Typ getroffen hat. Bring auch das Haus seines Vaters ins Spiel. Wirf ihm vor, dass sein Vater wegen eben dieses Hauses ermordet wurde. Koch ihn richtig weich. Wir brauchen seine Aussage über diese Beziehung zu den Grundstückshaien."

„Und wenn er nicht mitspielt?"

„Der hält nicht lange durch. Du hast diese traurige Gestalt doch selbst gesehen. Der bricht schnell ein."

„Na gut, dann mache ich mich auf den Weg. Ich rufe dich an, wenn ich wieder zurück bin. *Ciao.*"

„*Ciao Michele.* Viel Glück!"

***

Nachdem der Brigadiere sich verabschiedet hatte, ging Marek ins Caffè Roma, um zu frühstücken. Er konnte momentan sowieso nichts mehr tun; musste warten, was Stefanos Verhör ergab und ob seine Kollegen in Frankfurt etwas Brauchbares für ihn hatten. Als er sich gerade eine Zigarette anstecken wollte, sah er Ugo Bozzato auf der anderen Straßenseite vorbeigehen und winkte ihm zu. Bozzato bemerkte ihn und kam gleich zu ihm herüber.

„*Buon giorno, signor Marek.* Wie geht es Ihnen? Was machen die Ermittlungen?"

„*Buon giorno, signor Bozzato.* Wir sind ein ganzes Stück weiter gekommen. Auch dank ihrer Hilfe. Mit dem Haus am Campo San Marco hatten Sie absolut recht."

„Freut mich zu hören, dass Sie diesen Verbrechern

bald das Handwerk legen können. Heute Abend findet eine öffentliche Informationsveranstaltung auf der Piazza Vescovado statt, die vom Bürgermeister selbst unterstützt wird. Werden Sie auch kommen?"

„Gerne. Um welche Uhrzeit findet die Veranstaltung statt?"

„Um acht Uhr. Ich muss noch einige Plakate aufhängen. Bis heute Abend."

Marek rauchte noch eine Zigarette und machte sich dann an der Promenade entlang auf den Heimweg.

***

Es war gegen zwei Uhr, Marek verspeiste gerade einen Teller Spaghetti mit Brokkoli und Sardellen, die zusammen in Olivenöl gedünstet und mit fein geraspelten Mandelscheibchen verfeinert waren, als sein Handy klingelte.

„*Pronto*", meldete er sich mit vollem Mund.

„Ich bin's, Michele."

„Ah, Michele. Was hat das Verhör ergeben? Hatten wir recht?"

„Commissario, hier geht es drunter und drüber. Dorio will mich suspendieren lassen, weil ich ohne seine Genehmigung in Mestre war und Amtshilfe in Anspruch genommen habe."

Ghetti's Stimme klang völlig verzweifelt und Marek versuchte, ihn erst einmal zu beruhigen. Dann musste er sehen, wie er den Jungen da heraus bekam. Dieser Maresciallo war wirklich ein Vollidiot. Na gut, man hätte ihn fragen müssen. Aber andererseits hätte er es doch sowieso abgelehnt, da er nicht gewillt war, ein anderes Ermittlungsergebnis zu akzeptieren.

„Nun mal der Reihe nach. Was hat die Befragung in Mestre gebracht?"

„Wie du es vorhergesehen hast. Der hat keine zwanzig Minuten durchgehalten, dann ist er heulend zusammengebrochen. Wir haben eine schriftliche Aussage von ihm. Er hatte Spielschulden. Eines Tages kam ein Mann auf ihn zu und bot ihm an alle seine Schulden zu tilgen, natürlich für eine kleine Gefälligkeit. Diese Gefälligkeit bestand darin, ein Treffen mit seinem Vater zu arrangieren, da dieser Mann vorgab, ein großes Interesse an dessen Haus am Campo San Marco zu haben und bereit gewesen sei, eine hohe Summe für dieses Haus zu bezahlen."

„Und dieser Trottel hat nicht gefragt, woher er so gut informiert war? Das muss einen doch stutzig machen, wenn ein Fremder meine Schulden kennt und auch über die Besitzverhältnisse meines Vaters bestens informiert ist."

„Was bedeutet Trottel?"

„Ach das sagt man bei uns so. Weiter."

„Ach so. Na gut. Also das habe ich ihn auch gefragt, aber er war wohl nur froh seine Schulden los zu werden. Alles andere hat ihn nicht interessiert."

„Und hat es einen solchen Termin gegeben?"

„Ja, letzte Woche. Montagabend."

„Dann hat Chiavelli einen Termin mit seinem Mörder gehabt. Und alles nur wegen eines kleinen Häuschens. Nicht zu fassen."

„Was soll ich jetzt unternehmen? Ich meine wegen der möglichen Suspendierung."

„Du stellst aus den Kopien deiner Berichte und Verhörprotokolle eine eigene Akte zusammen. Zusätzlich schreibst du auf Basis der uns mittlerweile zur Verfügung stehenden Ermittlungsergebnisse einen weiteren Bericht. Wichtig dabei ist, dass du den Zusammenhang der drei Mordfälle deutlich machst und außerdem verweist du auf die Indizien, die darauf hindeuten, dass der Täter in allen drei Fällen der Gleiche ist. Verweise auch ruhig darauf, dass du ihm auf der Spur bist, aber verrate nicht zu viel. Nenne auch keine Namen der möglichen Drahtzieher, wohl aber, dass das Motiv in den Grundstücksgeschäften zu suchen ist. Bekommst du das hin?"

„Bis dahin schon. Und dann?"

„Dann gehst du zum Capitano und legst ihm alles vor. Du machst deutlich, dass du bis jetzt aus Loyalität geschwiegen und die Ermittlungen im Stillen weitergeführt hast, aber da der Maresciallo dich nun suspendieren will, keinen anderen Weg mehr siehst, als dich direkt an den Capitano zu wenden. Du wirst schon sehen, das geht gut aus. Wichtig ist, dass du den Zusammenhang mit den illegalen Grundstücksgeschäften erwähnst, da der Bürgermeister involviert ist."

„Na gut. Ich hoffe du hast recht", seufzte Ghetti.

„Viel Glück! Ruf mich danach gleich an."

***

Marek hoffte inständig, dass seine Ratschläge für Ghetti auch den gewünschten Erfolg brachten. Wenn nicht, dann hatte er die berufliche Laufbahn dieses jungen Mannes auf dem Gewissen. Und alles nur, weil er es nicht lassen konnte, wieder einmal Detektiv zu spielen. Sein verdammtes Ego. Doch hätte er tatenlos zusehen können? Er war schließlich völlig ohne eigenes Zutun da hineingeraten. Aber daran wollte er jetzt nicht denken. So kurz vor dem Ziel. Da war es schon wieder ...! Er wollte doch dem Jungen auch nur helfen, beruhigte er sich.

Marek hatte keinen Appetit mehr. Er knallte den noch halb vollen Teller in die Spüle, goss sich einen doppelten Grappa ein und steckte sich zur Beruhigung eine Zigarette an. Dann setzte er sich an seinen Schreibtisch, betrachtete seine Notizen an der Wand, schrieb einige neue Zettel und heftete sie dazu. Das Puzzle war beinahe fertig. Ein Gesicht brauchte noch einen Namen, dann würde alles klar vor ihnen liegen, die Verbindungen würden deutlich aufgereiht am roten Faden hängen.

Jetzt brauchte er erst einmal frische Luft. Er nahm nur Handy und Zigaretten mit und machte sich auf den Weg den Damm entlang, wie immer wenn er einen klaren Kopf bekommen wollte.

Marek befand sich gerade auf dem Rückweg, als sein Telefon klingelte. Sein Herz rutschte ihm in die Hose; er hatte Angst vor dem, was er eventuell zu hören bekommen könnte. Er atmete tief ein.

„*Pronto.*"

„*Ciao, Commissario*", meldete sich Ghetti und Marek versuchte anhand der Tonlage, den Gemütszustand des Brigadiere, zu ergründen.

„Wie ist es gelaufen?", fragte er vorsichtig.

„Bestens! Der Capitano hat die Suspendierung zurückgewiesen und nicht nur das, er hat auch noch Dorio von dem Fall entbunden und mich mit den weiteren Ermittlungen betraut. Ich muss ihm jetzt direkt täglich berichten. Er war richtig wütend auf den Maresciallo, weil er die Ermittlungsergebnisse ignoriert hat."

Die Sätze sprudelten nur so vor Begeisterung heraus und Marek hatte das Gefühl, ein Stein, so groß wie der Vesuv, sei von seinem Herzen abgefallen. Nie mehr würde er wieder jemanden in eine solche

Situation bringen, gelobte er sich.

„Ich muss mich bei dir entschuldigen, dass ich dich in eine solch beschissene Situation gebracht habe."

„Nein Commissario. Ich muss mich bei dir bedanken, denn ohne deine Hilfe hätte ich niemals solch eine Chance bekommen. Und ich habe dabei auch viel gelernt. Ich habe übrigens noch zwei gute Nachrichten. Dorio musste Muretti jetzt endlich freilassen und … mein Bekannter hat angerufen. Er hat doch noch einige brauchbare Fotos aus dem Film von diesem, wie nanntest du ihn, Spanner, herausarbeiten können. Ich fahre jetzt direkt zu ihm und dann komme ich zu dir. Ist dir das Recht?"

„Ja natürlich. Dann bis später. *Ciao*."

***

Marek beeilte sich, nach Hause zu kommen. Er brauchte jetzt erst einmal etwas zu trinken.

Mit einem doppelten Grappa in der einen und einer Zigarette in der anderen Hand ließ er sich in einen Sessel fallen und versuchte die Anspannung der letzten Stunden abzuschütteln.

Seine Türklingel riss ihn aus dem Schlaf. Er sah auf die Armbanduhr. Er hatte über eine Stunde geschlafen. Marek beeilte sich die Türe zu öffnen. Ein strahlender Brigadiere Ghetti kam ihm entgegen und schwenkte einen großen Umschlag.

„Das wird dir gefallen", begrüßte er ihn.

„Dann lass mal sehen. Komm rein."

Ghetti breitete sechs großformatige Fotos auf Mareks Schreibtisch aus.

„Die oberen drei Bilder stammen von dem Film der Amerikanerin, die unteren drei sind von dem anderen Video. Was sagst du?"

„Was wir vermutet hatten … es ist derselbe Mann! Dein Freund ist ein Genie. Das reicht als Beweis. Damit können wir ihm zumindest den dritten Mord nachweisen und seine Beteiligung am Zweiten ebenso. Außerdem ist das der Mann, mit dem sich Stefano Chiavelli gestern Nacht getroffen hat und ich verwette meine Pension darauf, dass ich den Kerl als Fahrer von diesem Bonetti an der Baustelle hier in Caorle gesehen habe."

„Jetzt brauchen wir nur noch einen Namen."

„Ich kenne den Typ. Spätestens morgen bekomme ich Antwort aus Frankfurt. Wenn der Kerl jemals irgendwo auffällig wurde, finden die Jungs es heraus. Was macht eigentlich die Blutuntersuchung vom Damm?"

„Ach so, das hatte ich vergessen. Es handelt sich fast ausschließlich um Chiavelli`s Blut. Damit ist diese Stelle als Tatort bestätigt."

„Was heißt fast ausschließlich? Von wem ist der Rest?"

„Wissen wir nicht. Es gibt eine hohe Übereinstimmung mit der Probe, die du nach Frankfurt geschickt hast."

„Gut, dann warten wir ab, was die herausfinden. Möchtest du einen Caffè?"

***

Am Abend fand sich Marek pünktlich auf der Piazza Vescovado ein. Man hatte eine kleine Bühne aufgebaut, die allerdings auch den ganzen Sommer über stehen blieb und für diverse andere Veranstaltungen herhalten musste. Der Platz selbst war mit vielleicht fünfzig bis sechzig Stapelstühlen bestuhlt worden, von denen der Großteil schon besetzt war. Zwischen die einheimische Bevölkerung hatten sich auch schon etliche Touristen gemischt, die hier offenbar eine kostenlose Konzertdarbietung oder Ähnliches erwarteten. Als Marek sich gerade auf einem der hinteren Stühle niederlassen wollte, kam Adriano, der jüngere der beiden Bozzato Brüder auf ihn zu, begrüßte ihn und lud ihn ein sich an den, für die Protagonisten reservierten Tisch neben der Bühne zu setzen. Dort wurde er von Ugo Bozzato begrüßt und dem Bürgermeister vorgestellt. Marek vermied es allerdings, das Thema Korruption in der Stadtverwaltung und die Geschehnisse der letzten Tage anzusprechen.

Als Scheinwerfer und Mikrofon endlich eingerichtet waren, eröffnete Ugo Bozzato die Veranstaltung um das Wort gleich an deren Schirmherrn, den Bürgermeister, weiter zu geben. Der machte in einer kurzen Ansprache deutlich, wie sehr ihn die vergangenen Ereignisse betroffen gemacht hätten, und versprach eine rigorose Aufklärung, auch in seinem Hause. Dann übergab er wieder an Bozzato, der in einer flammenden Rede dazu aufrief, sich für den Erhalt alter Stadtkerne und gegen Grundstücksspekulanten stark zu machen.

Marek, der während der Veranstaltung immer wieder das Publikum und seine Reaktionen beobachtete, sah, wie eine dunkle Limousine vor der Piazza hielt. Ein paar Sekunden später stieg ein Mann aus, den er durch die Menge hindurch nicht genau erkennen konnte. Er stand auf und ging ein paar Schritte nach vorne. Plötzlich sah der Mann in seine Richtung und Marek erkannte Bonetti's Fahrer und mit Sicherheit den Mörder des armen Rudolf Kraftzyk. In diesem Moment, als Marek losrannte, stieg der Mann wieder in seinen Wagen und fuhr mit quietschenden Reifen davon. Er konnte nicht einmal mehr die Nummernschilder erkennen.

Der Vorfall war natürlich nicht ganz unbeobachtet geblieben und so starrten ihn einige neugierige und fragende Augenpaare an, als er zu seinem Platz zurückging. Ugo Bozzato hatte mittlerweile seine Rede beendet und erntete höflichen Applaus. Offenbar hatte am Tisch keiner etwas bemerkt und so nahm Marek sich Bozzato zur Seite, als der die Bühne verließ.

„Seien Sie bitte vorsichtig, Signor Bozzato. Ich habe gerade den Fahrer von Bonetti hier gesehen. Als er mich entdeckte, ist er sofort abgehauen."

„Danke, Signor Marek. Wir werden aufpassen."

***

Nachdem er sich verabschiedet hatte, ging Marek nach Hause. Als Erstes rief er Silvana an, um sie auf den neuesten Stand zu bringen. Er erreichte sie noch in der Redaktion.

„*Ciao, Silvana*. Wir sehen uns ja fast überhaupt nicht mehr", beschwerte er sich.

„Weil du nie da bist, deshalb. Du musst ja Detektiv spielen, also beschwere dich nicht."

„Du profitierst ja schließlich auch davon, oder?"

„Stimmt auch wieder, also unentschieden, ok? Was hast du für mich?"

„Ok. Ich war eben auf einer Veranstaltung der Bürgerinitiative. Der Bürgermeister hat der Korruption und den Spekulanten den Kampf angesagt und Bozzato hat auch eine Rede gehalten. Den Inhalt erzähle ich dir gleich. Das ist das, was du für Morgenausgabe bringen kannst. Dazu noch, dass die Polizei eine heiße Spur, alle drei Morde betreffend, verfolgt. Jetzt das, was du noch nicht bringen kannst …"

Marek erzählte ihr vom Erscheinen des mutmaßlichen Mörders bei der Veranstaltung und dessen überstürzte Flucht, das Dorio von den Ermittlungen entbunden wurde und Ghetti die Leitung übertragen bekam, das der arme Muretti endlich freigelassen wurde und den Inhalt von Bozzato's Rede in Kurzfassung. Sein Abenteuer der vergangenen Nacht verschwieg er wohlweislich. Er wollte Silvana nicht unnötig beunruhigen und auf die dann fällige Standpauke konnte er auch verzichten. Warum müssen Frauen immer alles so dramatisieren?

***

Da die Geschäfte schon geschlossen hatten und er auch nicht mehr kochen wollte, inspizierte er die Reste in seinem Kühlschrank. Ein Stück Pecorino, ein paar Scheiben Felino Salami, ein Schälchen Kräuteroliven und ein Stück Brot vom Vortag. Eine halbe Flasche Raboso fand er auch noch. Das musste reichen für heute Abend.

18

Schlechte Träume plagten Marek die ganze Nacht und er konnte demzufolge auch nicht schlafen. Große Gestalten in weißen Anzügen und Seidenhemden trampelten mit ihren riesigen, schwarz-weiß gemusterten Schuhen auf den Häusern in seinem geliebten Caorle herum. In ihren goldberingten Fingern hielten sie riesige Zigarren, deren Asche wie von einem Vulkan ausgestoßen auf den Ort herniederfiel. Ihr lautes Lachen dröhnte wie ein Orkan in seinen Ohren und dabei entblößten sie ihr mit Gold überkrontes Gebiss. Das Schlimmste für ihn war jedoch macht- und tatenlos zusehen zu müssen.

Als die Geister verschwunden waren und er langsam in den Schlaf gleiten wollte, schreckte ihn ein bekannt penetrantes Geräusch auf. Marek schlug wild um sich um die Geräuschquelle zu eliminieren und fegte dabei seinen Wecker vom Nachttisch. Doch das Geräusch blieb. Seufzend richtete er sich auf und schüttelte sich. Es war sein schnurloses Telefon, was da unaufhörlich klingelte. Er hatte vorsichtshalber das Gerät mit ins Schlafzimmer genommen, damit er, falls sich etwas Wichtiges ereignen sollte, auch erreichbar war.

Etwas Wichtiges ..... jetzt war er wach und

langte nach dem Hörer.

„*Pronto.*"

„*Buon giorno, Commissario*", meldete sich Ghetti, „ausgeschlafen?"

„Wie spät ist es, zum Teufel?"

„Zehn Minuten nach neun."

„Mist, ich habe eine beschissene Nacht hinter mir. Was gibt's denn? Ich hoffe für dich, dass es wichtig ist."

„Ich denke schon. Ich habe die Fotos, die du auf dem Parkplatz gemacht hast."

Das war wichtig und Marek war jetzt richtig wach.

„Und? Was ist? Erzähl schon."

„Volltreffer! Das ist unser Mann. Man kann ihn zweifelsfrei identifizieren. Ich komme gleich vorbei und bringe dir die Bilder mit. *Ciao.*"

„*Ciao*, bis gleich. Ich mache schon einmal Caffè."

Die Caffettiera fing gerade an zu blubbern, als Ghetti klingelte. Gut gelaunt betrat der Brigadiere die Wohnung und ging gleich an Marek, der barfuß und nur bekleidet mit Boxershorts und T-Shirt und wirr verlegenen Haaren nicht gerade salonfähig aussah, vorbei in die Küche.

„Hast du schlecht geträumt, Commissario?"

„Ja, von irgendwelchen Riesen in weißen Anzügen, die mit ihren Eintänzer Latschen die Stadt zertrampelt haben", entgegnete Marek mürrisch.

„Was sind denn Eintänzer … wie sagtest du?"

„Ach, das sagt man so bei uns. Nun zeig schon her. Was hast du Schönes?"

Ghetti nahm die Fotos aus dem Umschlag und breitete sie auf dem Küchentisch aus. Trotz der Farbverfremdung des Infrarotmaterials waren auf zwei der Bilder die Gesichter der beiden Personen auf dem Supermarktparkplatz deutlich zu erkennen.

„Ich habe mich also nicht getäuscht. Es ist derselbe Schweinehund wie auf den Videos", jubelte Marek. „Jetzt brauchen wir nur noch seinen Namen. Hoffentlich haben die Kollegen in Frankfurt Glück."

„Ja, hoffentlich", meinte Ghetti etwas verhaltener. „Ich muss jetzt zurück und die Fotos dem Capitano vorlegen. Ich weiß nur nicht was ich sagen soll, wenn er mich fragt, wer die Bilder gemacht hat."

„Na du, wer sonst? Ich informiere dich sofort, wenn ich etwas aus Frankfurt höre. *Ciao*."

***

Eine halbe Stunde später machte sich Marek, geduscht und frisch rasiert, auf den Weg zum Supermercado um den Bestand seines Kühlschranks wieder aufzufüllen, dessen traurige Reste er gestern Abend verspeist hatte. Mit zwei Einkaufstaschen bewaffnet machte er sich dann auf den Rückweg, aber nicht ohne vorher im Roma sein obligatorisches

Frühstück einzunehmen.

Nachdem er seine beiden Cornetti genüsslich verzehrt und sich einen zweiten Cappuccino bestellt hatte, zündete er sich eine Zigarette an. In diesem Moment klingelte sein Handy.

„Habe ich denn hier nie meine Ruhe?", fluchte er und zog das Telefon aus seiner Umhängetasche.

„*Pronto.*"

„Was heißt hier pronto?", meldete sich der Anrufer. „Ich bin's, Jakob. Mit mir kannst du ruhig deutsch reden."

„Oh, hallo Jakob. Wie geht's dir alter Junge?"

„Genauso wie vorgestern. Was ist mit dir los? Hast du vergessen, dass du mich am Montag wegen eines gewissen Päckchens angerufen hast?"

Marek war schlagartig wieder da. Er spürte das Kribbeln, das er früher schon immer hatte, wenn ein Fall in seine entscheidende Phase getreten war.

„Entschuldige, ich war in Gedanken. Natürlich, die DNA-Probe. Sag mir bitte, dass ihr etwas herausbekommen habt."

„Das ist ein alter Bekannter. Sollte dir eigentlich auch noch etwas sagen, obwohl du in Rente bist."

Jakob Jung kostete die Situation weidlich aus.

„Spann mich bitte nicht auf die Folter. Ich weiß, dass ich den Kerl kenne, aber ich kann nicht sagen woher. Also bitte, bitte, wer ist er."

„Wenn du mich so lieb bittest. Der Typ heißt Bruno Donatiello und hat ein Vorstrafenregister wie ein Versandhauskatalog. Klingelt es nun bei dir?"

„Verdammt! War da nicht etwas in Köln?"

„Ja, aber der Reihe nach. Bruno Donatiello ist sechsunddreißig Jahre alt. Geboren in Wuppertal. Mutter deutsche, Vater aus Kalabrien. Bruno hat drei jüngere Geschwister. Der Vater hat die Familie sitzen gelassen, als Bruno zehn war. Zwei Jahre später fing seine Karriere an. Anfänglich Fahrraddiebstähle, später dann Mopeds und Autos. Mit siebzehn ging er das erste Mal wegen bewaffneten Raubüberfalls auf einen Kiosk in den Bau. Nach seiner Entlassung zog es ihn nach Köln. Die Kollegen dort hatten auch ihren Spaß mit ihm. Mehrere Verhaftungen wegen Körperverletzung. Danach arbeitete er wohl für den dortigen Paten, was aber nie zu beweisen war. Jedes Mal, wenn er verhaftet wurde, war er schon wieder frei, bevor er auf dem Revier ankam. Dafür sorgte eine Schar von Staranwälten. Man konnte nie in Erfahrung bringen, wer sie bezahlte. Es gab mehrere Morde, oder besser Hinrichtungen, nach Mafiamethode im Großraum Köln und im Ruhrgebiet die man ihm nachsagte, aber nicht beweisen konnte. Vor fünf Jahren, nach diesem Massaker in einer Kölner Pizzeria tauchte er unter ..."

„... und hier wieder auf", ergänzte Marek. „Sag

mal, welche Waffen benutze er?"

„Warte … ja hier habe ich es. Anfänglich alles, was der Waffenschrank so hergibt. Später, als er dann für die feine Gesellschaft arbeitete, war es nur noch eine Zweiundzwanziger."

„Jakob, ich danke dir. Du hast uns sehr geholfen."

„Stopp, was heißt hier danke und wer ist *uns*? Ich will auch wissen, um was es hier geht."

„Erzähle ich dir später. Versprochen. Aber jetzt muss ich los. Ach, noch eine Bitte. Kannst du die Fingerabdrücke von diesem Schmuckstück an die Carabinieri in Caorle schicken? Zu Händen von Brigadiere Ghetti."

„Können die sie nicht normal auf dem Dienstweg anfordern?"

„Nein. Erkläre ich dir auch später. Danke dir. Mach's gut."

Noch bevor Jakob Jung etwas erwidern konnte, beendete Marek das Gespräch.

„Jetzt hab ich dich, du Saukerl!", sagte er laut zu sich selbst, als er beschwingt den Heimweg antrat.

***

Zu Hause angekommen räumte er erst einmal seine Einkäufe in den Kühlschrank und hoffte, dass sie nicht durch seinen ungeplant langen Zwischenstopp im Caffè gelitten hätten. Dann steckte er sich genüsslich eine Zigarette an, setzte sich an seinen Schreibtisch und rief Brigadiere Ghetti an, um ihm die freudige Nachricht zu übermitteln.

„Michele, wir haben ihn!"

„Wen haben wir?", fragte Ghetti, der zuerst nicht verstand, was Marek ihm damit sagen wollte.

„Na unseren Mörder, was sonst? Schreib gleich mit und gib die Fahndung raus."

„Ok, es kann losgehen."

„Der Mann heißt Bruno Donatiello, sechsunddreißig Jahre alt, geboren in Wuppertal …"

„….. wo ist das denn?", unterbrach ihn Ghetti.

„In Deutschland. Seine Mutter ist Deutsche. Er hat in Köln, das ist auch in Deutschland, vermutlich für die für die Mafia gearbeitet. Vor fünf Jahren ist er untergetaucht. Eure Leute sollen vorsichtig sein, denn der Kerl ist gefährlich. Seine Hemmschwelle ist äußerst niedrig bis nicht vorhanden. Das hat er hier ja auch bewiesen."

„Wo glaubst du hat er sein Versteck?"

„Ich glaube, dass er irgendwo zwischen Mailand und hier ganz normal eine Wohnung gemietet hat. Der hatte es bis jetzt doch nicht nötig sich zu verstecken. Vielleicht hat er, solange er hier operiert, in dieser Gegend noch einen Unterschlupf. Wir werden sehen."

***

Die Maschinerie der Polizei lief auf Hochtouren.

Auch wenn sie Fälle dieser Art nicht gewohnt waren, wurde die Aktion schnell und äußerst professionell durchgeführt. Der junge Brigadiere hatte alles im Griff. Der Großraum um Caorle wurde hermetisch abgeriegelt, sämtliche Zufahrten zur nördlich gelegenen Autobahn mit Polizeiposten besetzt. Die Guardia Costiera überwachte den gesamten Küstenstreifen im Süden.

Um die nächsten größeren Städte, wie Mestre, Treviso und Padua wurde ein Ring gezogen, durch den nicht einmal eine Maus entweichen konnte.

Später am Nachmittag, Marek saß auf einer Bank an der Uferpromenade in der Sonne und las den Gazzetino, klingelte sein Handy.

„*Pronto*."

„*Ciao Commissario*", meldete sich Ghetti.

„Habt ihr ihn?", Marek ließ die Zeitung fallen lassen und sprang auf.

„Nein, das nicht, aber Adriano Bozzato hat seinen Bruder als vermisst gemeldet."

„Oh nein, der nicht auch noch. Seit wann wird er vermisst?"

„Seit gestern Abend. Nach dieser Veranstaltung, auf der er gesprochen hatte, kam er nicht nach Hause. Adriano sagte, dass sein Bruder noch etwas mit dem Bürgermeister besprechen wollte. Deshalb ist er schon vorher gegangen."

„Wohnen die Brüder zusammen?"

„Ja, zumindest im gleichen Haus. Es ist ihr Elternhaus. Adriano wohnt oben und Ugo im Erdgeschoss."

„Hoffentlich ist ihm nichts passiert, aber ich habe so meine Befürchtung."

„Wieso meinst du, dass ihm etwas zugestoßen sein könnte?"

„Ich habe gestern Abend diesen Donatiello gesehen. Er tauchte an der Piazza auf, als Ugo seine Rede hielt. Ich wollte näher an ihn heran aber er hat mich gesehen und ist mit seinem Auto abgehauen."

„Mein Gott", stammelte Ghetti.

„Dessen Beistand hat Ugo jetzt nötig. Halt mich auf dem Laufenden. *Ciao*."

***

Diese unerwartete Nachricht hatte ihm die Laune verhagelt. Marek faltete seine Zeitung zusammen und machte sich auf den Heimweg. Er hoffte inständig, dass dieses Verschwinden einen anderen, einfacheren Hintergrund hatte. Eine heimliche Geliebte, was er sich bei Ugo Bozzato eigentlich nicht vorstellen konnte, oder irgendetwas Anderes, Lapidares.

Zu Hause angekommen rief er gleich bei Silvana an.

„*Ciao Silvana*. Ich habe wieder Informationen für dich. Es geht dem Ende zu."

„Schön, aber du hörst dich sehr bedrückt an. Ist irgendetwas passiert?", fragte Silvana besorgt.

„Ugo Bozzato ist verschwunden. Nach der Veranstaltung gestern Abend kam er nicht mehr nach Hause. Adriano hat ihn heute als vermisst gemeldet."

„Oh Gott. Meinst du, es hat mit dieser Sache etwas zu tun?"

„Ich hoffe es nicht, aber ich befürchte es. Besonders da ich diesen Donatiello bei der Veranstaltung gesehen habe."

„Wer zum Teufel ist Donatiello?"

„Das wollte ich dir ja gerade erzählen. Bruno Donatiello ist unser Hauptverdächtiger für alle drei Morde. Es ist der Mann auf den Videos und ...", Marek machte eine kleine Kunstpause, „... der Fahrer von Bonetti, den wir neulich abends gesehen haben."

„Das ist ja ein starkes Ding! Woher habt ihr jetzt seinen Namen?"

„Meine ehemaligen Kollegen in Frankfurt haben eine DNA-Analyse von den Blut- und Gewebespuren gemacht, die beim ersten Opfer gefunden wurden. Dieser Kerl wurde in Deutschland geboren, ist Halbitaliener und war bis vor fünf Jahren in Deutschland für die Mafia aktiv. Dann tauchte er unter. Den ersten und den dritten Mord können wir ihm direkt nachweisen, beim zweiten Mord zumindest eine unmittelbare Beteiligung. Aber was noch interessanter wird, ist die Frage nach der Verbindung zu Bonetti und der *Milavest-International Corporation*."

„Hast du ein Foto von Donatiello, was wir veröffentlichen können?"

„Lass dir ein Offizielles von Ghetti schicken. Die Fahndung läuft schon auf Hochtouren."

„Was die *Milavest-International* betrifft, wirft das natürlich auch ein anderes Licht auf die Vorfälle in Padova. In Caorle sind sie dann mit Sicherheit aus dem Geschäft."

„Donatiello ist ein harter Brocken. Der wird niemals gegen seinen Auftraggeber aussagen. Aber ich denke auch, dass das Projekt Caorle für die erledigt ist."

„Dank dir, alter Schnüffler", ergänzte Silvana liebevoll.

„Bei dir wird es wohl wieder spät heute?", Marek tat so, als habe er ihr Kompliment überhört. „Eigentlich wollte ich mit dir essen gehen."

„Nach dem Stoff, den du mir geliefert hast, mit Sicherheit. Aber wir holen alles nach. Versprochen. *Ciao*."

„Ich nehme dich beim Wort. *Ciao*."

***

Nachdem Marek aufgelegt hatte, befiel ihn eine innere Unruhe. Das Gefühl untätig zu sein, nichts Produktives tun zu können, zerrte an seinen Nerven.

Ziellos wanderte er in seiner Wohnung umher, bis er es nicht mehr aushielt. Er steckte Handy und Zigaretten ein, setzte sich in seine Ente und fuhr los. Ein festes Ziel hatte er keines, nur erst einmal weg hier.

Nach über einstündiger Fahrt durch das Hinterland fand er sich in San Stino di Livenza wieder. Ein Hungergefühl hatte sich eingestellt und so suchte Marek nach einer Trattoria, die ihm vertrauenswürdig erschien. Im dritten Anlauf wurde er auch fündig. Die Speisekarte war nicht groß aber vielversprechend und, was für ihn noch wichtiger war, nicht in Deutsch, Englisch, Russisch oder Japanisch gehalten. Für ihn das Zeichen hier keine Touristenmenüs vorgesetzt zu bekommen.

Marek nahm im kleinen Gastraum Platz, in dem ein riesiger Deckenventilator für etwas Abkühlung sorgte. Auf der Terrasse war es noch zu heiß.

Nach dem Studium der Karte bekam er dann richtig Hunger und bestellte Entenragout mit Polenta und dazu einen halben Liter Cabernet und eine Flasche Mineralwasser. Als er sich gerade eine Zigarette anzünden wollte, wurde er höflich darauf hingewiesen, dass in Italien das Rauchen in Gaststätten generell verboten sei. Auf der Terrasse dürfte er aber rauchen. Marek entschuldigte sich, er hatte es schlichtweg vergessen, blieb aber sitzen. Er war einfach zu müde. Als aber das Essen gebracht wurde, besserte sich seine Verfassung schlagartig. Der Duft, der ihm aus der Terrine entgegen strömte, war verheißungsvoll. Nach dem ersten Bissen beglückwünschte er sich zu seiner Wahl. Das zarte Entenfleisch mit Speck in bestem Olivenöl angebraten, mit Salbei, Basilikum, Rosmarin und Knoblauch gewürzt, mit frisch gemahlenem Pfeffer und etwas salz abgeschmeckt und mit Tomatenwürfeln und Paprika geschmort, schmeckte einfach himmlisch. Dazu die hausgemachte Polenta in der exakt richtigen Konsistenz, abgerundet mit dem feinfruchtigen Wein – ein Gedicht. Nachdem Marek die letzten Soßenreste mit einem Stück Brot vom Teller gewischt hatte, bestellte er sich noch einen Grappa und einen Caffè. Damit ging er nun doch auf die Terrasse, denn auf seine Verdauungszigarette wollte er nicht verzichten.

***

Frisch gestärkt und gut gelaunt fuhr er nach Hause. Dort rief er Ghetti an und fragte, ob es etwas Neues von Bozzato gab. Doch der Brigadiere musste ihn enttäuschen. Blieb also nur warten und hoffen.

Mit einem Band über die Malerei in der italienischen Renaissance machte es sich Marek in seinem Sessel gemütlich. In erster Linie hatten es ihm die Werke von Giorgione angetan, vor allem das geheimnisumwitterte Meisterwerk *La Tempesta*. Dieses kleinformatige Kunstwerk hatte er sich schon oftmals in der Galleria dell`Academia, in Venedig angesehen und in seinem Arbeitszimmer hing ein gerahmter Kunstdruck dieses Werks in Originalgröße.

Irgendwann übermannte ihn eine bleierne Müdigkeit. Er klappte das Buch zu, trank in der Küche noch einen Schluck Wasser und ging dann zu Bett. Natürlich nicht, ohne vorher sein Telefon in Reichweite gelegt zu haben. Sofort fiel er in einen traumlosen, festen Schlaf.

19

Früh am Morgen wurde Marek durch die ersten Sonnenstrahlen geweckt. Er hatte vergessen den Fensterladen zu schließen und verfluchte sich nun dafür. Ans Weiterschlafen war jetzt nicht mehr zu denken, also konnte er auch gleich aufstehen. Er schob die Beine über die Bettkante, richtete sich schwerfällig auf und streckte sich. Dabei verursachte sein Rücken Geräusche wie brechendes Brennholz.

„Ich glaube Alter, du musst mal langsam was tun", sagte er zu sich selbst und erhob sich.

Schweren Schrittes schlurfte Marek in die Küche und setzte seinen Caffè auf. Dann schleppte er sich ins Bad, hielt seinen Kopf unter die Dusche und ließ langsam kaltes Wasser über sich rieseln. Jetzt war er richtig wach und ging zurück in die Küche, um nach dem Caffè zu sehen.

Er hatte gerade den ersten Schluck getrunken und den ersten Zug von seiner Morgenzigarette genossen, als im Schlafzimmer sein Telefon klingelte. Marek sprang sofort auf und verschüttete den noch heißen Caffè über seine blanken Oberschenkel. Vor Schreck fiel ihm die Zigarette aus der Hand auf den Boden, wo er mit bloßen Füßen in die Glut trat. Laut fluchend humpelte er zum Telefon.

„*Pronto*", bellte er in den Hörer.

„*Buon giorno, Commissario*", meldete sich Ghetti, „was ist denn los bei dir?"

„Ich habe mir nur heißen Caffè auf die Beine geschüttet und Barfuß meine Zigarette ausgetreten, das ist los. Aber sonst ist alles in Ordnung", blaffte er den Brigadiere an.

„Hier leider nicht. Kannst du gleich zur Fondamenta Pescheria kommen?"

Marek vergaß umgehend seine schmerzenden Extremitäten.

„Was ist passiert? Bozzato?"

„Ja, sie haben ihn vorhin aus dem Hafenbecken gezogen."

„Ich bin gleich da."

In Windeseile zog er sich an, sprang in seine Ente und fuhr mit Vollgas los. Zum Glück war zu so früher Stunde noch kein Verkehr und so stellte er fünf Minuten später sein Auto auf dem Parkplatz neben der Markthalle ab. Ghetti kam ihm entgegen gelaufen.

„Ein Fischer hat ihn gefunden, als er heute Morgen mit seinem Fang anlanden wollte. Er trieb genau an seinem Anlegeplatz im Wasser. Sie untersuchen ihn gerade da hinten", dabei zeigte Ghetti mit seinem Daumen über die Schulter. „Willst du mitkommen?"

„Ja. Hat jemand schon seinen Bruder verständigt?"

„Ich habe schon einen Kollegen hingeschickt. Was meinst du, hat das auch etwas mit diesem Fall zu tun?"

„Da verwette ich meine Rente für. Der Donatiello war vorgestern nicht zufällig an der Piazza. Ich hatte Bozzato noch gewarnt. Wahrscheinlich wollte man damit der Initiative das Genick brechen, um endlich ungestört seinen Aktivitäten nachgehen zu können. Was die nicht wussten, ist, dass wir Donatiello schon den Strick um den Hals gelegt hatten und, dass die ganze Sache bald auffliegt."

Inzwischen waren sie bei der Leiche angekommen. Die Untersuchung durch Arzt und Spurensicherung schien auch beendet zu sein.

„Haben Sie schon eine Todesursache?", fragte Ghetti den jungen Arzt, der er schon bei der Untersuchung von Kraftzyks Leiche gesehen hatte.

„Schwer zu sagen. Er bekam einen schweren Schlag mit einem harten Gegenstand auf den Hinterkopf. Vielleicht war der schon tödlich. Kann aber auch sein, dass er nach dem Schlag noch lebte und ertrunken ist. Das muss die Autopsie zeigen. Jedenfalls lag er bestimmt schon einen Tag im Wasser."

„Was? Wieso hat man ihn dann erst jetzt gefunden? Wenn er schon so lange hier im Wasser lag, hätte man ihn doch viel eher entdeckt. Hier fahren täglich Boote rein und raus", ereiferte sich Ghetti.

„Das heraus zu finden ist ihr Job Brigadiere. Wo der die ganze Zeit lag, kann ich ihnen leider nicht sagen, aber er lag mindestens so lange da drin. *Ciao.*"

Marek war inzwischen zur Stirnseite des Bacino gegangen und sah ins Wasser hinunter.

„Michele komm doch mal bitte."

Als Ghetti neben ihn trat, zeigte er auf die Boote, die dort vertäut waren.

„Wann hat die Ebbe eingesetzt?"

„Vor ein paar Stunden. Wenn du es genau wissen möchtest, müsste ich Sandro da drüben fragen. Warum?"

„Diese Boote hier sind doch alles keine Fischerboote, oder? Ich habe jedenfalls noch keines davon jemals ausfahren gesehen."

„Richtig. Diese Boote werden nur bei der großen Marienprozession benutzt. Bei der Letzten hast du noch nicht hier gewohnt. Worauf willst du hinaus?"

„Wenn Donatiello, und davon gehe ich jetzt aus, Bozzato ermordet hat, dann war das zwischen dem Ende der Veranstaltung und Bozzato's Heimweg, der ja wahrscheinlich hier, oder in der unmittelbaren Umgebung verlief, wenn er direkt nach Hause ging. Donatiello hatte also wenig Zeit und ging das Risiko ein, gesehen zu werden, da die Gegend hier um diese Uhrzeit noch ganz gut frequentiert wird. Was macht er also? Er haut ihm schnell eins über den Schädel und schmeißt ihn direkt hier, an dieser Stelle ins Wasser. Er wusste, dass diese Boote nicht genutzt werden und die Leiche dadurch nicht so bald entdeckt würde. Er verschwindet und besorgt sich für den Notfall ein Alibi. Was er natürlich nicht wusste, war, dass die Ebbe so früh einsetzt und die Leiche herausspülen würde. Ich gehe jede Wette ein, dass der Kerl noch irgendwo hier in der weiteren Umgebung ist, die Entwicklung beobachtet und dann verschwindet."

„Das Erste mach Sinn, aber glaubst du wirklich, dass er so ein hohes Risiko eingeht?"

„Der Typ ist abgebrüht. Der spielt doch mit uns. Der mordet direkt vor unserer Nase."

In diesem Moment näherte sich langsam ein Wagen der Carabinieri und blieb unmittelbar vor ihnen stehen. Die hintere Tür öffnete sich zögernd und Adriano Bozzato stieg aus. Er versuchte gar nicht erst seine Trauer und Tränen zu verbergen, aber sonst schien er, zumindest äußerlich, gefasst.

„Wo ist er? Wo ist mein Bruder?", fragte er mit fast tonloser Stimme und sein Blick wanderte langsam und leer zu Marek und hielt sich an ihm fest.

„Es tut mir wirklich sehr Leid, Signor Bozzato", sagte Marek in aufrichtiger Anteilnahme, „er wurde ins Ospedale nach Portogruaro gebracht."

Bozzato nickte fast unmerklich und sein Blick wanderte wieder zurück ins Nichts.

„Welches Schwein war das? Ich will wissen, wer das getan hat. War das der aus der Zeitung, der die anderen Morde begangen hat?"

„Wir gehen davon aus", mischte sich Ghetti ein und erntete einen strafenden Blick von Marek.

„Ich werde ihn töten", sagte Bozzato, „wie er meinen Bruder getötet hat."

„Ich verstehe ja ihre Wut, Signor Bozzato", versuchte Marek zu beschwichtigen, „aber überlassen Sie bitte die Arbeit der Polizei. Wir werden ihn finden und er bekommt seine Strafe, das verspreche ich Ihnen."

„Ich werde ihn töten", wiederholte Bozzato diesmal mit fester Stimme, drehte sich um und ging davon.

„Ich glaube, auf den müsst ihr aufpassen", sagte Marek an Ghetti gewandt, „der meint es ernst."

***

Auf dem Heimweg kaufte sich Marek ein paar Cornetti und den Gazzettino. Zu Hause bereitete er sich einen großen Caffelatte und schlug die Zeitung auf. Gleich auf der ersten Seite blickte ihm das Gesicht des gesuchten Mörders vom Fahndungsfoto entgegen. Silvanas Artikel stand darunter und wurde im Regionalteil fortgesetzt. Ein halbseitiger Artikel über vier Spalten. Marek freute sich für sie. Wenn das hier alles vorbei war, würden sie ausgiebig feiern. Plötzlich klingelte sein Handy. Marek ließ sofort die Zeitung fallen.

„*Pronto*."

„Sie haben Donatiello's Wohnung gefunden", Ghetti war ganz außer Atem.

„Wo?"

„In Padova."

„Und habt ihr ihn?"

„Die Kollegen dort haben den ganzen Block abgeriegelt und rücken jetzt vor. Kommst du mit?"

„Natürlich! Das lasse ich mir doch nicht entgehen. Holst du mich ab?"

„Ich bin in fünf Minuten bei dir."

***

Mit Blaulicht und Sirene raste der Wagen der Carabinieri über die Autobahn nach Westen Richtung Padua. Marek und Ghetti saßen im Fond und sprachen kein Wort. Die Anspannung war fast greifbar. Kurz vor dem Ziel schaltete der Fahrer auf Geheiß des Brigadiere Blaulicht und Sirene aus. An einer Polizeisperre etwa fünfzig Meter vor dem Haus in dem Donatiello wohnte, hielten sie an und stiegen aus. Ghetti ging zum Maresciallo, der den Einsatz leitete und bat um aktuelle Informationen. Mit hängendem Kopf kehrte er zu Marek zurück.

„Die Wohnung war leer", sagte er enttäuscht, „die Spurensicherung ist gerade drin."

„Mist. Aber hatte ich dir nicht heute Morgen noch gesagt, dass der Kerl noch in der Nähe ist?"

„Da hattest du wohl recht. Ich hatte das, ehrlich gesagt, nicht für möglich gehalten"

„Na ja, vielleicht finden die ja etwas Brauchbares in der Wohnung. Warten wir so lange. Gibt's hier irgendwo Caffè?"

„Ich habe vorhin ein Schild von so einem Burger Laden gesehen."

Marek verzog angewidert das Gesicht.

„Dann lieber keinen Caffè."

***

Nach einer halben Stunde untätigen Wartens wurde Ghetti zum Maresciallo gerufen, und als er zu Marek zurückkehrte, hatte er einen Plastikbeutel der Spurensicherung in der Hand.

„Das ist das Einzige, was sie außer ein paar Fingerabdrücken gefunden haben. Eine Schachtel Patronen."

„Das sind Zweiundzwanziger. Ist doch besser als nichts. Vielleicht können die Ballistiker damit was anfangen. Wir haben ja zum Vergleich noch die Kugel aus Albaneses Kopf. Oder zumindest was davon übrig ist."

***

Nachdem sie sich von den örtlichen Kollegen verabschiedet hatten, fuhren sie zurück nach Caorle.

„Ihr könnt mich an der Caserma absetzen, ich laufe dann nach Hause."

„Ok, ich informiere dich, sobald es etwas Neues gibt. Wenn du recht hast und er noch in der Nähe ist, sitzt er in der Falle. Dann kriegen wir ihn."

***

Ghetti beauftragte einen Kollegen, die Schachtel Patronen zu den Ballistikern zu bringen. Dann ging er in sein Büro und fing an seinen Bericht zu schreiben, als es an der Tür klopfte. Der junge Mann aus der Telefonzentrale trat ein und hielt dem Brigadiere einen Zettel entgegen. Ghetti sah auf. War das eine Täuschung, oder zitterte die Hand des Kollegen?

„Was ist das?"

„Wir haben einen Anruf bekommen wegen diesem gesuchten Mörder. Jemand hat behauptet, er hätte ihn in Duna Verde gesehen. Der hätte dort in der Nachbarschaft seit ein paar Monaten eine Wohnung."

„Gut, wann kam die Meldung?"

Der junge Mann trat verlegen von einem Bein aufs andere und vermied es dabei seinen Vorgesetzten anzusehen.

„Wann?", fragte Ghetti, der nichts Gutes ahnte, noch einmal.

„Heute Vormittag, als Sie in Padova waren."

„Was?", brüllte der Brigadiere und sprang dabei so vehement auf, dass sein Stuhl gegen die Wand krachte. „Und Sie kommen damit erst jetzt?"

„Ich wusste ja nicht dass es so dringend ist und Sie waren ja in Padova. Was sollte ich denn tun?", versuchte der Kollege sich halbherzig zu verteidigen.

„Was Sie tun sollten?", schimpfte Ghetti. „Das ganze Haus ist voller Polizisten und Sie fragen mich, was Sie tun sollten. Verschwinden Sie, bevor ich richtig wütend werde."

Dann rief er im Bereitschaftsraum an und ließ drei Wagen zum Einsatz bereitstellen. Auf dem Weg nach draußen informierte er noch Marek, der sich auch sofort auf den Weg machte.

Die gesuchte Adresse gehörte zu den neu erbauten Anlagen mit Ferienwohnungen. Wenn man davon ausgeht, dass nur etwa zwanzig Prozent dieser Anlagen ausgelastet sind, war das eine gute Wahl für einen anonymen Unterschlupf.

Ghetti ließ die Einsatzwagen ohne Blaulicht und Sirene anfahren und in einer Seitenstraße halten. Er und seine Kollegen gingen in Position und sicherten das Gebäude ringsum ab. Dann wartete er auf das Eintreffen von Marek, der fünf Minuten später um die Ecke kam. Auch er hatte seine Ente etwas weiter entfernt geparkt, um nicht aufzufallen.

„Hast du eine Waffe?", fragte der Brigadiere, als Marek sich zu ihm gesellte.

„Ich habe keinen hier gültigen Waffenschein …"

„Dann wartest du am besten hier draußen", meinte Ghetti besorgt.

„…..aber das hier", beendete Marek seinen Satz und zog seine private Smith and Wesson, Kaliber vierundvierzig Magnum, mit sechs Zoll Lauf, aus der Tasche.

„Mein Gott", lachte Ghetti, „was ist das denn für ein Prügel?"

„Hat zwar einen heftigen Rückschlag, ist aber dafür todsicher."

„Na dann los", gab der Brigadiere das Zeichen zum Einsatz.

Zwei Männer öffneten lautlos die Haustüre während zwei weitere die Rückseite des Hauses im Auge behielten. Vorsichtig, nach allen Seiten absichernd, arbeiteten sich Ghetti und seine Leute zum ersten Stock vor. Marek bildete das Schlusslicht. Oben vor der Wohnung angekommen blieb der Brigadiere wie angewurzelt stehen.

„Los! Das ganze Haus und die Nachbarschaft durchsuchen", gab er lautstark Anweisung. „Sieh dir das an Commissario."

Marek war sofort nach oben geeilt und sah jetzt die offen stehende Wohnungstüre, in deren Mitte ein faustgroßes Loch klaffte. Der ausgefranste Rand sah aus, als habe jemand dieses Loch mit einer Fackel reingebrannt. Sein Blick wanderte weiter in die Diele, auf deren Boden der ausgestreckte Körper eines Mannes lag. Sein Hemd war durch und durch blutgetränkt und seine Brust und sein Bauch wiesen große Einschusslöcher auf. Die weit aufgerissenen Augen von Bruno Donatiello drückten noch immer ungläubiges Erstaunen aus.

„Es ist vorbei Michele, es ist vorbei. Jemand hat dem Staat die Arbeit abgenommen und ihn in die Hölle geschickt."

In Mareks Stimme klang Erleichterung.

„Verdammter Mist. Hätte dieser Idiot mich nur früher informiert, dann hätten wir ihn lebend erwischt."

Marek war hellhörig geworden.

„Welcher Idiot? Wann kam denn die Meldung?"

„Ach dieser Luigi Manconi aus der Telefonzentrale. Der hat die Meldung heute Vormittag bekommen, als wir in Padova waren, und hat sie mir erst vorhin weitergegeben."

„So, so", sagte Marek.

„Was ist?"

„Ach nichts. Wirklich nicht. Ruf mal die Spurensicherung an. So wie es aussieht, hat jemand geläutet und als dieser Jemand einen Schatten im Spion, oder ein Geräusch hinter der Türe wahrnahm, hat er mit einer Schrotflinte durch die Türe geschossen. Hier um die untere Wunde sind noch lauter kleine Splitter zu sehen. Dann hat er wohl die Tür eingetreten, das Schloss ist ja herausgerissen, und hat ein zweites Mal geschossen. Donatiello war wohl völlig überrascht. Damit hatte er niemals gerechnet."

„Und gehört hat es auch niemand. Das Haus steht, bis auf diese Wohnung, völlig leer und die Nachbarn waren um diese Zeit bestimmt am Strand."

***

Nach und nach kamen Ghetti's Leute wieder. Sie hatten nichts gefunden. Als die Spurensicherung eintraf, fuhr Ghetti mit seiner Mannschaft zurück. Hier konnten sie nichts mehr tun. Und auch Marek fuhr nach Hause. Von dort rief er als Erstes Silvana an und informierte sie über die letzten Ereignisse.

„Und habt ihr schon eine Spur?"

„Nein, ist ja auch erst einmal zweitrangig. Der Killer ist tot, Bonetti wird seine Geschäfte hier begraben können und der Bürgermeister mistet seinen Stall aus. Jetzt dürfte wieder Ruhe im Paradies einkehren."

„Und wir haben wieder Zeit für uns", ergänzte Silvana.

***

Kurze Zeit später meldete sich Ghetti und berichtete, dass man in Donatiello's Unterschlupf eine Walther PPK, Kaliber zweiundzwanzig, und einen dazu passenden Schalldämpfer gefunden hatte. Im Handschuhfach seines BMW lag ein Klappmesser, Marke Fraraccio, und im Kofferraum ein Baseballschläger.

***

In Mareks Kopf nahm eine Idee Gestalt an, der er unbedingt nachgehen wollte. Er setzte sich in sein Auto und fuhr zum Büro der Bürgerinitiative. Dort traf er Paolo alleine an.

„Wo ist denn Adriano Bozzato?", wollte er wissen.

„Der war eben mal kurz hier, ist aber gleich wieder gegangen. Ich denke er betrinkt gerade seinen Kummer."

„Und wo geht er dann hin? Ich meine, wenn er seinen Kummer betrinkt."

„Meistens in eine Bar unten am Fischmarkt."

„Danke. Grüß deine Eltern von mir, *ciao*."

***

Marek ließ sein Auto stehen und ging zu Fuß in Richtung Fondamenta. Vor der Bar saß an einem kleinen Tisch als einziger Gast Adriano Bozzato. Vor sich hatte er ein Glas Weinbrand stehen, das er mit beiden Händen festhielt. Den Kopf hielt er gesenkt. Marek trat zu ihm an den Tisch.

331

„*Buon giorno, signor Bozzato*, darf ich Ihnen Gesellschaft leisten?"

Bozzato hob langsam den Kopf und sah Marek an. Er sah müde aus.

„Ah, Signor Marek, bitte."

Er zeigte auf den Stuhl gegenüber.

Marek rief den Kellner und bestellte zwei Vecchia Romana.

„Der wahrscheinliche Mörder Ihres Bruders ist tot", begann er das Gespräch. „Er wurde heute erschossen aufgefunden."

Bozzato rührte sich nicht und sah nur auf einen fiktiven Punkt auf der Tischplatte. Der Kellner kam und stellte die beiden Gläser vor sie hin.

„Haben Sie eine Lupara?"

Bozzato nickte kaum merklich, ohne jedoch den Blick zu heben.

„Warum, Signor Bozzato?"

Jetzt sah er Marek an und unendliche Trauer zeichnete sein Gesicht.

„Ich musste es tun. Verstehen Sie? Ich musste."

„Woher wussten Sie, wo er zu finden ist?"

„Ich habe Freunde."

„Auch bei der Polizei?"

Ein angedeutetes Lächeln umspielte Bozzato's Mundwinkel.

„Werden Sie mich nun verhaften?"

Marek trank sein Glas aus, legte einen Geldschein auf den Tisch und erhob sich.

„Sie werden damit leben müssen, Signor Bozzato. Ich bin in Rente, ich kann niemanden verhaften und mein Gedächtnis ist auch nicht mehr das Beste. *Arrivederci.*"

***

Am nächsten Morgen war Marek schon sehr früh auf den Beinen. Es versprach wieder ein schöner, warmer und sonniger Tag zu werden. Nachdem er einen Caffè getrunken hatte, ging er zum Zeitungsladen um sich den Gazzettino zu holen. Irgendwie hatte er das Gefühl die Stadt atmete durch. Mit der Zeitung unter dem Arm schlenderte er zur Mole hinter der Via Livenza. Dort setzte er sich auf eine Bank und schlug den Gazzettino auf. Silvana hatte eine Schlagzeile auf der Titelseite und einen ganzseitigen Sonderbericht. Sie hatte offensichtlich gestern noch gründlich recherchiert. Ein weiterer Mitarbeiter der Stadtverwaltung wurde wegen Korruptionsverdacht beurlaubt. Die eingezäunten Grundstücke zwischen der Via delle Cape und Rio Terra delle Botteghe sowie das alte Rathaus an der Via Roma sollen von der Stadt zurückgekauft werden. Der Bürgermeister versprach das alte Rathaus zu renovieren und für einen öffentlichen Zweck zur Verfügung zu stellen, ein Museum oder Ähnliches. Auf dem anderen Grundstück soll eine Schule entstehen. Eine Armee der besten Anwälte, die man für Geld haben konnte, beeilte sich eine Beteiligung der *Milavest-International Corporation* oder des ehrenwerten Signor Bonetti ins Reich der Fabel zu verweisen. Einige witterten sogar eine Verschwörung der Linken, um ihrem Mandanten zu schaden. Lobend erwähnt wurde auch die Leistung der Polizei, die diesen schwierigen und nicht alltäglichen Fall so rasch aufgeklärt hatte.

Die bei Donatiello gefundenen Waffen wurden eindeutig als die Tatwaffen der ersten drei Morde identifiziert.

Nur wer den Mörder in die Hölle geschickt hatte, interessierte offenbar niemanden sonderlich und wird wahrscheinlich immer im Dunkel der Geschichte bleiben.

***

Zufrieden lächelnd faltete Marek die Zeitung zusammen, setzte sich vorne auf die Kaimauer, genoss die wärmenden Strahlen der Morgensonne und ließ Beine und Seele baumeln. Ein Fischerboot fuhr vorbei und er sah ihm nach, bis es nur noch als winziger Punkt am Horizont zu sehen war. Diesmal war er wirklich ein glücklicher Mann.

Nachwort

Die Idee zu diesem Roman kam mir bei einem Urlaub in Caorle, als ich diese Bauzäune aus OSB Platten sah und vom Balkon eines benachbarten Hauses ein Spruchband flatterte. Diese Bauzäune standen wirklich an den von mir beschriebenen Stellen, nur der Protest auf dem Spruchband richtete sich gegen etwas Anderes.

Die Handlung ist zwar fiktiv, doch die Lokalitäten sind real.

Das ehemalige Rathaus wurde tatsächlich mit großem Aufwand restauriert und in einen Wohn- und Geschäftskomplex eingebunden. Auf der anderen Baustelle entstand ein Mehrzweckgebäude, mit einer Ausstellungshalle.

Bei einigen kleinen Details habe ich mir die dichterische Freiheit genommen und sie etwas abgewandelt zur Realität dargestellt und beschrieben.

Natürlich sind die Handlung und die handelnden Personen frei erfunden. Eine Übereinstimmung mit lebenden Personen wäre rein zufällig. Mit einer Ausnahme: Angelina und ihrer Wohnung, die gibt es wirklich. Ich möchte mich hiermit bei ihr bedanken, dass sie mir ihre Wohnung während meines Urlaubs zur Verfügung gestellt hat.

Volker Jochim
im tredition Verlag

Gib mir das Gefühl zurück
Novelle / September 2015

Ein Mann erfährt bei einem Besuch seiner Heimatstadt
vom Tod seines Jugendfreundes, mit dem er auch in der
68er Bewegung aktiv war, bevor sich ihre Lebenswege
trennten. Überrascht davon, wie sich sein Freund von einem überzeugten Kommunisten zu einem Unternehmer
wandelte, arbeitet er, zusammen mit der Witwe seines
Freundes, die Vergangenheit auf.

Auf einfühlsame und doch unterhaltsame Weise, wird hier
der 68er Generation ein Spiegel vorgehalten.

Nied Blues

Ein Frankfurt Krimi / September 2015

Die Nacht zu Fastnachtssamstag. Eine schwarz gekleidete Gestalt mit einem auffallend weißen Gesicht eilt durch den Nebel, der von Main und Nidda kommend, in die Straßen des Frankfurter Stadtteils Nied zieht. Kurz darauf wird diese Gestalt auf der Treppe an der Wörthspitze ermordet aufgefunden. Kommissar Keller, ein kauziger, wortkarger Mann, der wegen seiner unkonventionellen Methoden bei seinem Dezernatsleiter schon lange in Ungnade gefallen ist, muss mit den Ermittlungen beginnen, bekommt den Fall am nächsten Tag aber wieder entzogen. Ein junger Hauptkommissar übernimmt und präsentiert kurz darauf einen Verdächtigen - einen Künstler, der die Tote als letzter gesehen hatte. Heimlich ermittelt Keller mit seinem Assistenten Petersen weiter und kommt zu dem Schluss, dass das Motiv dieses Mordes weit in die Zeit des zweiten Weltkrieges zurückreicht. Der Fall nimmt eine für alle völlig überraschende Wendung.

Ein spannender Frankfurt Krimi mit historischem Hintergrund.

Der letzte Kreis der Hölle
Kommissar Marek kommt ins Grübeln
Mareks vierter Fall / Dezember 2015

Die dreijährige Tochter eines deutschen Schönheitschirur-
gen verschwindet scheinbar spurlos aus dem Ferienhaus
der Eltern in Caorle. Nach einer groß angelegten Suchakti-
on geht die örtliche Polizei von einer Entführung aus. Nur,
es gibt keinerlei Spuren, die auf die Beteiligung einer
fremden Person schließen lassen könnten. Als sich direkt
nach dem Verschwinden des Mädchens plötzlich das Bundeskriminalamt einschaltet, ist Mareks Interesse geweckt.
Es beginnt ein perfides Katz- und Mausspiel zwischen den
Behörden, der Polizei und den Betroffenen, dessen Ende
das Vorstellungsvermögen der Ermittler weit übersteigt.
Obendrein ist Marek am Grübeln, ob dieser Ort für ihn
noch der richtige zum Leben ist.

MIX
Papier | Fördert
gute Waldnutzung
FSC® C083411

Zeitfracht Medien GmbH
Ferdinand-Jühlke-Straße 7
99095 Erfurt, Deutschland
produktsicherheit@kolibri360.de